Best Time

白 马 时 光

〔美〕辛西娅·斯旺森　著　　　　刘希　译

书店女孩

百花洲文艺出版社
BAIHUAZHOU LITERATURE AND ART PRESS

图书在版编目（CIP）数据

书店女孩 / (美) 辛西娅·斯旺森著 ; 刘希译. —
南昌 : 百花洲文艺出版社, 2018.6
ISBN 978-7-5500-2868-5

Ⅰ.①书… Ⅱ.①辛… ②刘… Ⅲ.①长篇小说—美
国—现代 Ⅳ.① I712.45

中国版本图书馆 CIP 数据核字（2018）第 118965 号

江西省版权局著作权合同登记号：14-2018-0107
THE BOOKSELLER by Cynthia Swanson
Copyright © 2015 by Cynthia Swanson
Published by arrangement with Einstein Thompson Agency, through The Grayhawk Agency.
Chinese Simplified Character translation Copyright © 2018 by Beijing White Horse Time Culture
Development Co., Ltd.
All Rights Reserved.

书店女孩　SHUDIAN NÜHAI

〔美〕辛西娅·斯旺森 著　　刘希 译

出 版 人	姚雪雪
出 品 人	李国靖
特约监制	夏 童
责任编辑	游灵通　程 玥
特约策划	朱明迪
特约编辑	谭 欣
封面设计	46 设计
版式设计	王雨晨
封面绘图	Dola Sun
版权支持	韩东芳　李若昕
出版发行	百花洲文艺出版社
社　　址	南昌市红谷滩世贸路 898 号博能中心 Ⅰ 期 A 座 20 楼　邮编 330038
经　　销	全国新华书店
印　　刷	北京嘉业印刷厂
开　　本	880mm×1230mm　1/32
印　　张	9.5
字　　数	245 千字
版　　次	2018 年 6 月第 1 版第 1 次印刷
书　　号	ISBN 978-7-5500-2868-5
定　　价	42.00 元

赣版权登字：05-2018-255
版权所有，侵权必究
发行电话　0791-86895108　　　　网　址　http://www.bhzwy.com
图书若有印装错误，影响阅读，可向承印厂联系调换。

谨以此书献给我的父母、

丹尼斯和奥黛丽·费舍尔，

献上我的爱与感恩。

相信你此刻的幸福感，相信此刻生活的丰富。

这感觉是真实的，也是属于你的，

和以往发生在你身上的一切一样。

——凯瑟琳·安·波特《凯瑟琳·安·波特的信件》

第一章

这不是我的房间。

我在哪儿？我倒抽了一口气，把被子拉到下巴，这也不是我的被子。我试图恢复知觉，但还是没有想起来我在哪儿。

我记得最近的事，是周三晚上，我给房间刷了明黄色的油漆。弗里达来帮我，还对我选的颜色做了一番评价。"对卧室来说太明亮了。"她说，一副无所不知的语气，"房间刷成这样，心情不好的时候你怎么睡得着？"

我把刷子伸到油漆罐里，小心地刮掉多余的漆，爬上梯子。"就是为了心情不好的时候能睡得着才刷成这样。"我对她说。我身体前倾，开始刷一条细长的窗沿。

我难道不应该记得后面发生了什么吗？奇怪的是，我一点也不记得了。我不记得自己是不是整晚都在刷油漆；不记得洗手之前有没有远远地欣赏我们的成果；不记得有没有谢谢弗里达，跟她告别；不记得在这个明媚的房间里入睡；也不记得刺鼻的油漆味儿灌入我的鼻腔。但是，我肯定做了这些事情，因为我就躺在这儿呢。可这并不是我的家，显然，我还在做梦。

尽管如此，这不像我常做的梦。我的梦境往往很奇异，不会发生在惯常的时间和地点。我觉得这是因为我读了太多书的缘故。你读过《邪恶降临》吗？这本书 6 月份刚上架，但预计会成为 1962 年最畅销的书之一。作者是雷·布莱伯利，他的书很容易读。我和弗里达一起开了个书店，每当有人进店寻找"扣人心弦的故事"时，我就会给他们推荐这本书。

"这本书会让你做噩梦。"我向这些顾客保证。这个预言也灵验了——前天晚上，我梦到了《邪恶降临》里的主人公威尔和吉姆，他们在格林镇被半夜的狂欢吸引。我步履蹒跚地跟在他们身后，试图提醒他们小心一点。但他们没有理会我，毕竟还都是 13 岁的小男孩。我记得我艰难地跟着他们的脚步，我的脚总是迈不开步子。威尔和吉姆在黑暗中走远了，直至他们的轮廓变成小黑点，最后消失在黑夜里，留下我一个人在绝望中大哭。

你看，在别人的房间醒来，这么简单直白的梦，我一般不会做。

梦里这个房间比我真正的房间要大一点、时髦一些。墙是灰绿色的，和我选的明黄色完全不一样。家具是成套的，时髦新潮。床罩整齐地叠放在床角，柔软的亚麻布床单包裹着我的身体。一切都布置得很好，令人愉悦。

我缩进被子里，闭上眼睛。我知道，如果闭上眼睛的话，不久我就会发现自己在南太平洋捕鲸，穿得邋里邋遢，和船上的弟兄们豪饮威士忌；或者在拉斯维加斯上空翱翔，大风呼啸而过，我的双臂变成了巨大的翅膀。

但是这些都没有发生。我听到了一个男人的声音："醒醒，凯瑟琳，亲爱的，快醒醒。"

我睁开眼睛，遇上了我见过的最深邃湛蓝的眼睛。

于是我又闭上了眼。

我感觉到一只手抚摸着我的肩膀，而我的肩上什么都没穿，除了绸缎睡裙上的两条窄窄的肩带。我已经很久没有与异性这么亲密地接触了，但是生理上的感觉是不会错的，无论时隔多久。

我知道我应该害怕。那才是应该有的反应，不是吗？即使是在梦中，被陌生男人触碰也应该害怕。

但奇怪的是，我觉得这个梦中男人的触摸很舒服。他握着我的肩，轻柔而有力，指头环绕着我的上臂，拇指温柔地爱抚我的皮肤。我闭着眼，享受着这感觉。

"凯瑟琳，求你了，亲爱的。我也不想吵醒你的，但是米茜的额头发烫……她想要你陪着她。快起床吧。"

我依旧闭着眼睛，思考他说的话。米茜是谁？她的额头发烫和我有什么关系呢？

梦境里的事情出现得毫无章法，我的思维变成了一首歌的歌词，几年前那首歌在广播上很火，我不太确定，但我记得是罗丝玛丽·克鲁尼唱的，歌词讲的是"眼睛里有星星，不要让爱情使人变傻"。想到这儿我笑了，显然，我已经傻得不行了。

我睁开眼睛，坐起身来，但马上就后悔了，因为我一动，蓝眼睛男人就把他温暖的手从我的肩膀上拿开了。

"你是谁？"我问他，"我在哪儿？"

他一脸疑惑地看着我："凯瑟琳，你没事吧？"

我得说清楚，我的名字不叫凯瑟琳，而叫凯蒂。

好吧，其实是叫凯瑟琳，但我从来不喜欢这个名字，听起来太正式了。凯瑟琳也不像凯蒂这么顺口。

"应该没事。"我对蓝眼睛男人说，"但说真的，我不知道你是谁，也不知道我在哪儿，不好意思。"

他笑了，帅气的眼睛闪烁着。其实除了眼睛，他长得挺普通。中等身高，中等身材，腰间有点赘肉，淡红褐色的头发有些许发灰。看上去大概 40 岁，年龄比我稍大一点。我深吸了一口气，闻到他身上有清新的肥皂香，像是他刚刚刮过胡子、洗了澡。他的气味让我陶醉，好像心脏停跳了一秒。天啊，这梦还能再荒谬一点吗？

"你肯定是睡得太沉了，亲爱的。"他说，"你知道我是谁啊，我是你老公，这是我们的房间，我们的家。"他伸开手臂，指向房间的四周，环绕一圈，似乎是要证明他说的话，"现在，我们的女儿好像发烧了，她需要妈妈。她叫米茜，如果这你也忘了的话。"

他向我伸出一只手，像是本能般地，我握住他的手。

"好了吗？"他露出乞求的目光，"求你了，凯瑟琳。"

我皱起眉头："对不起，你刚说你是……"

他叹了口气："你老公，凯瑟琳。我是你老公，拉尔斯。"

拉尔斯？这名字真特别。我认识的人没有一个叫拉尔斯的。我笑了，想着我这脑子真有想象力。它没有想出哈里、埃德或是比尔，居然编造了一个叫拉尔斯的老公。

"好的。"我说，"等我一下。"

他握紧我的手，然后才松开，凑过来吻了我的脸颊："我们一边等你一边给她量个体温。"说罢，他起身出去。

我又一次闭上了眼睛，这一次梦境肯定会转换了。

但我睁开眼睛的时候，我还在那灰绿色的房间里。

我别无选择，只好起身，穿过房间。床的上方开了个天窗，床边滑动的玻璃门似乎通往露台，房间旁边紧挨着一个大浴室。我猜测，如果这个房间是真的话，整栋房子肯定很现代化。比我在丹佛的普拉特公园街区租的一室两层公寓更现代化，肯定也更大。

我瞟了眼浴室。里面的设施呈浅绿色，擦得发亮，由铬合金装饰。

长长的梳妆台前有两个洗脸盆和一个有金点点的白色胶木台面。梳妆台由浅色的木质橱柜组成，橱柜往下、往墙里逐渐变小，梳妆台的台面高度比靠近地面处的更高。地面覆着瓷砖，瓷砖上交杂着薄荷绿、粉色、白色的几何花纹。我不知道我是不是还在丹佛，但就算这是丹佛，也一定不是以前的普拉特公园了，从战前开始那里就没有修过新建筑。

我站在梳妆台前，打量着镜子里的自己，有些期待看到一个完全不一样的人，谁知道这个凯瑟琳会是什么样子呢？但镜子里的我和真实的我一模一样。矮小，丰满，红金色头发烦人地卷在额前。无论我多频繁地清洗、定型，这烦人的鬈发依旧乱蓬蓬的。我伸手拨弄头发，看到左手无名指上戴着一只戒指，金色的婚戒环绕着一颗闪亮的钻石。哦，当然了，我的脑子真乐观，想象出的老公能买得起这么大的钻石。

我翻了翻橱柜，找到了一条叠好的海军蓝浴袍，我穿上刚刚好。系好腰带，我走进门厅，去找那什么拉尔斯和他生病的女儿米茜。

面前的墙上挂着一幅大型彩色照片，照片的位置是设计好的，从卧室里就能看到。照片上是一幅山景——太阳落到地平线上，山顶后面印着金光和红霞，照片的左侧，黄松木高耸入云，占据了整个画面的长度。我在科罗拉多州长大，一直在那儿生活，但我不知道照片上是哪儿，我甚至不确定这是不是落基山脉的风景。

我正思考着，突然有人从右边抱住了我的腰。我挣扎着恢复平衡，尽量不摔倒。

"噢——"我转过身来，"不要这样。要时刻自己站稳，你已经这么大了，不能再靠在别人身上，让别人抱起来了。"

什么？说这话的女人是谁？不可能是我啊！我从来不会说这样的话，想都不会想。

我低下头，看到一个小男孩抬头看着我。他长着一双拉尔斯那样敏锐的蓝眼睛，留着简单的短发，却掩不住额前的红褐色鬈发。他皮肤干净透亮，奶油般的小脸上泛着蜜桃似的绯红。他长得像是牛奶或者雪糕广告里的小男孩一样。真的，他就那么可爱。我看着他，心都要融化了。

他松开我的腰，立马道了歉。"我太想你了，妈妈。"他说，"我从昨天开始就没见到你。"

我不知道该怎么回答，又想起这是在做梦，于是朝他笑了笑，俯身拍了拍他的肩膀。我决定随着这个梦走了。干吗不呢？到目前为止，这儿是个舒适的地方。

"带我去找你爸爸和米茜吧。"我说，牵着他胖乎乎的小圆手。

我们走过客厅，上了半层楼梯。上面是个女孩子的房间，墙壁刷成了康乃馨粉色，里面放着一张小小的白木床，低矮的书架上塞满了图画书和动物标本。床上坐着一个有着天使般面容的小女孩，和牵着我手的小男孩长得像一个模子刻出来的。她面露愁容，两颊发红。她和小男孩差不多高，我不会估计小孩的年龄，但我猜他们五六岁，可能是双胞胎。

"妈妈来了！"天使男孩说，他爬到床上，"米茜，妈妈来了，你很快就会好起来的。"

米茜小声啜泣着。我在她旁边坐下，摸了摸她的额头，烫得吓人。"哪里不舒服？"我温柔地问道。

她靠在我身上，"哪里都不舒服，妈妈。"她说，"头尤其疼。"

"爸爸给你量体温了吗？"我不敢相信我轻易地说出了这些话，做了这些妈妈的举动，一副很专业的样子。

"嗯，他去洗体焖计了。"

"体温计。"天使男孩纠正她，"是体温计，不是体焖计。"

她朝他翻了个白眼："管好你自己吧，米奇。"

拉尔斯出现在门口，"38.6℃。"他说。

我不确定那是什么意思。哦，我知道他的意思是她的体温是 38.6℃，但是我不知道这意味着要吃什么药、休息多久，要不要跟学校请假。

因为我没有孩子，我不是一个母亲。

不是说我不想要孩子。相反，我小时候就很喜欢玩布娃娃，给它们喂"饭"、换"尿布"，还把它们放在玩具婴儿车里推着玩。作为独生女，我总是求爸爸妈妈给我生一个弟弟或者妹妹，不是因为我想当大姐姐，而是因为我想当个小妈妈。

很长一段时间里，我以为我会嫁给凯文，他是我大学时的男朋友。和当时所有年轻小伙子一样，他1943年参加了太平洋战争。我就等着他，那会儿的女孩子都这样，愿意等待。我和凯文一直通信，我还会给他寄包好的饼干、袜子、剃须皂等等。姐妹们聚在一起的时候，就在一张南太平洋的地图上按下一颗颗图钉，记下我们的战士的脚步。"等待的过程很艰难，但是只要他们回来了就值得。"姐妹们这么互相鼓励着。那时，听说谁的男人回不来了，我们便会蒙着手帕掩面啜泣，但也会默默感激上苍，不是我们的男人，至少这次不是。

后来我终于松了一口气，凯文完完整整地回来了，似乎一点也没变。他急切地回到了医学预科班学习，继续朝着当医生的目标努力。我们俩还在一起，但他从来没有提过那个问题。我们一起参加了一次又一次婚礼，人们常常问什么时候会轮到我们。"哦，会有那么一天的！"我每次都这么回答，语气高兴轻松，满不在乎的样子。而凯文每次遇到这个问题都会转换话题。

一年又一年过去了。凯文从医学院毕业，当上了住院医师，我成了一名小学教师。但是我们俩的关系一年比一年平淡，毫无进展。最后我意识到，我不能再这么拖下去了。我跟凯文说，除非他想跟我结婚，否则我们就结束了。

他深深地叹了口气："这样对我们都好。"他给我的吻别简短而敷衍。之后不到一年，我听说他和他们医院的一个护士结婚了。

但是，显然，在这个梦里的世界，无论是我浪费的青春，还是凯文无情的拒绝，这些都不重要。在这个世界里，我是爱情的赢家。"真好，凯蒂！"我似乎能听到我的姐妹们恭喜我，"真好！"

我突然意识到这个想法有多么荒谬，连忙抑制住自己的笑容。我用手掩住嘴巴，觉得有些羞愧。虽然这只是个梦，但这儿有个小孩生病了。我应该表现得正常些，要表现出母亲该有的担忧。

我的视线从米茜的床上移开，往上看的过程中，遇到了拉尔斯的视线。他盯着我，眼里充满崇拜。我没看错吗？他的眼睛里还有……情欲。已婚夫妻真的会这样看着对方吗？孩子发烧了也会这样？

"你说什么？"拉尔斯问，"这种时候你总是知道该怎么办的，凯瑟琳。"

是吗？这个梦真有意思。我瞟了一眼窗外，外面看上去是个冬天的早晨，窗玻璃上结了霜，雪花轻盈地飘落。

忽然之间，我也不知道该如何解释，但我确实知道该怎么办。我起身，穿过客厅，来到浴室。我清楚地知道那个装着小儿阿司匹林的小塑料瓶放在药品橱柜的哪个位置。我从墙上的自动饮水机上取下一个纸杯，接了半杯凉水，打开浴室里放毛巾的橱柜，拿了一条毛巾，用凉水冲冲，然后拧干。

我拿着药瓶、毛巾、杯子，直奔米茜的房间。我把湿毛巾放在她额头上，轻轻地压在她发烫的脸上，然后递给她两片阿司匹林。她听话地含了药片，喝了两口水咽下去。然后她朝我笑了，眼里含着感激的神情，身子靠在枕头上。

"让她休息吧。"我给米茜盖好被子，从书架上给她拿了几本图画书。她开始翻《亲亲小狗》，这是路德维格·贝梅尔曼斯的系列童话故事中的一本，讲述了巴黎一所寄宿学校里发生的故事，故事围绕一只小狗展开，主人公是玛德琳和她的 11 个同学。封面上画着一所青藤缠绕的学校式建筑，女孩们在门前排成两队。米茜一边翻着书，一边用小手指指着书上的一行行文字，轻轻地念着。

拉尔斯走上前来，拉着我的手，我们看着女儿，并肩微笑着，然后带着我们可爱的儿子，轻轻地走出房间。

这时，梦突然结束了。

床边的闹钟响起尖锐的铃声。我没睁眼，伸手重重地按了下去，关了闹钟。我睁开眼，房间是明黄色的。

我回家了。

第二章

"天哪！"我自言自语道，"这梦真特别。"我僵硬地坐起身来，我的黄色虎斑猫阿斯兰蜷在我身边，眼睛半睁着，轻轻叫唤。阿斯兰取自刘易斯写的《纳尼亚传奇：狮子、女巫和魔衣橱》中那只狮子的名字，这本书非常好，尤其吸引喜欢儿童奇幻故事的人。每次刘易斯的纳尼亚传奇系列一出版新书，我就会马上读起来，到现在为止，这个系列的所有书我起码看过六遍了。

环顾我的房间，窗户光秃秃的，窗帘都取下来了，木窗架上还贴着胶带。房间里的家具只剩下我的床和床头柜——昨天刷油漆之前，我和弗里达把衣柜和嫁妆箱都搬到客厅里了，为了腾出点空间，也防止油漆溅在上面。房间里充斥着油漆味，但是颜色很漂亮，和明媚的日子里阳光的颜色一样，这正是我想要的颜色。我满意地笑了，起身穿上浴袍，踩上铺满报纸的地面。

我准备去厨房泡咖啡，中途不忘打开收音机。客厅里排列着几个旧货市场淘来的旧书架，塞满了各种书和杂志，收音机就放在书架上。我调节旋钮，调大音量，换到了 KIMN 台。他们在放四季乐队的《雪莉》，这周收音机上一直在放这首歌，我敢打赌这首歌一定会登上本周末 Billboard 排行榜的榜首。

我把渗滤式咖啡壶放在厨房水龙头下接满水，从上面的橱柜里拿出一罐八点咖啡，倒进咖啡壶顶端的不锈钢咖啡篮里。

"雪莉，今晚出来……"我跟着音乐轻轻哼唱，收音机里的旋律渐渐消失。

"接下来是一首好听的老歌。"电台节目主持人说，"有听众朋友还记得这首歌吗？"

随着下一首歌响起，我的手瞬间定住了，手指轻捏着咖啡勺，在咖啡壶上方定住了。罗丝玛丽·克鲁尼的声音在小小的公寓中响起。

"这就很可怕了。"我对阿斯兰说。它漫步到厨房，查看它早餐要喝的牛奶是不是在地板上摆好了。我倒好了咖啡，把咖啡壶打到"开"。

那首歌——我现在想起来了，叫《你好啊》，是七八年前的老歌了。我不记得它是在哪一年流行的了，但我记得那会儿我常常哼。我好几年没有想起这首歌了，直到昨晚，在梦里，它又在我的脑海中响起。

我还记得我梦中情人的眼睛，深邃、湛蓝，像明信片上印的异国湖水。记得在梦里，我告诉自己应该害怕，但我害怕不起来。我看着他的时候眼睛里有星星吗？我猜是吧。

我怎么忍得住呢？他那般凝视着我的眼睛。他看着我，好像我是他的一切，好像我是他的全世界。

那对我来说，无疑是特别的。从来没有人曾像那样看着我，连凯文也没有过。

还有拉尔斯说话的方式！"凯瑟琳，亲爱的，醒醒。""你一定是睡得太沉了，亲爱的。""你总是知道该怎么做，凯瑟琳。"

在这个真实的世界里，没有人会对我说这样的话。当然，也没有人叫我凯瑟琳。

多年前，曾经有一段时间，我开玩笑似的叫自己凯瑟琳。那时候我和弗里达刚开了我们的书店，开始新的职业；我又刚过完三十岁生日，开启了人生的又一个十年。我觉得是时候来一个大变化了。尽管我不太喜欢凯瑟琳这个拗口的名字，但除了改名字，我想不出更好的方法来引起性格的重大改变了。我揣摩着，或许，我只需要习惯这个名字就好了。

于是我那么做了。我在个人信笺上印了"凯瑟琳·米勒"。我让弗里达和朋友们叫我凯瑟琳；我向顾客们介绍自己的时候，向珍珠街上刚认识的其他店主介绍自己的时候，都说我叫凯瑟琳。我甚至要求我的父母叫这个名字，他们也按我说的做了，尽管有些勉强。他们对我总是过于宽容。

说服弗里达最不容易。"凯蒂很适合你。"她说，"为什么要改？"

我耸耸肩说，或许是时候要长大了。

甚至向可能的对象介绍自己的时候，我也用了那个名字。我感觉很好，像是全新的开始，有机会做一个不同的人，一个更精明、阅历更丰富的人。

不过，和那几个人没有擦出任何火花——都是见了一面，就没有后续发展了。显然，与我希望的不同，改名字并不能自动改变我的形象。

几个月后，我把剩下的印着"凯瑟琳·米勒"的信笺扔到垃圾桶里，默默改回了凯蒂这个名字，没有人做任何评价。

我端着咖啡坐到桌子旁，桌子正对着客厅的两扇窗。我拉开窗帘坐下，透过窗户，我能看到华盛顿大街。外面是明媚、温暖的 9 月天。邮递员沿着街道走来，把信件放进我和汉森一家的信箱，我朝他招了招手。汉森一家是我的房东，住在公寓的另一层。邮递员走了之后，我出去取了我的信和《落基山新闻早报》。

拉尔斯、拉尔斯……这个名字还是一遍遍出现在我的脑海里。拉尔斯姓什么呢？

我在哪儿听过这个名字呢？

我进屋，瞟了一眼报纸头条。肯尼迪总统昨天在莱斯大学发表了演讲，承诺在 1970 年之前送宇航员上月球。等我亲眼见到我才会相信。我把报纸扔在餐桌上，准备吃早餐的时候继续看。

我的信件很少。只有几张账单，一张广告，广告上面附赠了一张免费洗车券，但我要这没用——我根本就没有车。里面还有一张我妈妈寄来的明信片。

早上好，宝贝！

你那边天气可好？这边将近 30℃ 了，潮湿得很，但还是很舒服。我敢说地球上没有比这儿更舒服的地方了。

提醒你我们回来的日子哦。10 月 31 号，我们会乘坐夜间航班，在洛杉矶转机，11 月 1 号到丹佛，也就是星期四到家。

我们在这边玩得很开心，但我们想赶快回家，看看家里的秋景，当然还要回来看你！

爱你的妈妈

附：我也很期待回医院！我特别想念宝宝们，谁知道我们走了之后有多少宝宝出生了呢？

看到这儿，我笑了。我爸妈在檀香山待三个星期了，他们还要在那儿住五个星期。这次对他们来说是一次伟大的旅行，也是他们离开丹佛最久的一次。6 月他们过了结婚 40 周年纪念日，这次旅行就是为了庆祝结婚纪念日的。我的叔叔斯坦利是海军基地的海军总士官，这次我父母去檀香山，就和斯坦利叔叔还有梅姨住在一起，住在他们基地外的房子里。

这次旅行对他们来说十分美妙，也会成为他们一辈子的美好经历，但我也知道，他们两个，尤其是我妈妈，不愿意离家超过两个月。我妈妈在丹佛医院的婴儿病房工作，她对工作非常投入，自我有记忆起，她就在那儿做志愿工作。她常常高兴地说自己是"地球上最老的志愿护士助理"。我爸爸以前在科罗拉多公共服务公司工作，负责组装家庭电表，去年60岁的时候提前退休了。他喜欢在家附近闲逛、读读书，和朋友们一起打高尔夫——每周打两次，冬天也是如此，只要地面没积雪。

我回想起昨晚那个梦，我从那个小女孩的窗户往外看时，看到外面在下雪。那个小女孩叫米茜？是这个名字吧？看样子是的，米茜房间的窗外下着雪。我居然能记住梦里的这个细节，我睡着的时候，大脑居然描绘了一幅完整的雪景来满足我的视觉享受。

想到那房间里的场景，我又笑了——那两个可爱的孩子，还有那个眼睛迷人的男人。

喝完咖啡，我把妈妈寄的明信片放在文件夹里，和她之前寄的明信片放在一起，她每周会给我寄三四张。我把文件夹放在书桌上，旁边摆着一个装有我父母照片的相框。

我起身，放水准备洗澡。梦中的生活再美好，我现在还是要继续过我自己的真实生活。

我步行去我们的书店，书店在珍珠街上，只有几个街区的距离。弗里达也从她家走过去，有时候我们会在路上相遇。但今天是我一个人走过转角，走到了珍珠街上。那一刻，我停下脚步，感受着寂静与荒凉。附近一个人也没有，连过路的车也没有。药店开着门，左手边的窗户上，霓虹灯亮着。三明治店也开了，按以往的经验，整个上午，或许会有几个路人在这儿停下，进去买杯咖啡或一个黑麦香肠面包带走，但只有那么几个人。

以前不是这样的。

1954 年秋天，我和弗里达开了这家好姐妹书店，当时我们觉得选址堪称完美。那会儿，百老汇线上的电车转弯经过珍珠街，电车人流会经过我们的书店。我们就在时尚电影院的下一个街区，晚上有电影上映的话，我们就开着店，吸引电影放映前后的人流。那段日子里，晚上有很多客人，人们喜欢晚上来我们书店看看，希望在书堆中邂逅一个神秘美人，或是陌生帅哥。

现在情况没那么好了。百老汇线已经停运了，所有的有轨电车线路都停运了，取而代之的是公共汽车。新的公交线路不经过珍珠街，于是我们这里不再有那么多客人了。时尚电影院还开着，但去那儿的人也没有几年前那么多了。比起过去，人们不再来我们这里购物、消遣，也不来像我们这样的小商业区了。他们钻进车里，开着车到城郊的购物中心去。

我和弗里达常常说起这件事，讨论该怎么办。我们是关门，不做这行了，还是关了这家店，去个购物中心重新开一家？这是弗里达几年前的想法，但我不同意。还是说我们应该维持现状，相信如果坚持下去的话，说不定过几年事情会有转机？我不知道怎么办，弗里达也不知道，我们每天都会谈论这个话题。

不过这些年我懂得了，我们两个都懂得了，事情永远不会像一开始看上去的那样永恒不变。

开书店之前，我是一个小学五年级教师，那是我为之疯狂的一份工作。"我爱我的工作，我爱我的工作，我爱我的工作。"每天早上去学校的路上我都会对自己默念这句话，那时候我还和父母住在一起，每天骑自行车去上班，离学校只有几英里的距离。

我怎么会不爱这份工作呢？我常常这样问自己。毕竟，我喜欢孩子，也喜欢阅读和学习。似乎我也应该顺理成章地喜欢教书育人，如果我喜欢那些事情，却不喜欢教书，那我成什么人了？

但是，站在黑板前，面对着一个班的 10 岁孩子，我觉得特别紧张，像是一个新手演奏家，走后门到了一个座无虚席的音乐厅表演。这位新手演奏家渺小而又孤独，坐在华丽的钢琴前，笼罩在聚光灯下，才意识到一旦开始演奏，她谁也糊弄不了，可此时已经为时已晚。

当时，站在教室里的我就是这样的感受。我手心冒汗，声音急促，音调也变高，常常会有学生要我再说一遍。"米勒老师，我没听清楚。"一个学生会站出来说，然后他们全都开始说，"我也没听清楚。""我也是，米勒老师。""你刚刚说什么，米勒老师？"我觉得他们在笑话我，即便我并不觉得好笑。

每年都会有几个成绩突出的学生，我对他们十分感激。他们能在任何环境中学习，他们聪明、适应能力强，即使我给到的帮助不多，他们也能够很快地自己掌握重要概念。但这样的学生实在太少了。

还有那些家长——家长才是最让人头疼的。

我的教育生涯快结束的时候，有一个特别糟糕的早上，我至今记忆犹新。我班上有个叫希拉的学生，期中考试历史不及格，她的妈妈文森特太太在早课铃声响起之前冲进了教室，气急败坏地朝我挥舞着希拉的成绩单，希拉跟在她妈妈身后。

"米勒老师，这成绩什么意思？"文森特太太质问道，"希拉跟我说你上课的时候根本没教历史！"

"当然教了历史。"我回答，尽力保持声音不颤抖。我生气地咬着嘴唇，我为什么要为这么显而易见的事情辩护？"我们整个学期都在教南北战争。"

"南北战争？南北战争？一个小姑娘，学南北战争这种老掉牙的东西有什么用？"

她的问题太荒谬了，我都不知道怎么回答。希拉站在她妈妈身边，沾沾自喜，黑眼珠里带着挑衅的神色。我当时就想扇她一耳光。我知道我不能，但我特别想扇她，不得不紧紧握着拳头控制自己。

"课程表就是这么安排的。"我说，"学校就是这样要求我的，女士。"铃声响起，我走到教室门口，准备迎接其他学生，"我要按课程安排来。"

文森特太太冷笑道："那可真是有创意啊！不是吗？"还没等我回答，她转个身就走了。

这次事情让我特别受伤。老实说，我花了好几周时间才走出来。过了一段时间，我开始责怪自己。确实，我只是尽我应尽的职责。但如果我的学生学不好，或者不愿意学，那么我也有责任。多年来，学习对我来说一直是件易事，于是我默认教书育人也会容易，当我发现事实并非如此的时候，就不知道该如何应对了。

那几年，弗里达在一家广告公司上班，她是我高中以来最好的闺密。她的工作很具有挑战性，但光鲜亮丽，而且她做得很好。他们公司的客户大多来自本地的企业，很多都是大型公司的人。那段时间，她常常参加各种聚会和盛大的开幕式，穿着华丽的晚礼服。她总会事先穿给我看一下，问我的意见，我每次都觉得那些晚礼服很漂亮。

表面上看，弗里达那时候似乎过得很好。但到了周末，我们俩单独在一起的时候，我们穿着毛衣、宽松的牛仔裤，踩着平底鞋，她会跟我说工作如何辛苦，她一直都在强装。她说，这份工作让她觉得好像在演戏。"偶尔演一次还挺好玩的。"她说，"但整天演、天天演就很辛苦了。"

那段时间我们常常谈论各自的情况，她会说多么厌恶工作中的虚假，我会聊多么害怕自己会在唯一擅长的事情上失败。

"换一种生活方式会怎么样呢？"有一天她问我。那是1953年的3月，一个周日的下午，我们在我新家附近散步。在那之前一个月，我刚从父母家里搬出来，毕竟快三十岁了，我觉得是时候该独自生活了，于是在普拉特公园附近租了个公寓。新家离我上班的学校不远，走到弗里达两年前买的小屋子也只要几分钟。那是个普通的丹佛春日——像往年一样，3月的风雪最多。和大多数年份一样，风雪过后，我们迎来了几天温暖明媚的日子。冰雪消融，形成一个个小水滩，嫩绿的新草从泥泞的庭院里钻出头来。前一天还下着季末常有的小雪，但那个周日，我和弗里达去散步的时候，天气明媚、干净，气温也有十几摄氏度。

弗里达看着附近屋顶上的积雪消融，化成水滴重重落下。她突然开口问我："如果我们做个令人高兴的工作，事情会怎么样呢？"

"如果我不用每天以泪洗面呢？"考虑到了这个可能性，我一下子觉得豁然开朗，整个人都活过来了。

弗里达轻轻点了点头，"是啊，好姐妹。"她说，"就是啊。"

最后我们终于下定决心，不能再继续做梦了，要把我们的梦想变成现实。我们拿出所有积蓄，找父母借钱，还申请了贷款。由于我们俩都是单身女性，必须找一个男人为我们的贷款作保。幸运的是，弗里达的爸爸欣然答应了。于是好姐妹书店就这样诞生了。

我还记得，刚开店的时候我们兴奋不已。我们终于能做自己真正想做的事情了。我们俩有了自己的生意，我们的生意会蒸蒸日上，我们可以自己做选择，决定我们自己的命运。从现在开始，没有人有资格决定我和弗里达会成为怎样的人，父母、老板都没资格，更不用提一帮总爱和我作对的10岁孩子和他们的妈妈。没有人能决定我们的人生，我们也不再需要父母的接济。

过了二十几岁的年纪，我们两个没有结婚，高中和大学班上的女同学没有像我们这样的，但我们两个都没有因为单身而焦躁。以前那个嫁给凯文的目标，早已离我远去了。那是一个年轻女人，或者说是一个女孩的愿望。可我已经不是那个女孩了。

这些年来，我意识到，单身生活让我和弗里达比同龄女人多了一丝自由和个性。我们就像是百货商店里摆在珠宝柜台上的奇特项链，串起一串随机组合的五彩串珠，吸引着人们的眼球，而不像那些单调普通的珍珠项链。

"谁需要男人？"我和弗里达老说，"谁需要孩子？"每次看到同龄女人开个大车接送孩子，我们都在旁边偷笑，庆幸自己没掉入那个陷阱。

我们俩谁都不想过那样的生活，很长一段时间都是如此。

我们的日子很难熬。一上午只有两个顾客，一人买了一本布雷德伯里新出的小说，那本书在我们的小店里很受欢迎。下午几个人进来随便看了看，好几个人问我们有没有蕾切尔·卡逊写的《寂静的春天》，这本书主要讲了杀虫剂的危害，前段时间作为系列文章刊登在《纽约客》上，不久又会做成文集出版。本地文学界人士预见到了《寂静的春天》会大火，但不幸的是，我们要到 9 月的最后一周才能从经销商手上拿到这本书。

弗里达整天都很急躁、易怒，她朝我发脾气，而我老是手抖，尽管那天只喝了两杯咖啡。可能是因为那个梦吧，一直在我脑海里，挥之不去。

"我要出去透透气。"4 点半的时候，弗里达对我说，"这一天我受够了。你待会儿关下门吧！"

我默默点头，看着她离开。出了店门，她生气地点燃一支烟，在大街上气得跺脚。

"好姐妹，对不起。"我默念着，尽管她早走了，听不见我说的话，"对不起，我们现在过成了这样。"

我关好前门，收起收银台上少得可怜的现金，拿到后面的保险箱里。就在那一瞬间，我想起来了。

我知道我在哪儿听过那个名字——拉尔斯。

思绪回到了大约八年前，那时候我刚改名为凯瑟琳，就在我和弗里达开好姐妹书店之前。那时候我很喜欢看《丹佛邮报》上的征友广告栏目，有一天终于决定自己也发个征友广告。我想，这件事值得做，也是件勇敢的事情。或许我的新工作、新名字也能让自己变成一个不一样的人。

不少人回复了我的征友广告，拉尔斯就是其中一个。实际上，现在想来，他就是"那个人"。

我的意思是说，给我写信的二十几个男人里，有八到十个我印象不错，通过电话联系了，其中几个我见了面（都只见了一面，后来没联系了，但我并不觉得失望）……在这所有人里面，拉尔斯是唯一一个我真正觉得有可能发展的。

和其他所有人一样，他给我写了封信，主要是介绍自己。但他的信和我收到的其他信不一样，不是随便找张纸，潦草地写几行字，塞进信封，并不期待结果。单从他写的东西中，我就能看出来，拉尔斯在这封信上花了很多时间，考虑得很周到。

我喜欢保存东西。我家里有个巨大的文件橱，里面放着所有和我相关的文件，包括信件、收据、旅行日程、杂志文章，只要能想到的，我都有。

于是毫不意外，我从书店跑回家，翻找我的文件时，找到了一个牛皮纸文件夹，上面简单地标记着"广告回复"。文件夹里有寥寥几封信件、信纸，上面潦草地写着名字和电话号码。里面还有我当时的征友广告，这是以前从报纸上剪下来的，纸张已经泛黄：

单身女性，30岁，现居丹佛。积极乐观，重情顾家，有能力。诚实、正直、忠诚。欲觅有趣、不笨、爱好广泛（户外运动、听音乐、看书等）的男性。希望您愿意组建家庭，过安定的家庭生活，也享受冒险，喜欢旅行，会找乐子。欢迎符合条件者来信。

看到这封广告，看到当时的我如何向全世界介绍自己，我感触良多。再回首，我意识到，这些年的岁月已然改变了我。那个时候，我还期待着婚姻。凯文已经在我的生命中消失了好几年，但我对此还抱着希望，期待找到对的人，安定下来，组建一个家庭。显然，1954 年的时候，这个想法对我还十分有吸引力。

而我现在的生活——经营一家书店，做一名独立的单身职业女性……唉……以前我确实想和弗里达一起创业，在经历教师生涯的惨痛失败之后，我就想整天泡在书堆里，用余生来接受惩罚。

但是，我并没有预料到，这些年会这样过去。

我在剩下的文件里翻找，找到了拉尔斯的那封信：

小姐：

您好！

我知道我们还不认识，也知道大多数人都认为，这种结交朋友的方式很愚蠢。我也听说过，这种方法从来都没有用。很大程度上，我也是这么认为的，因为我很少看到有人成功。但当我看到你的广告（实际上，我已经看了十几次了），通过你的描述，我觉得我可能是你合适的人选。

你说你想找一个有趣、不笨的人，我可以说说我的爱好。我喜欢去看我的侄子、侄女，和他们一起在马路上踢足球。我们用的足球很软，还没有打破过谁家车的挡风玻璃；两个孩子一个 12 岁、一个 8 岁，完全能躲避过往的车辆，所以不用担心。我还喜欢做些东西。在我侄子、侄女小的时候，我给我姐姐家后院做了个秋千。我还给朋友家的狗做了个小屋，让它晚上有个地方避避风。可能我做的这些事情不够有趣吧，但能让身边的人高兴，也会让我自己忍不住微笑。

你在广告中提到了旅行。我喜欢旅行，但没机会常常去旅行。我十几岁的时候，和家人一起从瑞典移民到了美国，所以我必须努力工作，才能在这个国家站稳脚。现在情况好多了，我也能过更舒适的生活了。我希望以后能多去旅行，国内也好，国外也好。你去过欧洲吗？来美国之后，我还没有回去过，但我希望有机会可以回去看看，如果旅行途中能有位欣赏"旧世界"的美和历史的人作陪，就更好了。

我还有个爱好，这是你在广告中没有提到的——我喜欢美国运动，尤其是棒球。你可能对这个不感兴趣，但我希望，如果我们能见面、互相了解的话，你能宽容我这个嗜好。人们常说棒球是美国特有的消遣方式，如今我也是个美国人了，我发现棒球也成了我的消遣方式。

你写到，希望找一个愿意组建家庭的人，我很高兴你敢于表明这个想法。如今很多女性似乎不敢承认这一点，好像有这个想法会让男人们不那么喜欢她们似的。我猜她们也有她们的理由，因为很多男人（尤其是过了一定的年纪之后），对孩子往往持中立态度，有的甚至坚决反对要孩子。但我不那么认为，我一直想要有个家庭，希望还不算太晚！（我现在才 34 岁，所以我觉得还有时间。）

写到这里，你大概能看出来，为什么我会对你的广告感兴趣。期待你的回信，希望能与你相识。

此致

敬礼！

拉尔斯

我坐着，又读了一遍这封信，盯着他附在信里的电话号码，然后我又一遍一遍地读着他的信。确实，他不是莎士比亚那样的大文豪。但是我想联系他的原因很明显，他的信里有什么东西吸引着我，我得承认，仅仅是这几页文字，就让我觉得我和他之间有了某种联系。

晚些时候，我开始准备晚餐，切菜的时候给弗里达打了个电话。尽管担心她还在闹脾气，我还是得跟她聊聊。我想或许只要我打过去，她就会高兴地跑来接电话，一扫之前的阴霾。

响铃第三声之后，电话接通。听到我的声音之后，她的语气很温和。"想我了吗？"她问，"我知道你已经两小时没看到我了。"

我笑了，"当然想你！"我说，"但是我找你还有别的事。"我突然转换了话题，"你记得那个叫拉尔斯的吗，征友广告认识的那个拉尔斯？"她没回答，我就又问了一遍。

"我在想呢。"她说，"你的还是我的？"

那次发征友广告，收到的第一批信件里，我看着扔了几封。那时候我意识到，并不是所有回信的人都符合我的条件。"我人很好，给我打电话吧！"有封信里只写了这么一句话，十分直白。而且可惜的是，这样的信并不是个例。

而另外的一些，尽管他们能编出完整的句子，但我一点兴趣都没有，原因很多——太高了、太健谈了、太圆滑了，等等。

某天晚上弗里达来我家，我们一封一封地拆信，把它们分成三堆——"凯蒂的""弗里达的""不要的"。我感兴趣的都放在"凯蒂的"那一堆。"毕竟是我登的广告嘛！"我笑着对她说，"我有优先权。"我第一印象不深刻的就放在"弗里达的"那堆，她从中选了几个打了电话。"有什么不行呢？"她理论道，"反正他们也要来这儿的。"然后朝"不要的"那堆信挥了挥手。

讽刺的是，和那些来信的人联系之后，她的运气反而比我好。她去约会了几次，而且和其中一个人在一起了好几个月。当时我还以为他们是认真的，可事实并非如此。有一天，她毫不在意地耸了耸肩，跟我说他们分手了。"他配不上我。"她说，"他还不如你重视我。"

弗里达这个名字，听上去可能以为是个有着红棕色自然卷的自负小姑娘，就像《花生漫画》里那个弗里达一样。事实并不是这样，尽管她也有自负的时候，但她一点也不像漫画里那个小女孩。况且，我们每个人都会有自负的时候，不是吗？她身材高挑，留着一头黑色的直发，可以说形象是和我完全相反的。她擅长运动，身体强壮，会打垒球，高中的时候还是学校游泳队的，到现在她每个星期还要游几次泳。她和什么人都聊得来，无论是时尚电影院的售票小妹，还是偶入我们书店的问路人。我们那片的其他店主说她是"会做生意的那个"，而我是"只会看书的那个"。

"拉尔斯是我的。"我告诉她，"我知道你不记得我的了。"

她笑了："我连上个星期的事情都不记得了，你还想要我记得你八年前约会过的人？"

我从冰箱里挑了个胡萝卜，开始削皮："我希望你会记得嘛。"

"怎么了？你又碰到他了？"

"从某种意义上来说是的。"我心想。但我没说出来，因为我觉得跟她说都很奇怪。

"你又投了一个征友广告吗？"

"没有，不是那样。"我把胡萝卜切了片，"嘿，我要挂了，我要开始做饭了，明天见吧。"

挂了电话，我又读了一遍拉尔斯的信和我的征友广告。今天回家之后我已经读了一遍又一遍了。

我想起来了。我们说过话，在电话里说的。

不过只是通过一次话而已。我给他打了电话，因为我觉得当时的情况下给他打电话是个明智的举动，这是弗里达跟我说的。她说："这样的话，就算他们听上去像是刚从疯人院跑出来的一样，对你也没有什么损失，因为他们没有你的号码，不能给你打回来。"

于是，那天晚上读了好几遍他的信之后，我深吸了一口气，拿起电话，拨通了他给的那个号码。电话很快就接通了。

"我是……凯瑟琳。"我调整语气，试着说出这个名字，感觉清新而舒服，像嘴里含着一颗薄荷糖，"报纸广告那个凯瑟琳。"

"凯瑟琳！"他叫出我的名字，听上去奇妙而独特，"我就知道是你。"

我被这句话吓到了。"你怎么知道的？"我紧张地问。

他笑了，笑声很好听："我就是知道。"

我调小广播的声音，为了更清楚地听他说话。哦，我的天哪——我想起来了，我想起来罗丝玛丽·克鲁尼那首歌什么时候登上榜首了。

就是那天晚上，我和他通话的那天晚上，广播里就放着这首歌。

眼睛里有星星，是真的啊……

寒暄几句之后，拉尔斯问我是做什么工作的。"其实我最近在待业。"我说。然后我告诉他，我准备开个书店，几个星期之后就会开业。

"前程似锦啊！"他说，"真令人钦佩，凯瑟琳。"

令人钦佩。老实说，以前从来没有人用这个词形容过我。有人说我聪明，有人说我友善，但从来没有人说过我令人钦佩。那个要求很高，我从没想过自己跟这个词儿挨得上边。

"其实我自己也准备创业。"拉尔斯说，"但是我的想法没你的那么激动人心，我只想开一个建筑公司。"

我笑了，"我觉得听上去很激动人心啊！"我问，"你怎么进这行的？"

"哦，我做这行好几年了。"他回答说，"我一直很喜欢建筑。在瑞典老家，我父亲是一名木匠，我常常给他做帮手。在我们那样的小镇上，帮别人建房子也包括设计。来了这边，我父母去世后，我开始打打零工。后来我意识到，我想学建筑。于是攒够了钱，我去念了科罗拉多大学丹佛分校。我1944年毕业，当时已经24岁了，算年纪比较大的了。毕业之后，我在城里的一家小公司工作，然后就慢慢到了今天。"

"1944年……"我想了一下，"你没参军吗？"我认识的所有男生，包括凯文、丹佛大学的同学、高中同学、邻居等等，1944 年的时候都在服兵役。

他没说话。我柔声问道："拉尔斯，你在听吗？"

"我不能服兵役。"他轻声说，"我身体条件不合格。"

"为什么呢？"

我听到他深吸了一口气，慢慢呼气，才说："我有心脏病……心律不齐……"他马上补充说道，"实际上没有听上去那么糟，但确实意味着，我的心跳不规律。"他沉默了一会儿，然后说，"也就是说我心脏不好。"

我没有回答他。我想起了我的父亲，因为他是我认识的最爱国的人了。打仗的时候，他们工厂闹罢工，他是全厂唯一一个越过纠察线，坚持工作的人。那时候工厂已经不组装家用电表了，而是组装军用电子设备。我父亲说，只要能为前线的战士们帮上一点忙，就比多赚几块钱值当得多。我在想，如果他知道我和一个没去前线的人交往，他会怎么想？

"凯瑟琳？"

"嗯？"

"没事儿吧？因为我没服兵役？"

我沉默了一会儿，然后回答他："听起来，你也没有办法改变。"我轻轻地笑了，"再讲讲建筑师的事吧。"

"我比较偏向于商业项目。"他说，"办公楼之类的。虽然没有住宅区那么光鲜亮丽，但需求更大。这年头，很多房子都是预先做好部件，然后组装，布局都是一样的。我希望有一天能设计、建造自己的房子，拥有一个独一无二的家。"他轻叹了一口气，我能听出他声音里的企盼。他继续说了说他自己打算创立的建筑公司，"我知道的不比现在公司的老板少。"他解释道，"我和他们的区别只有门牌上的名字和工资单上的数额。"

"那你很棒啊。"我回答，我是真心那么认为的。就他打算自立门户这一点，我就由衷地敬佩。我和弗里达的亲身经历让我知道，敢于冒这样的风险很不容易。

我们聊了一个多小时。最后，我觉得时间太晚了。"和你聊得很开心。"拉尔斯说，"希望下次还能和你聊天。"

我犹豫了一秒，说："我们难道不应该见面吗？一直通过电话聊天感觉挺蠢的。我们应该见面，再看事情如何发展。"

"真的吗？"他听上去有点吃惊。

"当然是真的。"

"那么，我们约个时间见面吧。"我们约定两天之后的晚上一起喝咖啡。

"那好吧。"我们约定好时间、地点之后，他说，"该说再见了。"

"嗯。"

"凯瑟琳……"

我顿了顿，才回答："嗯？"

他温柔地说："没事，我只是……很期待和你见面。"

"我也很期待。"

他没回答，我能听到他的呼吸，听上去有些急促。"还有别的事吗？"我问。

他语速很慢，回答说："没了……应该没有了。晚安。"

"晚安。"然后我们都挂断了电话。

我抱着那些信、文件和那个文件夹，坐在椅子上，双唇紧闭，怔怔地盯着窗外。我的胸中升起一丝怒火……

因为就那样结束了。

到了约定的时间，他根本没有出现。

第三章

　　是我太傻了，我总是想当然。通过征友广告找对象本来就困难重重。遇到了问题、吃了苦，我才意识到，这世界上有很多怪人。有的人在写信的时候，甚至在通电话的过程中，都显得很正常，但是等你和他面对面坐在一起的时候，才发现哪里不对。也许他们不知道怎么做一个绅士，也许他们已经有女朋友了，也有可能，他们以为自己想找个女朋友，但实际上他们只是无法忍受妈妈、姐姐们的催婚，想让她们知道，自己已经在努力找女朋友了。但心底里，他们只想一个人待着，根本不想找个固定女朋友，更别说结婚了。

　　所以，八年前我一个人坐在咖啡店里，完成任务似的喝着咖啡的时候，我只觉得失望，一点儿都不惊讶。我默默地等，15 分钟，20 分钟，35 分钟过去了……透过咖啡店的玻璃窗，我呆呆地看着窗外的人群——散步的夫妻、牵着镶水钻的绳子遛狗的老太太，还有推着婴儿车带着孩子的年轻妈妈。我想，拉尔斯会不会正坐在街对面的车里，弓着背观察我呢？我猜他可能要看外表再决定来或不来吧，可是我的外表并不差啊。我甚至去做了头发，还买了一支很贵的口红。我对此很后悔，因为他甚至不愿意花一个小时的时间和我喝杯咖啡。

我续了两次杯，杯子又空了，我终于起了身。穿上外套，我走出店门，头仰得高高的，脸上挂着欢快、无畏的微笑。如果他正看着我的话，我想让他知道，老娘不在乎。

晚饭过后，我花了一个小时撕下房间窗户、墙壁上贴的胶带，捡起地板上的报纸，重新挂好窗帘。本来想自己搬家具，想想最终还是放弃了，觉得没必要花那个力气。我爬上床，很快就沉沉睡去。

刚开始我没有做梦，但后来，我又到了那里——那个贴着绿色墙纸的房间。浅灰的晨光透过窗户照进来，露台门外下着小雪花。这个地方老是下雪吗？

拉尔斯从后面抱着我，右臂搂着我。我能感到他小臂的力量压在我腰上，温暖的气息呼在我的脖子上。

我微微转过头看着他。"你是谁？"我在心里暗暗地问，害怕出声会吵醒他，"我在你这儿做什么呢？"

他好像听到我说话似的，睁开了那炯炯有神的蓝眼睛。"早啊，亲爱的。"他把我的脸转过去，吻了上来。他的吻是那么温暖而熟悉，像是多年来每天都印在我的唇上一般。

"早。"我喃喃道。那感觉很好，我想永远就这么待着。

我转过身，紧贴着他，感受到他的坚硬抵着我的大腿。那一刻，我犹豫了。但我马上又想到，这只是在做梦而已，我说什么、做什么都没有关系。我问他："几点了？我们要不要……能不能……"我结结巴巴的，不知道该怎么说出口，即使是在这个一点儿也不真实的梦中世界里。

"要快点才可以。"他笑了，"周六真好。"

然后我们开始了，激烈而小心，正如我想象中的已婚夫妻那样。大清早有时间的时候，趁着孩子们还没醒，他们必须快点做。

他爱抚着我，动作温柔，双手灵巧。太久没做，我已经忘记这奇妙的感觉了。

这比我记忆中任何一次性经历都要激烈。一阵激流穿过全身，我自己都倍感震惊。我咬紧了双唇。

他还在继续，呼吸加快了，我能听到他的心脏在我的胸前怦怦跳。突然，他放慢了速度，几乎要停下来。"怎么了？"我有些担心，"你没事吧？"他缓缓加速，但还是比之前慢一些，"我没事，只是要……慢一点……"我没说话，身体跟着他调整到他的节奏。

直到他从我身上滑下，调了调睡裤上的腰带，静静地躺在我身边。我把睡裙拉下来，遮住腿，蜷在他身边，手轻轻放在他的胸膛上。他的心跳依然很快。"你没事吧？"我又问。"没事。"他笑了，转过头来看着我，"你知道的，我有时候得慢一点，那样舒服一点。""舒服一点？"我小心地问。他轻拍自己的胸膛，温暖的手指覆在我的手上，"这儿舒服一点，心脏。"他把我拉得更近，"你知道的，亲爱的。"

我们安静地待了会儿。我小心地看着他的呼吸归于平缓。

"感觉很好。"我说，"我很满足……"说完朝他做了个鬼脸。他肯定觉得我疯了。

"你有点紧张，好像过了很久没做似的。"他若有所思，"但没有啊。才几天，是吧？"

可惜他并不知道。

"嗯，我有时候可能会这样。"

门口传来一阵迟疑的敲门声，门半掩着，一个小小的声音说："我敲门啦，按你们的要求做啦。我记得你们说的话，所以敲门了。"

拉尔斯笑了。"进来吧，小兄弟。"他喊道。

门全开了，米奇侧身进来，头发蓬蓬的。他径自来到床边，站在我旁边说："已经 7 点多啦！"

"嗯，确实 7 点多了。"拉尔斯瞟了一眼床头柜上的闹钟。

"我按你们说的做了，等了一会儿。"

"真棒！"我说。

我抱着那小孩。我可以这样做吗？我怎么会知道这个家里的规矩呢？但我想抱抱他，于是遵从了自己的内心。我掀开被子，让他睡进来。他急忙爬到床上，把床单缠在腿上，搂着我的脖子。

"你尿尿了吗？"我问。一边在想，我怎么想起来问这种话。

米奇点点头。

"就你一个人起床了？"拉尔斯问。米奇又点点头。

拉尔斯爬起来，"去拿本书来，让妈妈在床上给你讲故事。"说完他又转过头问我，"可以吗，亲爱的？"

"当然可以啦。"我坐起来，靠着枕头。

拉尔斯俯身吻了我："我去做早饭。"

外面下着轻柔的小雪，我躺在这个温馨、时髦的房间里，读着一本关于交通的书，身边依偎着世界上最可爱的小男孩。

米奇似乎对交通工具很感兴趣，对各种各样的交通工具都很有兴趣，像飞机、火车、古董汽车、邮轮等等。"我以后要当一艘邮轮的船长。"他骄傲地说，"我要开着我的邮轮环游世界，带上我的家人，让你们住一等舱。"听着他说的话，我忍不住笑了，紧紧地抱住他。

我们在火车进化史中沉醉了。你们知道 1804 年英国的理查德·特里维西克制造了世界上第一台蒸汽发动机吗？反正我是现在才知道的。忽然，门开了，米茜走进来："爸爸说可以吃早餐了。"她到我身边转了一圈，粉色的睡裙蹁跹起舞，胸前缝着一个穿黄色裙子的公主。她凑过来让我亲她，我顺从地亲吻了她的脸颊，问道："第一次穿着这条公主睡裙睡觉，感觉怎么样啊？"

我怎么知道的?

她咧开嘴笑了,"感觉很好呀,很舒服。我晚上醒来的时候,看到公主在我的肚肚上,马上就又睡着啦。"她轻轻捏了我一下,"谢谢你呀,妈妈。你是世界上最棒的裁——裁奏!"

"是裁缝。"我纠正她。

其实我并不是。二十多年前,上家政课的时候,我还能做做裁缝。那之后,我做过最复杂的手工也就是在裤子上缝个松松垮垮的扣子了。但在这个世界里,我做了一条儿童睡裙(至少可以说是把一个贴布公主缝到了裙子上)。我在哪里学来的这项技能呢?

"你们两个快出去吧。"我跟他们说,"跟爸爸说,妈妈马上出来。"

出去之前,我好好打量了一下房间四周。

首先映入眼帘的是西边墙上挂着的结婚照。房间没开灯,加上外面下着雪,光线有些昏暗,照片看不清楚。但能看出来,这是一张黑白照片,不像很多老照片一样人工填充颜色,也不像最近流行的彩色胶片照片。这是一张简单的黑白照片,为了让画面更柔和,似乎故意没有对焦。但我还是能清楚地认出照片中的自己,三十多岁的样子,旁边站着的拉尔斯比现在年轻一些,头顶的头发要浓密一点,肚子上的赘肉也少了一些。我穿的婚纱很简约,蕾丝短袖刚刚盖住肩膀,腰部剪裁合身,长度过膝。拉尔斯站在我后面搂着我,手轻轻地放在我的臀部。我握着一束浅色的玫瑰,可能是粉色或是黄色,花束上带着宝宝呼吸的甜香。我看不出来我们是在哪儿拍的这张照片。照片背景是白的,突出了中间的新郎和新娘,所以看不出来照片是在哪儿拍的。

结婚照旁边是另一张黑白照片,看上去是巴黎的街景。我一直很想去巴黎,但到现在还没有去过,从来没去过那么远的地方旅行。不过,除非你一直过着与世隔绝的生活,否则照片上的巴黎是很容易认出来的。

像很多巴黎的照片一样，背景里有咖啡店、地铁站，还有窄窄的街道。画面里有辆自行车，车把前面有个大大的柳编车篮，篮子里放着一大束花，自行车靠在一扇锻造精美的铁栅栏上。时髦的巴黎人穿过街道，好像急着赶去什么好玩又新奇的地方似的。

我们在那儿度的蜜月吗？我心想。

我把目光转向那细长的梳妆台，偷偷地打开了一个一个抽屉。抽屉里都是女人的衣服，但不是我的。随着年龄的增长，我选衣服的品位越来越不拘一格了。怎么说呢，用弗里达的话说就是"很随意"。我有各种颜色的衬衫，各式各样的围巾、首饰，穿运动裤的频率赶得上穿裙子了。我爸妈和书店的客人们老是看着我的运动裤皱眉头，我只好跟我爸妈说："现在是 1962 年了！女性在变化，整个世界都在变化！"但我不会对店里的顾客这么说。

在这里的 1962 年（如果这确实是 1962 年的话），我的品位依然很传统。我摸了摸那柔软的深褐色与紫红色相间的羊绒毛衣，小心地拿起一摞摞整齐叠好的丝袜，想看看无聊的肉色和褐色丝袜下面有没有什么有趣的东西。我没有找到什么花哨或特别的东西，但可以看出来，我在着装上花了不少时间和金钱。每一件衣服都做工精良，叠得整整齐齐地放在抽屉里。我打开衣柜的双开门，架子上也同样井井有条，连衣裙、上衣、短裙按颜色和正式程度整齐地挂着。

我现在能想象到现实中我衣柜的样子，华盛顿街上我那间小房子里的小衣橱，里面塞满了连衣裙、短裙、丝袜，乱糟糟的。每天早上我都要翻箱倒柜地找衣服穿，不要的全扔到一边，一大堆衣服堆在床上。我常常关了店门回家，看到阿斯兰蜷成一个球，惬意地在我床上打着呼噜，身下躺着我皱巴巴的衣服。

对比起来，这个衣柜看起来井井有条，从来没有一丝凌乱的样子。拥有一个这么整齐的大衣橱，想必出席任何场合都有合适的衣服，所有衣服都能找到完美的搭配吧。

上次来这儿的时候，我发现那条蓝色浴袍穿着很舒服，虽然对我来说有点缺乏个性，但我还是穿上了它，系好腰带，我轻轻打开房门。

我猜测，这房子是复式楼。设计新颖，一定是二战后才建的，很有可能还是最近十年内新建的。我们的房间——我和拉尔斯的房间（这么说太奇怪了！）位于一楼，房间里有独立的卫生间，这就是大家常说的套间了吧。床边有几扇玻璃门，外面是露台和后院。从卧室门口往外看，左边是一条走廊，走廊尽头有扇门，门半掩着，看上去里面是间办公室。右手边是客厅和房子的大门。客厅墙壁刷成了淡金色，门是水蓝色的。这才像话嘛，我心想。至少我在室内设计方面对色彩还是有点感觉的。

走廊挡住了我前方的视线，我能听到拉尔斯和孩子们的声音，他们应该在厨房。通过上次的经历，我知道玄关旁边的楼梯往上半层通往孩子们的房间，那个楼梯往下还有半层，下面可能有洗衣房或者游戏室，也可能洗衣房和游戏室都有。

我没有循着声音去找我的家人，而是走进了左边的走廊。墙上装点着许多照片，第一张是从卧室能看到的那张风景照，除此之外，其他都是人像照片。我依然觉得那张山景图很神秘，于是退后细细端详了一会儿，但还是看不出来这儿到底是哪儿。

这时候我才发现，这张照片摆放的位置有所不同。其他都是孩子们和祖辈的照片，或是家庭聚会的照片，但只有这张图片的位置是精心设计过的。从卧室里……不对，不只是从卧室里，从床上，就能看到这张照片。躺在床上的人不会看到孩子们的照片，也不会看到爷爷奶奶的照片，只会看到这一张。

我忍不住夸自己，真聪明的布置方法！（如果这个布置确实是我想出来的话。）

我仔细看了看其他的照片。奇怪的是里面没有米奇和米茜，这些全是黑白照片，而且看起来有些年头了。可能是拉尔斯的祖辈？

　　突然，一张照片吸引了我的注意力，我停下脚步，吸了口气。走廊中间挂着一张照片，我觉得很熟悉。我不记得具体是什么时候拍的了，但我就在照片的正中间，金色的小鬈发下一张可爱的娃娃脸。我妈妈以前老说，我小时候一头鬈发特别好看，上学之后才有了额前这个乱蓬蓬的发旋儿。

　　照片里的我坐在一张野餐垫上，爸爸妈妈分别坐在我的两边。我自己还坐不稳，要妈妈支撑着。那时我应该不到 6 个月大，妈妈在一边笑得很迷人。爸爸坐在我们旁边，他腿很长，直直地伸到前面。

　　我们当时在华盛顿公园野餐，那个时候我们住在丹佛的桃木山街区，家在约克大街上，离华盛顿公园很近。现在大家都管桃木山叫"华盛顿公园东区"，但那个时候那片叫桃木山，和公园区分开来。

　　几年前妈妈告诉过我，拍这张照片的时候她怀孕了，那是生了我之后的第一个孩子，后面还有两个。三个都是男孩，但都是死胎。"医生也不清楚是为什么。"那天她告诉我这件事情，语气很平和，"发生了那么多次之后，医生建议我们考虑放弃，不要再生了。"她耸了耸肩，目光低垂，没再说话。

　　前两次我不记得，但最后一次我有印象。那时候我已经六七岁了。我记得老师要我们晚上回家看课本，但妈妈的肚子鼓起来，我没法坐在她的大腿上看书。我还记得那时候爸爸带妈妈去医院了，让梅姨过来陪我。那时候梅姨还很年轻，单身，没有嫁给海军斯坦利叔叔。我记得爸爸回家后的情形，他步伐沉重，坐在沙发上，紧紧地抱着我，胡须扎在我光滑的小脸上，轻声告诉我，弟弟去了天堂。我贴着他的脸问："你是说弟弟不会来这儿了吗？不能和我一起长大了吗？他不会回来了吗？"

　　"嗯……"他声音嘶哑，泪水滴在我的脸上，"他不会回来了。"

　　我当时对妈妈的医生感到生气，心想，医生不应该救活我的弟弟吗？医生不应该拯救所有人吗？

　　看着照片里年轻的父母和婴儿时期的自己，我感到有什么东西，或是什么人，击中了我的心脏。我轻轻抽泣，突然沉浸在悲伤里。

　　"妈妈，爸爸。"我柔声说，"你们的照片为什么在这儿？我为什么会在这儿？"

　　我加快了脚步，去看其余的照片。有很多都是我不认识的老人、年轻人、小孩、祖父母，我不知道他们是谁。但也有我熟悉的面孔，里面有些是我的亲戚。我认出了一张照片上的碧翠斯阿姨，她搂着我妈妈，两个人都是十几岁的模样。还有一张照片上有我的两个表姐——格蕾丝和卡罗尔，我夹在她们俩中间，我当时胖乎乎的，泳衣紧紧地包着发育中的胸部，她们两个则是瘦瘦高高的，穿着松松的泳衣，我们三个都戴着橡胶泳帽，在太阳下眯着眼睛，身后是湖水和沙滩。我记得那次，暑假我们两家一起去内布拉斯加州，在麦克克拿基湖边度假。

　　墙上还有我外公外婆的结婚照，两个人正襟危坐。我外婆当时只有19岁，但看上去比较成熟，比现在的19岁姑娘看上去还成熟些。我记得这张照片，因为妈妈常常拿给我看，给我讲他们结婚那天的故事。妈妈说，外公外婆差一点就没结成婚，因为他们的牧师从堪萨斯赶来的路上遇到了暴雪，火车晚点了。"等牧师的时候，外公脚冻僵了，也临阵退缩了。"妈妈一边说，手指掠过皮夹里的这张照片，"你记得外公的弟弟——阿蒂叔公吗？你10岁那年去世的那个。外公退缩的时候，阿蒂叔公责备了他一番，跟他说好女人不是天天能碰上的，尤其是在1899年，在科罗拉多东部农村的牧场上。他说，如果外公不娶外婆的话，他就会娶。"说到这儿，妈妈笑了，"这句话很有说服力。外公知道阿蒂叔公敢说敢做。于是牧师到了之后，外公和外婆成了亲。然后拍下了这张照片。"

　　我看着这些照片，泪如泉涌。这里面的很多人我都很少见到。还有一些，比如碧翠斯阿姨和我外公外婆，已经永远淡出了我的生命。我突然意识到了老去的含义。老去就意味着你年轻时爱的所有人都已离去，变成了墙上的照片、故事里的几句话、心底的些许记忆。

"感谢上天让你们陪在我身边。"我对照片上的父母说，"要是没有你们，我不知道自己该怎么办。"

我沿着走廊走到尽头，走进尽头的房间。里面确实是一间办公室，房间很大，光线充足，东面的墙上装着一扇观景窗，窗下放着绘图板，绘图板右边装着一个金属托盘，里面放满了铅笔和绘图工具。角落里放着一个酒架，架子上放着一排平底玻璃杯、几个烈酒杯，还有一排酒瓶——有透明玻璃瓶，也有绿玻璃瓶，酒瓶几乎都是半满，整齐地摆放在最上面。阳光透过窗户，照在酒瓶和雕花玻璃杯上。

房间中央放着一张桃木书桌，桌子一角放着一部电话，另一角放着两个相框，中间放着记事簿。电话旁边有个名片夹，里面有一摞名片。我拿起一张，上面写着："安德森建筑设计公司董事长拉尔斯·安德森。商厦、办公楼、住房。"我嘴角轻扬，想起拉尔斯几年前说过打算多做商业建筑，少做住房，那名片上第三条描述会不会只是他想得好而已。卡片上的地址在丹佛市中心，还写着一个电话号码。我记下了号码，把名片塞进浴袍口袋里，幻想着或许这张小卡片能跟着我回到现实世界，让我能深入挖掘拉尔斯·安德森的身份。

我俯下身子，仔细研究桌角的两张照片。前面是一张我的照片，如果这张照片是真的，不只是梦里的一个道具的话，应该是近几年拍摄的，我能看到自己嘴周和眼周熟悉的细纹，在现实世界里我每天照镜子的时候都会看到这些细纹。我注意到照片里我的表情有一丝克制，像是我想要拍出温暖和善的样子，于是尽量微笑，但又不想露出脸上的皱纹。我的头发烫直了，只有发尾微卷，穿着一条靛蓝色的船型领连衣裙，佩戴着珍珠项链，头戴一顶同色系的筒状女帽，颇有第一夫人杰奎琳·肯尼迪的风范。显然，在这个梦里的世界，我在模仿第一夫人的穿衣风格，我忍不住笑了。我确实很喜欢肯尼迪夫妇，大选的时候给肯尼迪投了票。最近人们担心肯尼迪不会对付苏联，说我们年底之前都会被苏联大炮炸飞，但我还是很相信他的能力。虽然我很崇敬肯尼迪总统，在现实生活中我却完全不像他的夫人杰奎琳·肯尼迪。

我拿起另一个相框，有趣的是，里面没有照片，只有三个放相片的插槽。这是放孩子照片的地方吗？如果是，拉尔斯为什么要把相片拿出来？为什么是三个插槽，而不是两个？

"妈妈！"是米奇的声音，脚步声从走廊那边逐渐靠近，很快到了办公室门口。"我们在等你来祈祷呢。"他责备地说，"爸爸让我把这个端给你，他说要小心一点。"他手里端着一杯咖啡，送到我面前。咖啡没盛满，离杯口还有四分之一，咖啡几乎是全黑的，上面浮着一点点奶油。我露出一丝笑容，轻轻抿了一口，享受那淡淡的香甜。看来拉尔斯也知道我喜欢在咖啡里加一块糖。

"对不起，宝贝。告诉爸爸，妈妈马上来。"

"好的。"说完他沿着走廊回去了。

第四章

我再次醒来，四周是亮黄色的墙壁，身边是阿斯兰，我回家了。

"我做了个好梦。"我对阿斯兰说，"但我在梦里没找到你。"我挠了挠它的耳朵，猜测道，"你可能也在那儿，房子很大，可能你躲在地下室了呢。"

我微笑着起床，开始了新的一天。

早上在店里，趁着弗里达去了卫生间，我试着拨通了记下的那个号码——拉尔斯名片上那个电话。我偷偷地拨号，像个趁妈妈不在厨房偷吃饼干的孩子。我不知道如果接通了我该怎么办，直到我听到接线员的声音，告诉我没有这个号码。

接下来，我试着打了八年前拉尔斯家里的电话，那还是当年他在信里给我的号码。打这个号码的希望很渺茫，但值得一试，起码能让我知道他还在不在用这个号码。如果在用的话，我估计只会听到电话一直响，这个时间他接电话的可能性很小，工作日的这个点他肯定在上班。尽管如此，人生中第二次拨通这个号码的那一刻，我手心还是冒了汗。我把左手食指放在电话线上，准备万一接通了就马上挂断。但我听到的还是那个接线员的声音，告诉我这个号码也是空号。

我迅速从收银台下方的架子上抽出电话本，浏览上面的公司电话列表，寻找有"安德森"字样的建筑公司。一无所获。我甚至找了叫安得森的人，还是毫无结果。

我又试着在住宅电话列表里找，但并没有叫拉尔斯·安德森的，也没有拉尔·安德森。想象着自己是安德森夫人，我甚至查了凯瑟琳·安德森和凯·安德森，想着有可能是我们的号码上写着我的名字，但还是一无所获。

我不知道该怎么办了，手习惯性地伸到裙子口袋里，摸到了妈妈的明信片，这是今天刚收到的。我不知道为什么今天决定要把妈妈的明信片带在身上，而不是像往常一样把它放进文件夹中。不用看我也记得上面的图案——上面印着一个微笑的草裙舞舞者，她头上戴着一个栀子花花环，一头乌黑的秀发绾在脑后，草裙遮住了她修长的腿。妈妈的话就在背面。这些我不用看，也全都记得。

亲爱的凯蒂：

今天我一整天都在想你。望你安好，我的宝贝。你知道吗，梅姨常常问起你，问你过得幸不幸福、生活是否如意。我告诉她，你过得如意，当然如意。我跟她说，如果凯蒂有什么要而不得的东西，她一定会想办法得到的。我相信你会的，我的宝贝。只要你想做的，你都能做到。无论你想成为什么样的人，你也都能成功。

希望你知道，这是妈妈想告诉你的。

爱你的妈妈

"什么啊，妈妈？"我在安静的书店里自言自语，"你想告诉我什么？"

别的地方还写了话吗？难道我漏掉了什么线索吗？

我又想起当年的征友广告，想到了 1954 年秋天的报纸。如果能看到当年的报纸，里面会不会有什么线索呢？

"我得去研究一下。"上午 10 点茶歇的时候，我对弗里达说。其实也不算是真正的茶歇，因为我们没有关店门。如果有客人进来的话，我们马上要招呼。但没有人的话，我们就坐在柜台后面的小凳子上，喝着咖啡聊聊天。有时候我们聊店里的生意，有时候谈我们最近看的书，偶尔也说珍珠街上的八卦——前天晚上谁和谁一起从时尚电影院出来的、街道上其他店主怎么吸引顾客的、这座城市多么残酷地夺走了我们的电车线路，诸如此类。

弗里达一边吹凉咖啡，一边问我："研究什么？"

我脸红了："一个人……一个男人……"这么说感觉好蠢啊。

弗里达眼中闪现出一道光芒："你有事情瞒着我！你是不是认识新的人了？在哪儿认识的？什么时候认识的？"

我摇了摇头："不是那样啦。"

我特别想对她吐露衷肠。二十多年来，我在她面前几乎没有秘密。但我犯傻的事情不算……这件事情太私密了……好像只属于我，不属于其他任何人。

"只是我听说的一个人而已。"慌忙中，我撒了个谎，"是个作家，写历史的。"

我知道这么说会让她马上失去兴趣，她特别讨厌历史。高二的时候，她历史学得不好，我费了很多精力辅导她，但她才擦边及格。我觉得历史是我这辈子学过的最容易的课程，但弗里达是个只活在当下的人。

"总之，如果你可以的话，我想早点吃午饭，然后去市中心的图书馆。"我喝完咖啡，从凳子上坐起来。

她招了招手："当然可以了，反正我也没别的地方要去。"

我走到百老汇大街上，乘公交车去市中心，到了几年前新开的一个图书馆。我到了研究部，请图书管理员帮我找 1954 年 10 月《丹佛邮报》的微缩胶片。她找了一会儿才找到，又帮我布置好机器。我在旁边等着，随手翻翻手边的一摞摞书，忽然觉得图书馆既是书店的敌人，也是书店的朋友。他们这儿什么都有，人们还有什么必要买书呢？但另一方面，图书馆是最能激发读者对文字兴趣的地方了。

我终于看到了我请求的那卷胶片，我慢慢地转动手摇柄，浏览每一页，找到每张报纸背面的征友广告。

我找到了自己的广告。当时我登了一个星期，从 10 月 10 日星期天，登到了下一个星期六。

读着当年的自己，我不由得苦笑——当年的我对人生的那一部分——婚姻还抱有希望。不知道当时的我会怎么看待现在的我。如果她看到，八年过去了，我还是没怎么变化，会感到惊奇吗？每天早上，我还是在家里听着流行音乐起舞，像个青少年一样翻箱倒柜地找衣服，把房间弄得一团乱……如果 30 岁的我看到这些，会不会啧啧叹息，感叹征友广告毫无用处，一丁点儿也没有改变她的生活？

我不知道。我只知道，光看我这个广告根本无从得知拉尔斯·安德森的消息。

我开始慢慢浏览后面的页面。刚开始，我还因为自己的广告里信息太少而无比沮丧，但很快我就沉浸在过去的世界里了。10 月 15 日，台风"榛子"扫荡了北卡罗来纳州，沿海岸登陆，摧毁了沿路的房屋。英国的码头工人在举行罢工。10 月 16 日周六那天，报纸头版印着一张照片，一个妇女腿上坐着一个小男孩。悲剧的是，由于家长没有保管好手枪，那个小男孩玩耍时不小心走火，失手误伤自己，最终抢救无效死亡。封面照片是小男孩和他的妈妈，照片是出事之前几个月拍的。10月19日，市礼堂举办了丹佛历史上最盛大的职业拳击赛。10月20日，特立尼达和多巴哥大专的选美冠军载誉归来，报纸上印着她和粉丝们的照片，他们笑得欢欣愉悦，无忧无虑，青春洋溢。

翻到10月21日的报纸，我无意中看到了一封讣告。

拉尔斯·安德森，恩格尔伍德市林肯街人，因心脏病发不幸逝世，享年34岁。留有姐姐琳内娅·赫肖（姐夫史蒂文·赫肖）、一个侄子、一个侄女，居于丹佛。先父为乔恩·安德森，先母为艾格尼丝·安德森。周五上午10点，告别仪式在丹佛市伯大尼瑞典福音派教堂举行，仪式结束后在费尔蒙特公墓下葬遗体。

第五章

哦……原来是这样……现在我才知道是怎么回事。原来拉尔斯·安德森没有放我的鸽子，他不可能放我的鸽子，因为那时候的他已经不在人世了。

我走出图书馆的大门，迈着缓慢的步伐走向公交车站，不知道该怎么消化这个消息。我为这个从没有见过的人感到极度悲伤，因为我在梦里遇到了他。还有我那些荒唐的想象，我大概是疯了，在梦里勾画出与这个人生活的点滴。面对这一切，我只得苦笑。

仅仅因为厄运的一击，我没能当面见到他。

那天晚上，我急切地爬上床睡觉，好奇梦里会发生什么。尽管觉得自己可笑，我睡前还是倒了一大杯威士忌，想着喝了能快点入睡。

意外的是，梦里的我不在那个复式小楼，而是在一家光线昏暗的餐厅。桌上布置着格纹桌布，墙壁刷成了暗红色，地毯也是暗红色。餐厅里十分拥挤，还有几对情侣在前台等位。看这喧嚣的样子，我猜测这是个周末的晚上。

拉尔斯坐在我右边，穿着西装，打着领带，打扮体面，面带笑意，左手臂占有性地搭在我光着的肩膀上。我穿着一条森林绿的无袖丝绸裙，能感受到脊背和肋骨处的丝滑。我们坐在一个小包厢里，正对着餐厅的门口，包厢另一边没人。

"欢迎回来。"拉尔斯说，炯炯的眼睛凝视着我，"你好像神游了几分钟。"

"对不起！"我尴尬地笑笑，"我又白日做梦了。"

他咧嘴笑了："想象自己过着另一种无忧无虑的生活吗？"

我的笑容僵硬了："你怎么会这么说？"

他耸了耸肩："不知道，每个人不都会这样吗？尤其是我们俩。"他笑了，怅然若失的样子。

他到底是什么意思？

头顶上的音箱放着音乐，那声音清晰而有活力，一定是佩茜·克莱恩没错了。佩茜一直以来都是我最喜欢的歌手之一，尽管她的大部分音乐都很伤心，我还是很喜欢她的音乐节奏和音乐风格，又或者我喜欢的就是伤心的歌吧。不过无论你为何伤心，只要听她的音乐，你都能感到共鸣。如果你和她在一个烟雾缭绕的牛仔酒吧坐下，喝点酒，聊着天，佩茜·克莱恩会安慰你，无论发生了什么，一切都会好起来的。她会给你递一张纸巾，然后再点几杯酒。她会告诉你，她也有过这样的经历，甚至是更悲伤的经历，但她走出了阴霾，现在过得挺好。

我有所有佩茜的唱片，但我从没听过这首悲伤的弦乐。像很多她的其他歌曲一样，这首歌也是关于分手的。歌里唱着，如果爱人想离开她的话，她希望尽早知道他的真实想法，尽快结束这段感情。

"如果你想离开……现在就告诉我，快点结束吧。"

"这是新歌吗？"我突然开口。

"什么，亲爱的？"

"这首歌。"我皱了皱眉，"他们放的这首歌，这是佩茜·克莱恩的新歌吧？"

他笑了："应该是的。你告诉我这是首新歌的啊，就最近这两天，家里广播里放的时候你说的。"

是吗？我在心里暗暗偷笑。现在我的脑子都开始编造音乐排行榜了，真有本事。

拉尔斯看看门口，又瞟了一眼手表。"他们马上就到了，比尔通常都很守时的。"他耸了耸肩，"但我一点都不了解他夫人。"

我不知道该怎么回答他，只好点了点头。

他搅动面前的饮料，喝了一小口："啊，他们来了。"

一对夫妻朝我们走过来，拉尔斯连忙起身。他们看上去和我们差不多大，可能比我们年轻一点。那女人头上戴着水晶发带，一头乌黑柔亮的秀发整齐地梳在脑后，她披着一件皮草披风。一起来的男人很高，比拉尔斯高得多，拉尔斯站起来招呼他们的时候身高对比尤其明显。他长着一张方脸，看上去像个运动员，就像高中校队的足球队员一样。他长得像老追弗里达的男生类型，但弗里达往往会拒绝他们。事实上，弗里达在找男朋友这件事一直不太上心，无论对方长得多帅。有时候她似乎又会强迫自己，走出困境，交个男朋友，比如多年前她联系了我征友广告的那些人。但总的来说，交男朋友不是她人生的重头戏。

"比尔，这是我夫人，凯瑟琳。"拉尔斯转头看向我，站起来会有些尴尬，于是我把手伸过去，和比尔握了个手。

"这是我夫人，朱迪。"比尔一边说，一边放开了我的手。我和朱迪寒暄了一番，但还没有搞清楚他们是谁。大概是生意上的朋友吧？可能是客户？我摇了摇头，如果知道得多点就好了，但反正只是个梦而已，我说什么、做什么都无所谓。

比尔和朱迪点好了饮料，我们几个都点了吃的之后，才坐下来好好聊天。比尔确实是个客户，他想在市中心建个办公楼，但又不是传统的办公楼。他的想法是，楼上几层用作办公室，一层用来建小商户。这个想法瞬间引起了我的兴趣，尤其是一楼的小商户。我和弗里达要不要也考虑去市中心？我们俩从来没有讨论过这个想法。这样的地方租金要多少呢？我想，这个人可能会说到吧。

"很好的想法。"拉尔斯肯定了他，"很有商业意义。我们可以设计得华丽又现代化，同时保证能够小规模购买，既吸引企业，也吸引个人，把所有人都纳为我们的受众。到时候，你开业之前里面就满了，你还得想办法拒绝成群的租客。你看吧。"

比尔抿了一口面前的威士忌，"我完全同意你的观点，拉尔斯。"他放下杯子，"我不得不说，我见过很多建筑设计师，但他们很多还像是维多利亚时期的人一样，想法太落后了，我还是喜欢和同我一样有远见的人说话。"

拉尔斯在桌子底下握了握我的手，以表胜利，我回握了他。

朱迪切了一小块面包，蘸了黄油轻轻咬了一口："行了，别谈生意了，生意你们俩再聊吧。"她朝我笑笑，我下意识地朝她也笑笑，但其实有点生气——我还想再听听这个新建筑的事情呢。

"朱迪，你说的太对了。"拉尔斯朝她点头。他不傻，知道想要做成这笔生意，必须跟这位夫人也聊聊，"我们换个话题吧。"

"好啊！"朱迪高兴地答道，"我想知道凯瑟琳的事，你们俩怎么认识的？"

拉尔斯和我相视一笑："说来话长。"

"确实。"我说，但又不知道该从何说起，"你来说吧，亲爱的。"

拉尔斯握住我的手，"说出来你们可能不相信，我面前这位漂亮的女士当时在报纸上的征友栏目里发广告。"他说了我的征友广告，说他花了好几天才写好的信，如何力求完美。"我等啊等，等她来电话。我怕我写信花时间太长了，可能她已经遇见别人了。"他目光低垂，但我能看到他睫毛底下快乐的眼神，"终于有天晚上，电话响了。"

"我们聊了很久。"我接着说，"然后约好了见面。"我不知道后面该说什么了。到目前为止，我们说的都是真的。但是在现实中，这个故事结束时，拉尔斯离世了，而不知情的我在咖啡店里傻傻地等。我想，在梦里、在这个餐厅里，可能故事就在这里结束了，不可能是现实中结束的方式。

拉尔斯接着说："然后，我们准备道别的时候，我突然觉得胸口一阵疼痛，呼吸困难。凯瑟琳一定是听到我声音不对，问我怎么回事，我告诉她我心绞痛。她连忙问：'天啊，你在哪儿？'我记得的最后一件事情就是给了她我的地址，然后我就昏过去了。"

我盯着他，感到十分震惊。这些事情并没有发生啊。

在现实世界里，我们告别之后就挂掉了电话。两天之后，他没有按时赴约。

我突然明白了。在现实世界里，拉尔斯确实突发心脏病离世了，就像报纸讣告里写的那样。

只是我到现在才明白，事情就发生在那个晚上。就在我挂掉电话之后的几分钟……

如果我在电影院，或是看电视的时候，看到这样的情节，我会忍不住大笑，无奈地摇摇头。说真的，我会觉得这太荒唐了，我看不下去。我会打算站起身，走出电影院，或者关掉电视。

但现在我不能，我必须待在这儿，就像粘在苍蝇板上的一只小虫，只能待着，别无选择。

不管这个梦有多么离奇，令人难以置信，我都没办法离开，我跳不出这个梦境了。

朱迪探过身来："天啊，真是个曲折的故事啊！告诉我，凯瑟琳，后来发生了什么？"

突然，就在那一瞬间，我知道了后来的事情。

"我知道问题很严重，我必须快点行动起来。我在一张纸上匆匆记下了拉尔斯的地址，拿着字条冲向隔壁邻居家。我不想挂断我的电话，想着他可能会自己恢复知觉。我急忙去敲邻居家的门，有人应门之后，我冲向他家的电话，打电话报了警。向警察说明情况之后，他们答应马上派警车和救护车过去。我简单地向邻居解释了两句，然后马上跑回家，拿起话筒，叫他的名字，但他始终没有回答我。后来，我听到有人撞开他家的门，冲了进去，我听到电话那头有人在说话，能听出来有人对他采取了医疗措施，但我不知道他们具体做了什么。"

朱迪端着她的马天尼酒杯，眼睛瞪得大大的："天哪！你一定吓坏了吧！"

"的确。"我点点头，继续说，"我不断给他家打电话，希望有人会听到响声，告诉我情况怎么样了。最后终于有人接起了电话，我告诉他我是报警人，对方告诉我拉尔斯刚刚心脏病发作了。我又问他们要送他去哪个医院，对方告诉我他们准备去波特医院。"

"我什么也没想，拿着外套，叫了辆出租车，就出门了。赶到波特医院急诊室之后，我说了拉尔斯的名字，问他们他的情况怎么样了，但是没人告诉我。我不知道该怎么办，只好在候诊室等着。那时就我一个人，我觉得自己像等了一个世纪。终于一对男女进来，女人说她弟弟犯心脏病被送到这里，于是她被带到了治疗区。和她一起来的男人刚要跟上去，我把他拉到了一边。"

拉尔斯眼睛放光："我要补充一句，她当时可主动了。"

"我才不是主动呢。"我甜甜地说，"我只是想弄清楚发生了什么事情。于是我对他解释我是谁，告诉他是我报的警。他告诉我，他是拉尔斯的姐夫史蒂文。他让我在那儿等，他去看看情况。于是我又坐下来等着，等得快要放弃了，史蒂文才回来。他说：'情况已经稳定下来了，他已经醒过来了，他想见见你。'"

"我终于得以见到了他。他躺在治疗室的小床上，身上连着各种各样的机器、监控仪。他姐姐坐在他身边，看到我进去，她站起来握住我的手。'谢谢你！'她说着流了泪，'你救了他一命。'"

"那时拉尔斯才睁开眼睛……"我凝视着他，望向他那湛蓝的眼睛，无法移开自己的视线。我终于转向比尔和朱迪："我们四目相对，他握住我的手。'谢谢你，凯瑟琳。'他低声说，'谢谢你。'"

我抿了一口酒，欣喜地笑了，看着我的听众。

拉尔斯高兴地说："情况基本上就是这样。后来，她每天都来看我，直到我出院。回家之后，我姐姐每天都在照顾我，但是凯瑟琳让我重新恢复了健康。我戒了烟，我们俩一起戒了烟，开始有规律地健身。我喜欢远足，我们俩就常常去远足，尤其是有孩子之前，去得很多。我们还一起学打网球，我们两个双打。当然了，我得慢慢来，大多数时候我打网前，凯瑟琳负责底线。"说着他笑起来，"相信我，她的反手拍可厉害了！"

我疑惑地盯着他，又担心自己的疑惑是不是表现得太明显了。自高中体育课以后，我再也没拿过网球拍，我根本不敢想象自己擅长网球这样的运动项目。

拉尔斯压了压我的肩膀："从我们第一次见面开始，我们两个就密不可分了。认识不到一年我们就结婚了，从那以后一直过得很幸福。"

"好美的故事啊！"朱迪叫道，"这是我听过最浪漫的故事了！"

拉尔斯点点头："我们常常问对方，如果我们从未见面会怎么样？如果我们早了几分钟挂电话呢？答案很简单，也很残酷——如果那样的话，我不可能活下来，今晚也不可能坐在这里。"

我的手在颤抖。听到他说的这番话，我整个身体突然绷紧了。

梦还在继续。晚餐吃得很丰盛，我们吃了意大利面，喝了一瓶基安蒂红葡萄酒。他们两个说了相遇的情况（他们是大学时期通过共同的朋友介绍认识的，没有我们那么惊心动魄），随后我们坐在一起喝咖啡，他俩抽着烟。拉尔斯之前提到了，他不抽烟，我也不抽。他说，医生早就发现了抽烟对他的心脏不好，极力劝他戒烟，那次心脏病发作之后，他就戒了烟，我也跟着他戒了。

这时我才突然想起来——我确实是在1954年秋天戒了烟。我一直没跟弗里达说清楚原因。当时，我就是觉得自己应该戒烟。弗里达现在常说，我当时一定有预感，知道后来的研究会发现吸烟与癌症、心脏病等各种疾病都有关。她常说自己多么希望当年我戒的时候，她也有那个远见，和我一起戒烟。现在她是个重度烟民，一天能抽两包，以前也从来没试过戒烟，我觉得她以后也不会戒了。

出了饭店门，我们跟比尔和朱迪道别，然后走向我们的车。我很好奇我们开的什么车，走近了发现是一辆新款的凯迪拉克，车身灰蓝色，内饰是白色。这辆车应该是拉尔斯的，因为车上没有小孩经常乘坐的痕迹，除非是哪天他把车擦干净了。这是不是意味着我有自己的车，我用来买菜、办事、接送小孩的车？如果不是这样的话，那么我和孩子去哪儿都是步行，那好像不太可能。实际上我会开车，上高中的时候爸爸教过我，但是我从来没想过要买辆车，更别说常常开车了。

"今晚不错。"拉尔斯发动车子时说，"你觉得呢？"

"他们看上去挺开心的。"

他点了点头："希望如此。能拿到比尔这一单就太好了。"

我冲动地握住他的手："会拿到的，我相信你会拿到的。"

他握紧我的手，就像刚刚在餐厅的时候，在桌子下面握住我的手一样："谢谢你相信我，这对我来说很重要。你知道的，对吧？"

我犹豫了一瞬间，回答他："嗯，我知道。"

我们的车平滑地驶到学院大道上，我认真记下路线。我们沿着学院大道往南走，走山谷高速下面的地下通道，到了热闹的丹佛大学校园附近，然后过了埃文斯街。如果在这儿右转往西走，就会到我住的地方。但拉尔斯没有转弯，我们沿着学院大道继续走了一两英里，然后左转上了达特默思路，到了城南边界。

这边有很多新建筑，公交车大概都不会来这么靠南的地方。天很黑，但还是能看出来这儿很漂亮，像乡下一样。街道都是以中西部城市的名字命名的，例如密尔沃基、底特律、圣保罗。

我们右转，上了斯普林菲尔德路，这一带房子建得不多，稀稀落落的，有的空地上挂着待出售的牌子。还有很多正在建的房子，黑暗中它们的影子若隐若现，像空地上摆着一具具细长的骷髅。

车子驶进一栋私人住宅的车道，这是一座已经建好的错层式住宅。我仔细看了看房子正面，想记住它从外面看的样子。天很黑，我看不太清楚，但能看出来外墙是橙粉色的。蓝绿色的前门旁挂着黄铜制的门牌，我默默记下了门牌号——3258。

进门之后，迎接我们的是一个棕色皮肤的中年妇女，穿着女佣的衣服。我们还有一个用人？之前做梦的时候我都没发现这一点，但现在看到了我也不觉得奇怪。我们的用人似乎是拉美裔，这一点我并不感到奇怪。她可能是墨西哥人，因为科罗拉多有很多墨西哥人。丹佛人口中黑人和东方人都不多。尽管我并不了解全球家政服务行业，但我敢打赌，只要能找到稍微好点的工作，白人女性基本不会做这个。

尽管如此，我还是有些失望。不是对我的脑子创造了一个女佣感到失望，因为我和拉尔斯住在这么好的街区、这么大的房子里，找个帮手想必也是能力范围之内的。令我失望的是，我以为我在这个梦中世界里

能更开明一点。就算要请用人，我至少应该允许她穿便装，尤其是照顾
了孩子几个小时之后。

"还好吗，阿尔玛？"

"挺好的，先生。一切都好。孩子们都睡熟了。"阿尔玛从走廊衣
柜里取出她的外套穿上，拿起一个大包，最上面放了一本西班牙语的《名
利》杂志。

"今天很晚了。"拉尔斯一边说一边打开皮夹，"里科会来接你吗？"

"嗯，看到你的车回来我就给他打了电话。"她扣上外套扣子，一
直扣到最上面一颗，打开门。

"在里面等吧。"我说。我不知道这样符不符合我们的协议，但不
忍心让她出去在寒夜里等着。

她摇了摇头："没关系的，太太。里科马上就到了。而且出去呼吸
一下新鲜空气也挺好的。"

"那好，再见，晚安。"拉尔斯边说边递给她一沓儿钞票，"周一见。"

"晚安，先生，太太。周末愉快。"

我以为这个梦到这儿要结束了，但它没有。我们脱下大衣挂到衣柜
里，透过前窗户看到一辆车在门口停下，阿尔玛上了车。拉尔斯关了客
厅的灯，我没忍住打了个哈欠，他温柔地摸摸我的肩膀："洗洗先睡吧，
我去看孩子。"

于是我走进那个灰绿色的房间，放水洗澡。右边水槽上方的药品橱
柜里放着我平时晚上梳洗需要的所有东西——卸睫毛膏的卸妆油、旁氏
清凉洁面乳，还有一款叫"青春之泉"的晚霜。这个晚霜是几年前弗里
达在商场的化妆品柜台发现的，在她的推荐下，我也试了试，试了就离
不开这东西了。这个药品橱柜里的东西看上去就像是我本人放的一样。
不过转念一想，当然是我自己放的了，不然还能有谁？

　　我小心地把那条绿裙子挂到衣柜里，在桃木抽屉里找到一条睡裙换上，然后爬进被子里等拉尔斯。

　　他进房间的时候我问："孩子们怎么样？"

　　"很快就睡着了，睡得很沉。"他笑着说。说完他进了浴室，关上门。

　　我不知道该怎么办。因为喝了红酒的缘故，我已经昏昏欲睡了，而且时间也很晚了，何况我还是在一个幻想的世界里。尽管如此，我还是不愿意闭上眼睛。我怕一旦闭上眼睛，梦就结束了，我会在自己床上醒来，那样我会错过后面发生的事情。

　　1954年秋天以来，我恋爱的次数寥寥无几，大部分时间都是空窗。认识拉尔斯之后（或者说错过拉尔斯之后），我对爱情失去了动力。我取消了征友广告，拒绝了所有朋友的介绍。遇到来书店的友好男士，我会对他们示以礼貌的微笑，帮他们找到他们要的书，然后目送他们出去。没关系的，我对自己说。我再也不会强求这种事情。

　　也有过那么几次，和朋友一起参加聚会或是去酒吧的时候，我没有拒绝别人的勾搭。我得承认，这些年来，我有过两三次一夜情。但那纯粹是生理需求和酒精作用的结果，当时我并不在乎和他们会不会再见，也没有抱任何找个老公的希望。

　　现在，我终于知道这是为什么了。

　　这些年来，我一直以为我的心态是逐渐改变的，慢慢从一个爱幻想、充满希望的年轻女孩变成了一个老姑娘。但现在我才意识到，我的心态并不是逐渐变化的，反而变化得很突然。

　　我终于意识到，拉尔斯放我鸽子之后，我就再也不想谈恋爱了。说真的，好像是从他爽约的那个夜晚开始，我内心对爱情的渴望就自动消失了。

　　可现在，我却在这儿，躺在他的床上等着他。

　　他从浴室出来，关了灯。他只穿了睡裤，没穿上衣，露出胸膛上性感的红褐色胸毛，我很想摸一摸……

他爬到床上，在我身边躺下，把我拥入怀中，深深地吻了我。从被子里钻出来透气的时候，他用嘶哑的声音说："我一整天都在等待这一刻。"

我们脱掉睡衣，身体交合，一切都发生得很自然，像是多年来每天的习惯一样。这么说可能有点俗，但那一刻我真的明白了，为什么再也没有人对我有过半点吸引力。

因为我只属于这里。

第六章

我在自己家醒来，突然感到一阵悲伤。做这些梦以来，这是第一次，我在自己家里、自己的床上感到了孤独。

这感觉令我很不舒服，而且还很荒唐。我坐起身，甩开被子。

"也许不会再出现了，这个梦。"我跟阿斯兰说。它跟着我到了厨房，缠在我腿上要吃的。我给它倒了一盘牛奶，给自己煮了咖啡，在叹息中重新调整自己，迎接这个世界。

又过了平淡的一天，我们的收入依旧微薄，下午 5 点的时候，我和弗里达关了店门。锁门的时候，住在我们店楼上的布拉德利正好从门口出来。他穿着一件破旧的米色羊绒衫，袖子上还有补丁，在门口停下来扣扣子。他朝我们友好地笑了笑。尽管如此，我和弗里达对视一眼，都露出了担忧的神色。

布拉德利是我们的房东，整栋楼都是他的。他住在楼上，把一楼租出去，除了我们的书店之外，隔壁还有一个律师事务所，也是他的租户。布拉德利 60 多岁了，妻子已经过世，但他还有孩子和孙子。他的孙子们来这儿的时候，会来我们书店看儿童书籍，我和弗里达常常让他们免费挑几本。布拉德利是个很好的房东，人很老实。可我们现在资金紧张，为此我很难受，我知道弗里达心里也不舒服。十天之后我们就要交 10 月份的房租了，可我们现在还不知道去哪里筹这笔钱。

"祝你们度过一个美好的夜晚，姑娘们。"布拉德利说，"好好享受这暖和的天气，冬天很快就到了。"

他意味深长地看了我们一眼，我没读懂他眼神里的意思，但觉得有些心慌，喉咙也突然收紧了。他知道吗？我咽了口口水，心里思索着。他肯定知道。他长着眼睛呢，能从窗边看到。他肯定每天都看到了我们店来往的客人——寥寥无几的客人。

不管怎么样，我和弗里达还是微笑着朝他点点头。弗里达说："你也是啊，布拉德利。"说完我们转过身，沿着珍珠路往南走。

我们沉默着走了一会儿。我不想谈论那些——书店、房租之类，而且我也知道，弗里达也不想谈论这些东西。过了一会儿，弗里达吹起了口哨，我猜她吹的是谢利斯合唱团的那首《当兵男孩》。但弗里达吹得跑调了，我也不确定到底是不是这首。

在珍珠路和宝石街交会的街角，我们停了下来，互相告别。

"睡个好觉。"我对她说。

"你也是。"她回答，一边在包里找香烟和打火机，"晚上有活动吗？"

我避开她的眼神，含糊说道："没什么特别的活动，你呢？"

她耸耸肩，点燃了嘴边的香烟："还是和往常一样，过老姑娘的生活，看看书就上床睡觉。"

我笑笑，轻轻地抱了她，她单手回抱了我一下，另一只手夹着烟，离我远远的。"嗯，看得开心，睡个好觉。"我说，"明天见。"

我沿着宝石街往东走，走到了华盛顿路上，路过我家附近。我回头瞥了一眼，确认弗里达一直在往前走，现在已经看不到我了。我继续往前走了几个街区，走到唐宁路上右转，到了埃文斯街上。我穿过马路，坐上一辆往东的公交车。

我在学院大道上换乘了一辆往南走的公交车。我不知道这条线路的终点站会是哪里，在现实世界里，我从来没有来过这一片。尽管我一直知道这一片有很多新建筑，但今天之前这里对我没有任何吸引力。这儿只有大量的新住宅，以及大量的配套学校和教堂。

公交车走到耶鲁街上，我成了车上剩下的唯一一位乘客。"终点站到了。"司机喊道。我下了车，看着那辆公交车在一块空地上掉了头，沿着学院大道往北走了。我沿着学院大道又往南边走了走，走过几条街，向东转弯，到了达特茅斯路。路上放着一个铁质的路标，上面写着"南山区"。我经过了一座小学，那是一栋不规则的单层砖混建筑，位于我的左手边。和这儿的其他所有建筑一样，也是全新的。

我继续往前走，走到了斯普林菲尔德路，然后右转向南走。一切都和我梦里一样——很多新建的房屋，大部分是低矮的平房，或是错层式房屋，还有很多在建的房屋。这些屋子哪些在我梦里有、哪些没有，我已经记不清了，毕竟当时在梦里天很黑。但我感觉这一片和我昨晚在梦里见到的一模一样，尽管我之前从没有来过这儿。

我想找到门牌号是 3258 的房子，可只看到了 3248 和 3268。

两座房子之间什么也没有，只有一块光秃秃的坡地，连一棵树都没有。

我盯着那块空地，脑海中浮现出那座橙粉色的砖混房。我准确地记得房子建在空地的哪个位置、配套车库低矮的屋顶，房子主要结构的样子，上面那层的屋顶稍高一些。我能想象到庭院里种的小树苗、前门几棵低矮的杜松、拉尔斯进门停车的车道，甚至阿尔玛站在旁边等车的那根木质灯柱。

但这儿没有房子，也没有打算建房子的样子，反正我看来是没有。

这儿什么也没有，只有稀疏的草坪、尘土和杂草。

一个人散步经过，他身旁跟着一条西班牙猎犬，狗脖子上没系狗绳，老实地跟在主人身边。散步的人抬头看到了我，轻碰帽边向我致意："晚上好，小姐。"他微笑着，嘴边浓密的金色胡须也轻轻扬起来。

我朝他点了点头："晚上好。"

他看出了我脸上的疑惑，问："需要帮忙吗，小姐？"

我侧过头，看着那片空地："额……可能我弄错地址了，我要找斯普林菲尔德路 3258 号。"

他也看向那片空地："如果有 3258 号的话，应该就是在这儿了。但正如你所见，这儿没房子。"

"嗯，确实没有。"我转过头，望向天际，看着西边遥远的群山，"请问，您是住在这一片吗？"

他点头，瞟了一眼街道那头："我就住在那个街角。"

"您在这儿住很长时间了吗？"

"我家是 1956 年建好的，也有些年头了。"

"您知道——请问这儿有家姓安德森的吗？有没有个叫拉尔斯·安德森的？"

他摇了摇头，"我不敢说认识所有人，但我夫人很喜欢结交新搬到这儿的人，带他们到处转转。"他耸了耸肩，"但我从来没听说过这个名字。"

他笑笑，胡须又抽动了一下："1956 年到现在从没听说过这个名字。"

我也朝他笑笑："那好吧，谢谢您，我肯定是搞错街道了。"

"嗯，祝你早日找到你要找的人。晚安！"他散着步走了，狗依然跟在他的身边。

"嗯。"我朝着他的背影说，"晚安！"

那就没什么好看的了。我突然觉得有些不知所措，心里空落落的，我离开了南山区，慢慢往回走，走到学院大道和耶鲁街的交会处等公交车。我等了将近 20 分钟，还没有等到。我猜测大概是时间太晚了，公交车不到这么偏远的地方来了。我看着路上的新款福特、雪佛兰、道奇汽车奔驰而过，想到反正这儿的人都有车，他们用不着坐公交车。我没有继续等，而是沿着学院大道继续往北走，走到埃文斯街上，坐上往西的公交车。今天这趟冒险我可能走了三四英里，而且还穿着高跟鞋。坐到座位上之后，我轻轻脱下高跟鞋，才发现脚上已经磨出了水泡。我静静地看着车窗外，直到车开到我的站，我穿上鞋子，下了车，继续往华盛顿路走去。

我一边走，一边举起双臂，不自觉地挥舞右臂，像在打网球一样。这样挥舞手臂让我觉得很舒服，而且这像个本能般的动作，好像我天生就有力量和能力完成。我的脚也不痛了，好像我今晚根本没有走那么远一样。我摇了摇头，不由得笑话自己。荒唐，太荒唐了——我的脑子在和我自己开玩笑，而且还用我的身体当道具。

这是一个凉爽的初秋夜晚，一些邻居在门廊上乘凉。"你好啊，凯蒂小姐！"街角的莫里斯爷爷朝我喊道。他坐在一张破摇椅上，靠着后背的藤条，安逸地前后摇晃着，嘴里还叼着一根雪茄。他已经快 100 岁了，19 世纪 70 年代，他跟着父母和姐姐从俄亥俄州搬到这儿，在丹佛最早的中学念书，后来从早期的丹佛大学毕了业。毕业之后，他去了报社工作，成了家。现在他和儿子住在一起，儿子年纪也大了，儿媳妇已经不在了。莫里斯爷爷常说，他的爸爸参加过南北战争，他还记得父亲战后回家的情形。但听他说这话的时候，你得想想，在脑子里算算，现在是 1962 年，莫里斯爷爷还不到 100 岁，而南北战争 1861 年开始，1865 年结束，战后退伍回家的那个，真的是他的爸爸吗？

"晚上好，莫里斯先生！"我朝他招了招手，但没停下脚步。有时候我会停下来，走上他家门廊，和他聊聊天。但今天我脑子太乱了。

看到我经过，其他邻居也微笑着和我打了招呼，我在这一片挺有人气。我能想象这一片的人怎么向新邻居介绍我："她是个古怪的老姑娘，但人还是挺好的，在珍珠路上开了个书店，你有空可以去看看。"

走回家的时候，我无意中发现这儿和南山区的强烈对比。那边地方开阔，房子与房子之间间隔大，也没有这么多大树。大部分院子里都种着一两棵树苗，路边没有我们街道两边这种高耸入云的云杉和棉白杨。

普拉特公园街区，这个我称之为家的地方，从 20 世纪初就在这里了。最早的时候，一些荷兰移民来的宗教人士在这儿定居，于是这里得名"小荷兰"，到现在偶尔还有人这么叫。这里的很多房子都是荷兰特色的人字形屋顶，还有到处泛滥的荷兰新教教堂。现在住在这里的大多是蓝领工人——在大学工作的维修工人、清洁阿姨、在百老汇南路的工厂里工作的工人，还有一些过去乘电车去市中心做秘书或零售工作的人。

当然了，现在大家都坐公交车。可是公交线路不经过我们的书店，也就无法给我们带来客人。

我知道，我得好好想个办法解决这个问题，弗里达近来满脑子都是这件事。

但是，我脑子里全是斯普林菲尔德路，那细长的房屋、开阔的空间、清新的空气，对我太有吸引力了。

快到家的时候，我看到格雷格·汉森在门口。他是我楼上的邻居，也就是我房东的儿子。格雷格是家里的独生子，八九岁的样子。他在玩一个红色的大橡皮球，对着我的墙壁扔来扔去，我面有愠色，提醒他小心着点，别打坏了我的窗户。

天啊，我听起来像个老巫婆。

"嗨，格雷格！"我走上门口的台阶，从门口捡起我的《丹佛邮报》。我对报纸上瘾，一天看一份报纸还不够，要早上看《落基山早报》，晚上看《丹佛邮报》。

"嗨，米勒小姐。"他答应着，手上的球还没停下。

"在这儿干吗呢？"我问他，一边在包里翻找钥匙。

他耸耸肩："我妈叫我出来的。她说我反正也不做作业，不如出来走走。"

我找到了钥匙，盖上皮包："你为什么不做作业呢？"

他又耸了耸肩，"不喜欢做呗。"手里的球弹到墙壁上，一次、两次、三次，"不喜欢上学。"他抬头凝视着天空，"哇，今天的日落好漂亮！我从来没见过这么橘色的天空。"

我的门廊上放着一张铝制的摇椅，上面铺着黄绿相间的尼龙编织垫，我把包放在摇椅上，走到栏杆边，靠在上面。格雷格说得没错，今晚的日落确实很漂亮，夕阳缓缓落到远方的山后，闪耀着绯红的光芒，橘色和粉色的晚霞交织在一起，映在西边的天空。但是一般来说，这么小的男孩往往不那么敏锐，不会发现落日的美。我想，格雷格以后也许会成为一个艺术家呢。

我仔细看了看他，他身材瘦长，头发是黑色的，脸上长着些雀斑，脏兮兮的白 T 恤和背带牛仔裤松垮垮地挂在他身上，长长的刘海遮住眼睛。

"格雷格。"我叫他。他瞟了我一眼，抬头看看天，然后又看向墙壁。我接着问："你在学校有什么喜欢的科目吗？"

他想了一下，又把球扔出去，"数学还好，我数学还行，偶尔还行。"弹——弹——弹。"其他科目都很难。"

"什么很难？你觉得哪科最难？"

他抬头看着我，语气很平淡："阅读，我就是……我不知道……我就是不会阅读。我看书看得很慢，而且……"他看向别处，一脸尴尬的样子。

"你有没有……"我不知道该怎么说，"你们老师肯定愿意多教教你的吧。"

"不是我不尊敬老师，但我们老师班上有一堆调皮的孩子。我不知道具体有多少个，总之很多就对了。有时候她连我的名字都记不住。"

我点点头，思考着他说的话。我记得那种感觉，我当老师的时候就是那样，一个班那么多孩子，尽管他们不愿意承认，但他们确实非常需要老师的指导和帮助。那么多双眼睛，全盯着一个老师，有的眼睛是空洞无神，有的眼睛求知若渴。有的学生会按照老师说的做，可还是有很多不会。

无论他们的能力如何，教育他们每个人的重任都压在老师身上。谁又能担起教育好每一个孩子的重责呢？哪个老师能做到这一点？

但是如果格雷格的老师根本没教他怎么阅读呢？如果他连阅读都不会，他以后的人生还有什么希望呢？

"格雷格。"我语气很坚定，"我家有一些很好看的儿童读本，男孩子都喜欢看的书，叫《哈迪男孩》系列，你听说过吗？我还有几本很有趣的，讲的是一个叫亨利·哈金斯的男孩和他的小狗利博西的故事。你今天晚上要不要来我家看看？我们可以一起看这些书，看有没有你喜欢的。"我朝他微微一笑，"我可以帮你。"我温柔地说好话哄他，"我觉得……我觉得我们两个都会觉得很有趣的。"

他又扔了几次球，轻轻咬着嘴唇："我考虑一下吧。"

他没看我，两分钟后，我进了家门，顺手关上门。

晚饭过后，我脑子里还是想着斯普林菲尔德路，想着梦里那个男人、他的小孩，甚至还有他家的女佣。我努力抑制自己不想这些，集中精力想格雷格·汉森的事情。我翻遍了每个书架，找出适合他这个年纪看的所有儿童图书。我不知道格雷格的阅读有多大问题，不知道他比同龄人落后多少，也不知道我能不能帮到他，但是只要他愿意试一下，我就愿意帮帮他。

　　将近 8 点的时候，门口传来了敲门声。我连忙跑过去开门，格雷格站在门外，在昏暗的门廊灯下小小的个子，看上去挺不安。

　　"我想……"他目光低垂，"我想请您给我看看那些书。"

　　"好的！"我朝他笑笑，把他迎进门。

第七章

我浮在一个绿色的池子里，眯着眼睛，通过眼皮的缝隙能判断出来，这个房间灯光微弱。我扭动了一下身体，感觉到温水在我的四周流动。

我睁大眼睛，期待着看到斯普林菲尔德路上那个蓝绿色的浴室。但这儿不是，这个浴室小得多。和那座房子里的浴室一样，这里的墙也是浅绿色的，马桶、立柱盆、我躺着的浴缸，都是绿色的。浴缸里有半缸热水，浴缸上的水龙头上精心刻着字，是艺术体刻的 C 和 F 两个字母。水槽旁边的木架子上放着一个透明玻璃盘，盘里点着一支黄色的粗蜡烛，火焰在昏暗的浴室里摇曳着。马桶盖是盖好的，一条白毛巾整齐地叠放在马桶盖上，似乎在等着我泡完澡用它擦干身体。门背后的挂钩上挂着一条短款的真丝睡裙，小小的，红宝石色，还有蕾丝装饰。天哪！谁要穿那个啊！

窗玻璃上起了水雾，窗户开了个小缝，我能听到街上小贩的声音和音乐的声音，这是——手风琴？真奇怪啊！手风琴的声音飘到了我的耳朵里。

我向前伸了个懒腰，活动活动双手，不由得嘴角上扬，欣赏起左手上的戒指来。第一次来到这个梦中世界的时候我就看到这两枚戒指了，但上次没仔细看，这次我认真欣赏了一番。婚戒是个简单的金环，稍微有些宽。除了婚戒之外，手上还戴着一枚闪亮的钻石戒指，镶在一小块打磨好的金座上。我不懂钻石，但我能看出来，我手上这颗很大。没有大到华丽、闪烁光芒的地步，但看上去不便宜。

在这个梦里，我的手比现实生活中好看一些——没有往常的粗糙表皮，指甲上还涂着裸粉色的指甲油。显然，这双手比现实生活中的年轻一些，也没那么多皱纹。

忽然传来一阵敲门声，拉尔斯犹豫地探进头来："我就是来看看你，亲爱的，看看你是不是在这儿睡着了。"

我忍不住朝他笑起来，心里满溢倾慕之情："进来陪我吧。"

他笑笑，"这个浴缸太小啦，我坐不进去。"他开门进来，关上门，环顾四周，说，"法国人什么东西都做得小巧玲珑的，除了饭菜。"说着他拍拍肚子，"刚刚的晚餐真不错！我很久没吃得这么好了。"

"你少吃几块糕点嘛！"我开玩笑地说。我不知道自己在说什么，也不知道我为什么会说出这句话。但它就这么从我嘴里蹦出来。

这时候我才注意到，拉尔斯看上去也变年轻了些。头发浓密，只有几缕灰发，看上去比之前梦里瘦一点，穿着白 T 恤和休闲长裤，没系领带，给人感觉舒适又放松。他笑起来的时候，蓝色的眼睛周围有些许皱纹，但没有之前梦里的那么明显。

"你真好看。"我说，"看上去年轻又健康。"

他凑过来吻了我，"你也很好看。"故意上下打量了一番躺在浴缸里的我，"全身上下都好看。"

忽然，我想起来了那张照片，挂在家里那间卧室墙上的那张照片——现在我明白了。我们在度蜜月，在巴黎度蜜月！"哦！"我叫了出来。

他又笑了："想到什么了？跟我说说？"

我微微一笑，"没有啦。"我环顾四周，"不过我跟你说，将来我也想要一个这样的浴室，我也要把浴室装修成这样的蓝绿色，这是我见过最漂亮的浴室颜色了。"

"听上去不错。"他四下瞥了一眼，然后回头看着我，"但是要比这大一点，你说呢？"

我搅动浴缸里的水："嗯，大一点吧。"

"还不出来都要泡成话梅啦！"

"嗯，我马上出来。"说完我偷偷瞟了一眼挂在门后的性感睡衣。

他温柔地看着我："我去倒酒，我们睡前小酌一杯。"他走了出去，轻轻地关上门。

我还记得上次的梦，我们俩躺在床上，我不敢闭上眼睛，害怕闭上眼睛的话，我就会离开这个美好的梦中世界，在自己家里醒来。此时，在这个浴缸里躺着，我不仅沐浴在温水里，还沐浴在幸福里，于是又有了当时的心情，我不想从这个梦里醒来。

尽管如此，我还是迷迷糊糊地睡着了一小会儿。睁开眼睛的时候，我身处另一间绿色的浴室，又回到了丹佛。这是那栋根本不存在的房子，除了我，房子里的其他人也根本不存在。

我看了看自己的手。两枚戒指都在手上，好好地戴着，可能光泽暗淡了点，但还是那两枚戒指。我沮丧地发现，皱纹也还在。瞟了一眼肚子，上面长了些妊娠纹。我肯定回到了 1962 年。

敲门声再次响起，拉尔斯的声音传来："你没事吧，凯瑟琳？"

"没事。"我回答，"我没事。"

"我可以进来吗？"

"当然可以。"

他开门进来，又回到了我熟悉的那个中年拉尔斯。尽管如此，我还是觉得他很帅。可能他头发少了点、肚子大了点，但他那炯炯有神的蓝眼睛一点都没变。而且我能看出来，他看着我的时候，没有看到我的皱纹和妊娠纹。他看到的只有我这个人，在他眼里的我依然是漂亮的。

"我爱你。"我脱口而出，"爱你的一切，非常爱。"

他笑得很迷人："好啦，先别说这个了。"他从杆子上取下一条毛巾，放在豪华胶木台面边上，让我洗完了伸手就能拿到。"你洗了很久啦。"他说，"再泡下去要成话梅啦！"

我忍俊不禁："哈哈，你好喜欢讲这个话梅笑话啊！"

听到这话，他疑惑地看着我。

"还记得我们度蜜月的时候吗？"我问他，"记得巴黎那个绿色的浴室吗？"

"当然记得，你说过，就是因为那里，你才想要一个绿色的浴室，你想要一个和那一模一样的浴室，只是要大点儿。"

"我确实说过。拉尔斯，你知道吗，我记得我说过这话，我记得！"我知道自己肯定高兴得像个孩子一样，但我就是忍不住。

拉尔斯也笑起来，"我很高兴，你恢复往日的神采了。"他降低声音，"我一直很担心你，我们都很担心你。"

"为什么？为什么担心我？"

"亲爱的。"他上前来亲吻了我的额头，"放松点，洗好澡就出来吧。你不要担心就行了。"

"我不担心呀，我在恋爱呢。"

他摇了摇头，"你今晚很可爱。"他转身出去，"快洗吧，我去倒酒，我们睡前小酌一杯。"

梦中梦。梦到一件小事，虽然美好，却不真实。所有的这些，都出现在不真实的梦中生活里。

我在自己家里醒来，躺在自己的床上，孤零零的，突然感到一丝不安。

我爱上了一个已逝的人。

第八章

我不能再想这些事了。醒来之后，我必须忘记梦里的那些事情，那些梦令人困惑又伤感，对我没有半点好处。

还好，我还有别的事情要做。我强迫自己不去想拉尔斯，这还让我有点得意，像是减肥的时候谢绝了第二份甜点一样。我想到前一天晚上和格雷格一起看书的事情。

我拿出《哈迪男孩》和知名儿童图书作家贝弗利·克利里的作品，但他读前几页就很费劲，每一本都是如此。想起来那天他注意到落日的情景，我想一些视觉提示也许能帮他学得更好，于是我建议他："看看书上的图片，图片中包含着一些线索，也许会提示你后面的故事。"但我刚提出这个建议，自己就意识到了它的无用。如果格雷格喜欢读的是图画书，像我第一次梦到米茜在床上看的那本《亲亲小狗》，那我的建议会很有用。但格雷格感兴趣的书是《哈迪男孩》和克利里的小说，上面插图很少，不是每一页都有。

我把这些难一点的书放在一边，从书架上取下《迪克和简》系列，格雷格看到封面就嘲笑起来。

"那些是婴幼儿读本啊，很无聊的。"他说道。

"这些你能读吗？"

他耸了耸肩。我打开其中一本，轻轻指着第一页，他斜着眼睛看了一眼上面的字，"斯波特拿着球。"他朗读道，"斯波特跟着球跑。"读完他抬头看着我，"看吧，我会读。"

"格雷格。"我嗖的一声合上书，"我怎么感觉你之前看过这本书呢？"

他脸红了，警惕地说："可能看过，也可能没看过，但我现在就是会读！"

"好吧。"我把书放在小书桌旁的茶几上，"我再到处找找。"我看着他的眼睛，"要不你下次再来，我找找看有没有什么有意思的书给你读。"

他耸了耸肩："哦，好吧。"

想起昨晚和格雷格说的话，我尽早急切地赶去书店。出门的时候邮件正好送到了，于是我匆忙拿着妈妈的明信片，边走边看。

凯蒂，我的宝贝：

我们这边变天了，天气很不好。不得不说，热带风暴比内陆地区的吓人多了，台风卷起滚滚波涛，海滩上也落了很多碎片。昨天，风暴过后，我出去散步，在沙滩上捡到了一条女款项链，就是一串透明玻璃珠，样式很简单，也很普通。我把它挂在沙滩入口处的一棵树上，但我觉得没有人会回来找它。这样的事情总会让我忍不住想，海底还掩埋着什么秘密呢？

当妈妈的，给天使一样的女儿说这些，实在是不太好。希望你那边是阳光明媚的一天，我的宝贝。

爱你的妈妈

　　唉，可怜的妈妈。听到她说话这么忧郁，我很心疼。这一点都不像她。开店门的时候，我决定今晚关门之后给她写一封长信。

　　我和弗里达这里没有太多儿童书籍，只有几本经典书，还有一些出版商出版目录里的新书，都是我们觉得有意思又卖得好的书。但我觉得，只要我仔细找找儿童书籍的书架，肯定能找到格雷格喜欢又能读懂的书。

　　可最终，我没找到合适的。他觉得有趣的，他看不懂。他看得懂的，对他来说又太无聊了，勾不起他的兴趣。

　　午休的时候，我步行到附近的一个丹佛图书馆分馆，离珍珠路只有几条街的距离。但那里的情况和我们书店差不多，有很多基础书籍，但只适合五六岁的小孩子。我借了几本苏斯博士的书，我知道不太合适，但只能从这里开始了。

　　"这比昨晚那本没好到哪里去啊。"那天晚上，格雷格翻了几页《绿鸡蛋和火腿》之后，对我抱怨道。"对不起，米勒小姐，我知道你想帮我，但是……"他目光低垂，看着自己的脚，露出尴尬的神色。

　　"格雷格。"我忽然想到一个主意，"如果让你选，你想看什么题材的书？什么题材都行。"

　　"棒球。"他不假思索地答道，"我想看一个关于棒球的故事。"

　　我点点头："我想想办法。"

　　可事实证明，根本就找不到适合9岁孩子的棒球故事，还是基础阅读材料的。我仔细浏览了我们店的书目表，又去了上次那个图书馆，甚至还去了市中心的图书馆——早两个星期我刚去过的那个，但终究一无所获。

　　于是我决定自己给他写一本书。

　　动笔之前，我问了他一些问题："棒球比赛是怎么比的？有哪些规则？"

　　他朝我翻了个白眼："人人都知道棒球比赛的规则啊，米勒小姐。"

"额，你就假装我不知道。假装你在跟一个从来没听说过棒球的人解释比赛规则，就把我当成一个外国人，假装我来自一个不打棒球的国家。"

他一脸惊讶的神色："还有地方不打棒球的？"

我微笑着点点头："对啊。"

那天很暖和，他坐在门廊上，靠在栏杆旁，我坐在我的铝制摇椅上，腿上放着个笔记本，记录他所说的话。

"美国职业棒球大联盟由两个棒球联盟组成，也就是美国联盟和国家联盟。"格雷格说，"现在国家联盟里最好的球队是旧金山巨人队，他们是世大的常胜将军。"

"世大？"

他又嘲笑我，"世界大赛啊，米勒小姐。"说完抬起头，若有所思的样子，"你说，如果不是全世界都打棒球的话，怎么能叫世界大赛呢？有意思。"说完耸耸肩，"我以前从来没想过这个。"

我笑笑："我也没想过。"

"不管怎么样，"他回过头看着我，接着说道，"我最喜欢的球手是威利·梅斯，他是个黑人。学校有些小孩说，你不能喜欢他，因为他是个黑人。要我说，这说法太蠢了。"他眯起眼睛，"只要一个球手能击中球，谁管他是什么肤色？反正我是不管。你应该看看威利·梅斯击球的样子。巨人队在旧金山比赛的时候，他能一棒让球呼啸着飞出烛台公园。"格雷格抬头看着暮色下的天空，"我想坐在职棒大联盟的球场上看一次比赛，只要能看梅斯完成一次本垒打，就一次，用什么来换都行，什么都行。"

"什么都行……"我重复着他说的话，迅速在笔记本上记下，"挺了不起啊！"

两天之后，我敲响了汉森一家的家门，格雷格开了门。"不好意思，图片简单了点。"说着，我递给他一本装订成册的手写书，微笑着说道，"我不是画家，但我觉得你会喜欢这个故事的。虽然我画得不好，但看故事的时候有插图也挺好的。"我给格雷格写的这本书里，每一页都有插图，和最开始我给他看的那几本贝弗利·克利里的书和《哈迪男孩》不同，虽然这里面的图很小，但每一页都有。

格雷格快速翻了翻："讲棒球的！"他扫了一眼每一页的图，而且好像——好像还看了上面的字！

我点点头。

"威利·梅斯的故事！"他一页一页地翻着，"我认得他的名字，我在报纸的体育版头条里见过。你居然写了一个关于梅斯的故事，而且……而且……"他看得更仔细了，"而且上面还有我的名字。"说着他抬头看我，"我怎么会在这个故事里？"

"这个嘛。"我笑笑，"你自己看吧。"

"我从来没看过一本我能读懂的棒球书，"他特别高兴，"从来没有看过哪个故事里有威利·梅斯和我的名字！"

我从裙子口袋里拿出另外一件东西——一摞卡片，有十几张。我在每张卡片上戳了个小洞，用绳子穿起来。每张卡片上都写了一个词语，"垒位""投手""击球"捕手等。每个词语下方，我都画了一幅图，虽然还是很简单的图，但可以很好地图解每个词的意思。"这些卡片能帮你更好地理解那本书。"我对格雷格解释道，"看书的时候，如果哪个词不懂，卡住了的时候，你就翻翻这些卡片，看卡片上有没有那个词。只要你认识了这些词语，阅读就会容易很多，因为你已经学会很多词语了，阅读的时候就不用老停下来思考它们的意思。"

他接过我手里的卡片，合上书，把两件东西都夹在腋下，对我说："谢谢你，米勒小姐，我已经迫不及待要开始看这本书了！"

听到他这话，我心里美滋滋的。

教格雷格读书让我很开心，很有成就感，除此之外，还有另一个好处——我已经一个多星期没做那些梦了。这个星期，我每天晚上都睡得很好、睡得很熟，一个梦也没做。

那天，我精力充沛，能量爆棚。我在店里忙进忙出，重新整理好所有书籍，还做了个充满秋天气息的橱窗——我从红色、黄色、棕色的彩纸上剪下一些"落叶"，散落在窗户架子上，颇有艺术感（我自己觉得），展示书架上摆放着店里的畅销书，旁边还挂着我自己做的横幅，上面写着"秋风寒凉，执一书卷，暖你心房"。

弗里达翻了翻白眼，说我是越来越讨厌了："我还是喜欢以前的你，脾气暴躁，和我一样。"

"哦，我考虑一下做回以前的自己。"我回答。

格雷格一天之内就翻完了整本书。"我从开头看到了结尾。"他骄傲地对我说，"卡片上的词语真的很有用，那些词我现在都认识了！我读完第一遍之后，忍不住又看了一遍，然后又读给我妈妈听，她……"他眼睛看着地板，唰地一下脸红了，羞怯地说，"我妈妈说她为我感到自豪。"

"我也为你感到自豪。"我说，"特别自豪。"我轻轻拍了一下他的肩膀，"要不要我再写一本？你还想看吗？我也可以再做些卡片，增加你的词汇量。"

"我想啊。"他回答，"谢谢你啊，米勒小姐。太谢谢你了！"他给了我一个大大的微笑，兴奋地跳上门廊上了楼，高高兴兴地关上门。

第九章

　　一个多星期的安枕无梦之后，那天晚上，梦里的幻象又出现了。

　　我们——拉尔斯和我，又不在家里。天啊，在这个幻想的世界里，我们居然有这么多社交活动。在现实生活中，每个月我只有两三个晚上会出门。偶尔和教书时认识的老朋友出去看个电影，但是往往都要提前几个星期约好，她们才能扔下老公、孩子出来一次。弗里达和我有时会一起出去吃饭，偶尔也去城里的大书店或者百货商场参加签售会。这种大型书店常常会举办这类活动，毕竟我们那种小书店是没有名人会来的，连不出名的作家也没有。

　　但大多数时候，晚上我都待在家里，蜷在沙发上看书或者看电视，阿斯兰在我身边静静地待着。想到这儿，我突然意识到，会不会我潜意识里希望自己像梦中世界的我一样，打扮得漂漂亮亮的出去转转？

　　不管怎样，现在我正在参加一个鸡尾酒会，拉尔斯就站在我旁边。他穿着西装，打了领带，我穿着一条珊瑚色的丝质晚礼服。有趣的是，我在现实生活中也很喜欢这个颜色。礼服上面是鸡心领的设计，下面是蓬蓬的伞裙，腰上打了一个大大的蝴蝶结。我脚上穿着一双和礼服同色系的尖头高跟鞋。这套装扮让我想起了前不久第一夫人杰奎琳·肯尼迪在《生活》杂志上的照片，显然，在这个世界里，我买衣服总是跟着第一夫人的时尚潮流。

角落里的 Hi-Fi 立体音响闪着微光，播放着金斯顿三重唱乐队的歌曲，歌里唱着他们不需要喝酒来使自己兴奋，只要心爱姑娘的一个微笑，就能让他们兴奋不已。

梦里的我大概不这么想——我手里的马天尼喝得只剩半杯了。弗里达很喜欢喝这个，但我不一样，在现实生活中我很少喝马天尼。尽管如此，我还是抿了一口。和我想象的不一样，这个酒很甜。我猜，除了主料杜松子酒和辅料苦艾酒之外，这里面肯定还加了别的东西。我又喝了一口，如果这不是在梦里的话，说不定我会喜欢上喝这种酒的。

一个红发女人站在我和拉尔斯身边，她穿着一条紧身的黑色连衣裙，手里也端着一杯马天尼。酒会上全是成对的夫妻、情侣，男的都穿着西装，女的都穿着晚礼服。我四处看了看，想找前几次梦里一起吃饭的比尔和朱迪。想到这儿，我忍不住笑自己，即使在梦里，见到熟人也是好的。但我并没有找到他们。

这是一间私人住宅，不是我们家，但和我们家很像，也是简约的现代风格。客厅很大，正面看占据了房子的整个宽度，一面大大的落地窗正对着外面的街道。往里面看，餐厅和厨房连在一起，旁边有个滑动的玻璃门，大概是通向后院——和这个世界里的一切一样，这个院子也很大。

红头发女人开口说道："凯瑟琳，你穿这个颜色真好看。"她把我拉回来，继续谈话。

我朝她笑笑，抿了口手里的酒："谢谢夸奖……"我不知道她叫什么名字，这让我很介怀。从小妈妈就教育我，要记住别人的名字，还要多叫别人的名字。"只要你能记住别人的名字，你就能结交很多朋友，收到各种社交场合的邀请函。"成长的过程中，我妈妈常常这样对我说。

但时至今日，我不知道她说的到底对不对，因为我很会记名字，但我很少参加社交活动，至少在现实生活中是如此。想到这儿，我忍不住笑起来，突然发现自己的头有点晕乎乎的，不知道我已经喝了多少杯马天尼了。

拉尔斯稳稳地握着我的手肘，动作轻柔。"珍妮，我常跟凯瑟琳说她穿粉红色很好看。"他眉毛微皱，"今晚出门之前我也跟她说了这句话，但她坚持说这是珊瑚色，不是粉红色。"他调皮地耸耸肩，"我们男人又怎么会知道这种东西？"

我愉快地笑了，"珍妮。"边说边把这个名字记下来，"你说这是珊瑚色，还是桃粉色？售货员跟我说这是桃粉色，但是……"我摸了摸自己的裙子，"我觉得更像是珊瑚色。"

"是珊瑚色。"珍妮语气很肯定，"桃粉色要浅一些，不太适合这个季节，但是……"她上下打量了我一番，"这条裙子你穿着很漂亮，亲爱的。"说着她瞟了一眼窗外，外面很黑，"出去之前穿好外套就行了，外面雪真大！你俩不是走路来的吧？"

"当然是走路来的了。"拉尔斯回答，"只有一个街区啊。"

一个留着胡子的男人走过来，递给珍妮一杯酒，"渴了吧？"他对她说，一边拿走她手里的空杯子。我注意到他的手在她手上多停留了那么几秒钟。

"哦，乔治。"珍妮端着酒杯，透过酒杯上方调皮地看着他，假睫毛下一双绿色的大眼睛眨了眨，"你太客气了！"

突然我知道他是谁了。他就是遛狗的那个人，在现实世界里，我一个人去找梦里那栋房子的时候在路边遇到的那个人。

所以说，现实世界里真实存在的人也可能出现在这个梦中世界里，这也太好玩了。想到这儿，我不禁大笑起来。所有人都看着我，一脸疑惑的样子。"我说的话很好笑吗？"珍妮说。

"不，不，不是。"我迅速答道，"我今晚高兴！"我举起酒杯，"今晚和大家玩得很高兴！"

拉尔斯还拉着我的手肘："凯瑟琳，你要不要坐下歇会儿？"

忽然，我想上厕所了。这可能吗？在梦里也会想要上厕所？我忍不住又笑了，想到我在现实世界里是不是尿床了，这就荒唐了。"不用。"我对拉尔斯说，"我要去卫生间。"我摆脱了他的手，摇摇晃晃地朝后面走去。只要我留心看，肯定会找到厕所的，我想。

厨房里，一群女佣在准备吃的并装盘。令我吃惊的是，我们家的阿尔玛也在其中。和阿尔玛一样，这儿的女佣全是墨西哥人。虽然这只是个幻想的世界，而且我还喝醉了，但这种情况依然让我难受。在这个世界里，都是棕色皮肤的人服侍白人，这不符合我在现实世界里的生活方式。我承认，在现实世界里，我并不认识多少其他人种的人，但我坚持对所有人持开放的态度。有时候，有色人种的顾客来到我们店里，我会特意以对待白人顾客的方式来对待他们。从小我的父母就是这样教我的。用我妈妈的话说，任何有分辨能力、品行端正的人都应该用平等的方式对待每一个人。她说的没错。我爸爸与各个人种的人和平共事，我妈妈在医院做志愿工作，对不同肤色的孩子给予同样的照顾和关爱。和他们相比，我上过大学，身边的交友圈子普遍受教育程度也高一些。我的父母只是普通的工人，但是他们塑造了今天的我，教会了我尊重所有人。

当然，我说的是现实世界里的我。

不管怎样，在这儿见到熟人我很开心。"阿尔玛。"我站在餐桌旁边，一只手撑在桌子上，小声叫她。阿尔玛听到之后马上走了过来："你没事吧，安德森太太？玩得开心吗？"

我咯咯地笑了："我没事，玩得很开心！"

"真的没事？没问题吗？"

我摆摆手，差点打翻了一盘开胃菜，阿尔玛迅速伸手接住。

"我只有一个……小小的……问题，"我含混不清地说，"我怎么……怎么也……不记得在哪儿了。"我四处看了看，"不记得厕所在哪儿了。你知道厕所在哪儿吗？"

阿尔玛笑了，她长得很和善，笑容很温暖，露出一排大白牙。和我一样，她笑起来的时候眼周也有细纹，我心想，她是不是和我一样注意到了这些小细纹。

"没问题，夫人，跟我来。"她领着我进了走廊，我模糊地看到墙上挂着几张抽象画，画的上方装着颇具艺术气息的小灯，走廊上有几扇滑动门，没有门板，但都关着。柜子吧，我猜，可能还有卧室。门上的木工精致华丽，颜色很深。阿尔玛轻轻敲了右边第三扇门，里面没人回应，她便替我把门打开。"卫生间。"她说，似乎是向我确认，"你没事吧？"

"我没事，亲爱的。好得不得了！"我赶紧进去，关上门。

完事之后，我洗了手，顺便往脸上洒了点凉水。我在包里翻翻找找，这时才发现我拿着一个可爱的小包，金光闪闪的，锁扣上镶着水钻。我找到了粉饼和口红，在鼻子上补了补妆，我注意到两颊的腮红打得很高，又小心地补了点口红，口红的颜色和裙子很搭。我发现，今天我的头发非比寻常地美，额前的鬈发服服帖帖的，被压成了大波浪，还用了不少发胶固定住。我肯定是今天下午弄好的头发，我在心里默默感谢梦境，感谢带我来这个疯狂世界的人，感谢在外出的晚上我能有这么漂亮的头发。

我跌跌撞撞地走回昏暗的走廊，撞到了一个迎面而来的模糊影子。"拉尔斯？"我问。

"不是哦。"一个愉快的声音回答，"是你热情的主人，来看看你有没有事。"他凑得更近了，我认出这个人是乔治，留着胡子，牵着西班牙猎犬的那个乔治。

"我没事，谢谢关心。"我说。但他挡住了路，不让我过去。

"凯瑟琳。"他低声说道，"你今晚真漂亮。"说着他把手放到了我的屁股上，动作很轻，但丝毫没有要迅速拿开的意思。

我有些害怕，往后退了几步，"嗯，我老公也这么说。"说出那个词——"老公"的感觉很特别，像是说外语一样，但我知道这个词的威力，说出来的感觉很好。这让我想起来，高中西班牙语课的时候，托雷斯老师叫我站起来背诵课文，我完整、自信地背了出来。现在的感觉和那时很像。

乔治的手开始下滑："别这样，我只是赞美赞美你，别太认真。"

"乔治——"一个尖厉的声音在他身后响起，他立刻站到一边去了。一个穿着深色细条纹修身连衣裙的女人快步走过来，"凯瑟琳，你没事吧？"

"没……嗯，没事。"这是女主人吗？天啊，这种情况太难办了。

"乔治，去后面。"她说，"去院子里再取些冰过来。"

他惭愧地看看她，然后溜走了。

女人拉着我的手，"实在是惭愧。"她无奈地摇了摇头，"我这老公，眼睛离不开漂亮女人。但是你要知道，在他自己家……也发生了你那样的事情。"她担忧地看着我，眼神中颇有深意，"跟我说说，亲爱的，你恢复得怎么样了？"

恢复得怎么样了？她是问我酒醒了吗？天啊，好丢脸……

"我……我没事。"我说，"真的没事了。我想喝点水。"

她的表情柔和了许多，"没问题，我们去厨房，给你倒一大杯冰水。"她挽着我的手，领着我去厨房。"凯瑟琳。"她凑过来说，"谢谢你把阿尔玛借给我们，那姑娘太会干活了！"

我不知道阿尔玛多少岁，但我估计她至少比我大五到十岁，而我至少比这位女主人大几岁，她可以管阿尔玛叫"姑娘"？不管怎么样，我只是笑笑："应该的。"

不久之后，酒会结束了，女主人为女士们准备好靴子，为男士们准备好了雨鞋，女佣从房间里拿出外套，分别递给每个人，大部分人都是接过外套，一言不发。阿尔玛把外套递给我的时候，我大声说："谢谢你，阿尔玛！非常感谢！"可能我声音太大了，大家都盯着我看，但我不在乎。

从他们家出来的时候，大雪在我和拉尔斯身边盘旋纷飞。"慢点，"他挽住我的手，"我们应该开车来的。"他领着我走到街上，我们两慢慢地穿过积雪，这里离我们家不到一个街区，开车来这边真是个很蠢的想法。

到了门口，拉尔斯在门口等着，我开门进去。一个高中生模样的临时小保姆从沙发上站起来，走向电视。"晚上好，安德森太太。"她边说边关了电视。她关掉之前我瞟了一眼，屏幕上保罗·纽曼和乔安娜·伍德沃德动情地拥抱在一起，我猜这部电影应该是《夏日春情》，几年前拍的，改编自威廉·福克纳的一本小说。这应该是《周六电影院》，是美国广播公司 NBC 的节目，在现实生活中我对这个节目再熟悉不过了。周六晚上，我大多一个人在家，看的就是这个节目。

"今晚的酒会怎么样？"小姑娘问我。

"还不错。"我在想，拉尔斯为什么不进来，我要不要付钱给这个姑娘呢？要付的话，我该付多少？这些事情我一点都不知道。

"你今晚过得怎么样？"我问她，一边瞟了一眼门外，看到拉尔斯正在铲门口的积雪，动作迅速而高效。

"很好，没有发生任何问题。"她微笑着看我，客气地说，"他们真的都是好孩子。"

但这话并没有让我安心，反而让我怀疑，会不会有人认为他们不是好孩子？如果真的有，他们为什么会这样认为呢？

　　"嗯。"我脱下外套，"那今天谢谢你了。"门外的拉尔斯已经铲完雪了，他一动不动地站在门口的台阶上，看着漫天飞雪出神，他的肩膀随着呼吸急促地起伏，这让我很担心他的心脏。他为什么不进来呢？忽然我明白了——他要送这个小姑娘回家。

　　小姑娘打开衣柜，拿出一件棕色的羊毛夹克，背后有一块金色的毛毡贴布，上面写着"斯巴达人队"。左胸位置上别着几个胸针，分别代表垒球、曲棍球和啦啦队。右胸位置用同样的金丝线绣着"特丽莎"。

　　"谢谢你，特丽莎。"我说，"哦，对了，你要我先生付钱给你吧，我钱包里钱不够了。"说完我为自己找到了个好借口暗喜。

　　特丽莎扣上外套，穿上靴子："好的，安德森太太，晚安。"

　　"你也是，出去别着凉了。"我替她开了门，她走到拉尔斯身边，他在水泥台阶上敲着铲子，试图把铲子上的积雪敲掉。

　　"我10点钟回来。"他凑过来匆匆吻了我一下。我指着自己的钱包，朝他摇头，他会意地点点头。我为我们之间这种无声的交流感到惊奇，如果你不知道实情的话，可能会以为我们已经是老夫老妻了。我目送他领着特丽莎走下去。

　　挂好外套，脱了靴子，我摇摇晃晃地走向卧室。房间比较昏暗，只有梳妆台上亮着一盏小台灯。令我惊喜的是，阿斯兰在床上躺着。看到它的那一瞬间，我忽然感到心安，就像是与老友久别重逢一样。

　　"我的小猫咪！"我冲过去，坐在它旁边，抚摸着它柔软的毛发。它抬头看了看我，绿眼睛睁得大大的，大声叫着。

　　拉尔斯回来的时候，我还坐在那儿没动。听到他回来，我没起身，依然安静地摸着阿斯兰，听着他的动静。我听到他上了楼，迅速打开一扇门，关上，然后打开另一扇门，又马上关上。他下了楼，厨房传来倒水的声音。走廊的灯一盏盏地关了，最后整个房子里只剩下梳妆台上那盏台灯的微光。拉尔斯在这微光里停下，与在卧室等待的我四目相对。

"感觉好些了吗？"他问，手里端着一杯水，走到我面前，递给我，"我猜你想喝水了。"

"谢谢。"我接过水杯，一饮而尽。忽然，我为自己喝醉了感到难堪，尽管这不是在真实的世界里，"对不起，我喝多了。"

他耸耸肩："可以理解的。"

我不知道该怎么回答，于是没说话。他摘下领带，解开扣子，打开衣柜，挂好了外套和领带。

他回房间的时候，我正站在梳妆台前照镜子。"拉尔斯——"我轻声叫他。

他坐到我旁边："嗯，怎么了？"

我抚摸着身上这条裙子，还在照着镜子。在这样的柔光下，裙子的颜色十分夺目，像女演员或者芭蕾舞演员在首映仪式上穿的裙子一样。

"你知道我这条裙子是在哪里买的吗？"我问。

他一脸疑惑地看着我："你在梅氏百货买的啊，你的大部分衣服都是在那儿买的啊！"

我轻轻点头，"那我的头发呢？"我摸着今天这漂亮的鬈发，问他，"我的头发在哪儿做的？我一般去哪家美容院？"

"凯瑟琳。"他微笑着看我，一头雾水的样子，"你去的是百老汇的'美貌'啊，琳内娅在那儿上班，我们认识之后你的头发都是她做的。"

"琳内娅。"我想了一下，"你姐姐，对吧？"

"凯瑟琳。"他拥我入怀，"看来你真的喝多了。"

我摇摇头，轻轻笑了。"好像是喝多了。"我紧紧抱着他，抬起下巴，等待着他的吻。

第十章

百老汇的"美貌"并不难找，难的是预约上琳内娅·赫肖。"不好意思，周四之后的一整个星期内，琳内娅都预约满了。"我打电话过去预约做头发的时候前台说。打电话的时候，我一边在心里默默向"摩登发型"的维罗妮卡道歉，过去十几年来我都是找她做头发。

"能不能留下我的电话？如果有人取消了琳内娅的预约，你们可以打给我。"我问，"真的，我随时都可以过来。"我顿了顿说，"有人向我极力推荐她。"

"我确认一下。"电话那头没了声音，我等了几分钟，对面的声音说，"你可以周二下午 1 点半过来吗？快的话，她可以抽出一点时间来帮你做。"

我暗喜，握住拳头，做出胜利的姿势，"可以可以。"说完把我的名字报给她。

等预约的那几天时间里，我去了一趟梅氏百货，直奔晚礼服区。我仔细看了每个架子上的衣服，但没找到那条珊瑚色的裙子。"需要帮忙吗？"导购问我。

　　"我在找一条……朋友穿过的裙子。"我向她描述了裙子的样子，特地提到裙子是"珊瑚色的，或者也可以说是桃粉色"。

　　导购小姐若有所思的样子，回答我说："坦白说，我好像没见过一条这样的裙子。你确定你朋友是在这儿买的吗？"

　　"她是这么说的啊。"

　　"她什么时候买的呢？"

　　我这时才突然意识到，我根本不知道那是什么时候买的。看那大雪纷飞的天气，应该是冬天。但是做这些梦以来，我第一次怀疑，这些事情不一定是 1962 年发生的。显然，不是发生在现在，不可能是 10 月初。10 月份的丹佛偶尔也会下雪，但不是那样的大风雪，也不会像梦里那样，一场接着一场地下。丹佛下雪最多的时候，一般是冬天快结束的时候，一般是 2 月份或者 3 月份。所以，如果这些梦是发生在这一两年的话，那么要不是几个月之后，要不就是上个冬天。

　　但是，也可能是一个完全不同的时间。毕竟那是个梦啊！它可能发生在任何时候，也可能根本没有发生过。

　　"呃，"我放慢语气说，"我仔细想了想，可能她说的不是梅氏百货，她可能是在别的地方买的。"

　　"嗯，这一季我们出了很漂亮的新款，正好赶上节日聚会穿。新款已经来了几件，剩下的也陆陆续续会上架，你有兴趣的话……"

　　"不用了。"我摇摇头，"暂时不需要，谢谢。"我转身走向电梯，"谢谢你。"

　　"应该的。您过几周再来吧，到时候圣诞和新年新装都会上架。"

　　走进百老汇的"美貌"时，我紧张得不得了，像第一次约会的小姑娘一样。店里装修成了淡紫色，略带点深紫色。这个理发店很大，我数了数，一共有八个位置，大部分座位上都坐着人。后面的墙边，一排电吹风高兴地唱着歌，一位美甲师正给一位做头发的女人小心地涂着指甲油，其他顾客则一边吹着头发，一边看时尚杂志或者报纸的娱乐版。

前台确认我的名字后，领我到一个空座位，然后默默走开了。我坐下来等着，一边照镜子。镜子两边都装着小灯，灯光下显得我的脸色更苍白了。我捏了捏自己的两颊，想恢复一些血色。我应该多擦一点口红的，我想。

就在我苦恼的时候，镜子里出现了一位棕色头发的中年女人，从后面走近。我把脚放在地上，稍稍转动了椅子，转过去面对她。她连忙握住我的手，"我是琳内娅·赫肖。"她的声音轻快活泼，保留着些许儿时的瑞典口音，"你是凯蒂吧？"

我点点头，喉咙哽住了，什么也没说出来。近距离看，她和拉尔斯长得很像，和他一样引人注目的蓝眼睛，一样的微笑，一样的圆头鼻。看到她那一瞬间，眼泪就在我眼眶里打转。我不敢相信，我梦中情人的至亲，就活生生地站在我面前。

看到我这样，琳内娅一脸温柔。"我猜猜。"她说，"多年来第一次换造型师？"她挑了下眉毛问，"我说得对吗？"

尽管心情很复杂，我还是朝她挤出个微笑："嗯……对，猜对了。"

"放轻松。"她转动我的椅子，让我面对镜子，然后用手梳了梳我额前那一缕翘起的头发。"人总是习惯性地留一个固定的发型，习惯了之后就很难改变，这挺令人苦恼的。"她偏着头，沉思着看镜子里的我。"但我猜，你想让这些翘起的头发柔顺软化一些，看起来优雅一点。"

我点头："拜托你了，我就想做成那样。"

我深吸了一口气，试图冷静下来，好好享受这一刻。但琳内娅的手让我想起了拉尔斯的手，他的手强壮而有力，让我想把自己的人生都交给他，相信不会发生任何不好的事情。她的手也是如此，我就快爱上她了。

回到座位上，她沉思着给我梳头发，梳好之后在旁边的小车上一边翻找卷发筒，一边打量着我的头发，她试了好几个卷发筒，最后找到了一种小小的，用来卷我大部分的头发。还找了一种大一些的粉色卷发筒，用来做头顶的大卷。她把手伸到一桶绿色的试剂里，抹到我头发上，熟练地卷好每个卷发筒并固定好。

等她忙完重要的步骤，我大着胆子开口了，"琳内娅。"我犹豫地说，"这名字真好听，很特别。"

她抬头看了看镜子里的我，笑笑，回答道："这是瑞典名字，我老家是瑞典的一座小城，离布罗斯不太远。布罗斯本身也不大，大部分美国人可能都没听说过。我小时候移民过来的。"

我双手紧握，努力不让自己发抖，"从瑞典搬过来很远啊。"我终于说出了口，"你的家人呢……一起搬过来了吗？"

她点了点头，一边拿起一个小小的蓝色卷发筒，卷起一小撮我的头发，拿夹子固定好。"我和爸爸妈妈，还有弟弟，一起搬过来的。"她下意识地咬了咬嘴唇，"但他们都过世了。"

"哦，对不起。"我能感到自己在发抖，"你一定很伤心吧，他们是……因为生病了吗？"

琳内娅又点了点头，"我爸妈不太适应这儿的生活，最开始我们住在艾奥瓦，有远房亲戚在那儿。但当时正好赶上大萧条时期，能找到的工作都不好做，我妈妈的心脏……她心脏受不了。"她停顿了一下，看一眼别处，然后继续做我的头发，"我爸爸的情况也差不太多。"

她的心情我很难理解，失去自己的父母，是我想都不敢想的事情。可能因为我的爸爸妈妈还很年轻，我妈妈还不到 60 岁，但光想象哪一天我的人生里没了他们，我都会伤心不已。甚至这次他们出去旅行，去那么远的地方待两个月，对我而言也没有预想的那么容易。光是想到他们在离家很远的地方，我就会感到不安。这让我想到了我今天早上收到的那张妈妈的明信片。

亲爱的凯蒂：

我们离家好远啊！昨天，我问你梅姨檀香山离丹佛多远，她说3000多英里。你想啊，地球的周长是25000英里，我们离家里大约有1/8个地球的周长呢。

有时候，我在朝霞中起床，看着东方初升的太阳，就会想起你。但是这个时候，你那边已经是上午了，你可能在书店里和弗里达一起喝着咖啡吧。

妈妈为你骄傲，你知道吗，我的凯蒂宝贝。

爱你的妈妈

早上在家看到这张明信片时，我几乎抑制不住自己的冲动，想拿起电话打给他们，心想，去他的时差，去他的国际漫游费，我只想听听妈妈的声音。我甚至拿起电话，开始拨号了，但我知道，他们那边的时间晚几个小时，这会儿他们应该还在睡觉。于是我只好在拨完号之前挂断了。

思绪回到面前和琳内娅的对话，我不敢问出下一个问题，但我不得不问。我深吸了一口气，问："那你弟弟呢，他怎么了？"

琳内娅摇摇头："也是心脏病。很不幸……他当时还很年轻，才34岁。"

"对不起。"我小声说，"琳内娅，真的对不起。"

她往后退了一步，似乎要结束这个话题的样子。"嘿，"她微笑着说，"我已经违反了美容学院教的前两条规定。第一条：在了解顾客之前，不要跟顾客谈论自己的事情。第二条：就算要谈论自己的事情，也只能说开心的事情。"

我也朝她笑笑："不好意思，乱了步骤。那就说说你开心的事情吧。"

她对镜子里的我晃了晃手指。"哦，不能这样哦，凯蒂·米勒。"她坚决地说，"先聊你的事情。"

于是我跟她说了，说了我父母的事情，以及他们的旅行。她说，去夏威夷那么远的地方度假，还有亲戚在那儿，有免费的地方住，真是太好了。她这话让我想起了妈妈的明信片，于是我笑了笑，点点头，没说话。

琳内娅说她一直梦想可以去旅行，但是养着两个孩子，还要买房，付各种账单，这些年来，他们夫妻两个最多也就偶尔去一趟自驾游。两个孩子现在都不小了，儿子乔 20 岁，女儿格洛里亚 16 岁。"乔在北边的博尔德市上大学。"琳内娅耸耸肩，"那儿挺好的吧。校园很漂亮。我希望他在学校里学了点东西，我就这点指望。"她摇了摇头，"格洛里亚呢，每天忙于学校、朋友、社团、男朋友之间，忙得不得了，像被剪了毛的小鸡一样到处乱跑。"

我透过镜子疑惑地看着她。

"我说错话了吗？"她又耸耸肩，"你知道，我来美国将近 30 年了，也说了将近 30 年的英语，但有时候还是会说错。"

我嘴角上扬，笑出声来，她也跟着我笑。我喜欢听她的笑声，和拉尔斯的笑声很像。

我跟她说起我的书店，说起弗里达，我们如何对以前的工作失去希望，于是开了这家书店。"真好！"琳内娅说，"这样做自己喜欢的事情真好。说说，你们店里都有些什么书？"

"各种各样的都有。"我伸手从裤子口袋里掏出一张"好姐妹书店"的名片，"小说、游记、史书、诗歌、艺术类的，都有。"

"古典文学呢？"琳内娅从我手里接过名片，"我喜欢看古典文学。"

我朝她笑笑："是吗？你最喜欢的作家是谁？"

"嗯……"她摆摆手，"很难选一个最喜欢的。莎士比亚吧。我喜欢看莎士比亚的《十四行诗》，有的剧本我也喜欢，但悲剧我不太喜欢。我还很喜欢亨利·詹姆斯，特别喜欢他那本《一位女士的画像》。再近一点的作家里面，我最喜欢的算是约翰·斯坦贝克吧，我最近刚读完他写的《烦恼的冬天》。我知道，很多人不喜欢这本书，我也知道他们为什么不喜欢，它不是个轻松愉悦的故事。但我觉得这本书表现了美国社会令人不满的一面。"她皱了皱眉头，若有所思地说，"可能美国人不想知道这些吧。"

我不自觉地点头。我对《烦恼的冬天》也有相同的印象。去年这本书刚上架我就看了，好几条评论写道，斯坦贝克厚颜无耻的道德抨击会让他的作家生涯走下坡路。当时看到这些评论，我的疑惑和琳内娅一样——我们不能接受的是站在道德高地上的作者，还是他说得没错，但我们就是不喜欢这部新书的主题？

"我通过看书学习英语。"琳内娅说，"这是最好的学习方法，真的。"

"嗯，我们店里有很多莎士比亚、詹姆斯和斯坦贝克的书，你想看的都有。就算店里没有，我们也可以帮你预订。有空过来看看吧。"我的语气中带着恳求，又默默祈祷琳内娅沉浸在工作中，没有听出我恳求的语气。"我可以带你到处看看。"我说。

她小心地把我们书店的名片放在旁边的小桌子上，承诺道："我会去的，带上格洛里亚一起去，她也喜欢看书。"她往后退了一步，打量着我满头的卷发筒，满意地点点头，"好了，凯蒂，可以吹了。"

回到书店的时候，弗里达看到我的新造型惊艳得大叫，"太漂亮了！"她盯着我说，"说真的，凯蒂，我从来没见你这么漂亮过！"她从柜台下面拿出她的包，从包里取出粉饼，扑在鼻子上，"你这样让我不得不好好打扮一番啊。"她咧开嘴笑，辩解道。啪的一声合上粉饼，对我说："多少年了，我是不是一直跟你说不要去维罗妮卡那儿了，找别人给你做头发？"

"你说了。"我在柜台前照着镜子，忍不住盯着镜子里的自己看。我和梦里的样子一模一样，只是现在的我清醒一些，没穿那么华丽的衣服。

"哦，差点忘了跟你说。"弗里达从柜台后面出来，弯腰捡起从古典书架上掉下来的一本书，那是英国诗人乔叟写的短篇小说集《坎特伯雷故事集》，是乔叟最重要的代表作。这本书应该卖得很好才对啊，怎么会掉在这儿呢？难道是书里巴斯妇人讲的故事太黄了？

弗里达把这本书放好。我想到了琳内娅，她既然喜欢莎士比亚，会不会也喜欢乔叟呢？我提醒自己，待会儿要翻一遍经典书架上的书，找些适合她的书。她喜欢古典文学，我可以帮她拿几本乔叟和斯宾塞的书。不知道她喜不喜欢 19 世纪末 20 世纪初的文学作品，喜欢的话我也可以给她推荐约瑟夫·康拉德和萧伯纳的书。当代女作家凯瑟琳·安·波特和弗兰纳里·奥康纳也不错，琳内娅好像看男作家的作品居多，也可以给她推荐这几个女作家。

"汉森家那小孩来过。"弗里达说，"住你家隔壁那个。他说要再次谢谢你，说他看了一遍又一遍你送他的书，迫不及待地想看下一本了。"弗里达后退了一步，等着看那本书会不会又掉下来，但这次好像放稳了。她转过头看我："他这话什么意思啊？"

第十一章

"妈妈——"

我睁开眼睛,四处张望,但视野里的一切都很模糊。

"妈妈,听得到我说话吗?你没事吧?"

有人轻轻拍着我的右臂,我定下神来,看到米茜的脸在我面前,担忧地看着我。她的眼神让我想起了我在电视剧里看过的一个精神病医生。那部戏里,一个女人在人行道上摔倒了,伤到了头部,失去了全部的记忆,甚至连自己叫什么名字也忘了。我现在想起了电视剧里的一幕,那位医生看着这个病人,眼神里不仅有对她病情的担忧,还能看出来,他为这个病人感到深深的难过。

米茜看着我的眼神,和那个医生的眼神一模一样。她红金色的头发绑成了两个小辫子,一边一个,上面戴着红色的蝴蝶结,身上穿着红色的格子裙。她皱着眉头,像个小大人一样。这让我突然意识到,我现在还不知道她到底几岁了。我之前估计他们五六岁,但我不确定他们的具体年龄,也不知道他们什么时候生日。而且,我猜测他们是双胞胎,虽然目前为止没发现这个想法不对,但我始终不能确定。我的想象力太可笑了,一直梦到一个完全不存在的家庭,我为自己编造了这个不存在的家庭，可是连孩子生日、几岁都搞不清楚。

"我……我没事，宝贝。"我四处看看，这下能看清了，我们在一家大商场的鞋店里，但这个商场我没来过。大部分时候，我逛街都是去百老汇的蒙哥马利·沃德商场或者市中心的梅氏百货，就是我在现实生活中找那条珊瑚色裙子的梅氏百货。这家商场有点像梅氏百货的布局，可我逛梅氏百货的时候从没去过这样的店。店里都是鲜艳的黄色、红色、蓝色的货架，小心地摆放着漆皮鞋、网球鞋、橡胶靴，这个店只卖童鞋。在梅氏百货买了这么多年的东西，我从来没去过童鞋店，我知道它就在二楼，在高档裙子和大衣店旁边。但我看附近没有这些店，于是我猜测这不是我去过的那家商场。

一位导购员迈着轻巧的步伐走过来，手上拿着很多亮色的彩盒子，胸牌上写着"理查德"，名字上方是熟悉的梅氏百货的蓝色标志，简笔画的三角形屋顶代替了"梅氏百货"的"氏"字上的一横，正是市中心那家梅氏百货屋顶的样子。那么这确实是梅氏百货，但这应该不是市中心那家，除非他们最近重新布置了。我想知道我们到底在哪儿，又担心直接问别人会让人觉得莫名其妙。

"我给两个孩子都拿了几款。"理查德对我说，这时我才发现米奇坐在我左边，脚上只穿着长袜，默默地坐在沙发上晃荡，眼睛四处张望。"你们来得正是时候，现在买学生鞋很合算。我们店里大部分秋季的款都在清仓大甩卖，春款又还没上市，所以现在的折扣很大。"

我笑笑："孩子长得太快了，鞋子很快就穿不上了，不知道什么时候又得买新的。"又是这样的话。我在这些梦里老说这种话，我到底是怎么知道这种事情的？

"来，先来给小妹妹看看……"理查德走到米茜面前，打开一个盒子，拿出一双棕色的玛丽珍鞋。米茜害羞地伸出一只脚，漂亮又可爱的样子，像灰姑娘看到王子递来的水晶鞋一样。理查德帮她穿上鞋子，扣上脚背上的带子。米茜的脚小巧而秀气，和我颇有几分相似。我一直觉得脚是我全身最好看的地方之一了，也一直为自己的脚长得好看而骄傲。看米茜穿着这双鞋，合适又优雅，我想她以后应该也会和我一样。

理查德压了压米茜的脚指头。他为什么要这么做？我买鞋子的时候从来没见过这样的啊。哦，我知道了，他在看鞋子大小合不合适。"感觉怎么样，宝贝？"他帮米茜穿好另一只鞋的时候我问。

"挺好的。"她起身，"很舒服。"

"走走看。"理查德建议。

米茜从鞋店这头走到那头。理查德对我说："这一款我们还有黑色的，要试试看吗？"

我摇头："不用了，棕色的挺好。"

米茜从那头走回来，坐到我身边："这双挺好的，但我还想试试其他的，可以吗？"

我笑了。和我买东西的习惯一模一样。就算第一下试得就很满意，我也总是要试试其他的选择，以防还有别的我更喜欢。

又试了两双之后，米茜还是喜欢那双棕色的玛丽珍鞋。我点头表示同意，心想，和妈妈想的一样。

米茜的买好之后，我和理查德开始看米奇的鞋子。他试了几双系带鞋，都说穿着不舒服。我注意到，理查德给他系鞋带的时候，他一副不自在的样子。

"米奇。"我扫了一眼面前的鞋子，"要不试一双'一脚蹬'？"我笑着看他，"一下就穿上了，不用系鞋带。"

他瞬间松了一口气："那太好了，妈妈。"

我暗暗对自己说，当妈妈也不难嘛。如果我一直照顾孩子的话，我肯定能做得很好。只需要有点直觉，还必须多留心细节。

"去收银台那边找贝蒂结账就好了。"都搞定之后，理查德说道。

他站起身，捡起地上不要的鞋盒，"小孩真可爱，您一定很为他们骄傲吧。"

我微微一笑："当然。"

我说的是真心话。我真的，特别，不理智地，为这两个幻想中的小孩儿骄傲。

我在包里翻出支票簿，每张支票左上角都印着"拉尔斯·凯·安德森"和"凯瑟琳·安德森"。开支票的时候我才突然意识到，我不知道日期，只好在日期栏乱画了几个数字。

我把支票撕下来，递给收银台的贝蒂。"不用记在您账上吗，安德森太太？"贝蒂接过支票的时候问。

"我账上？"

"对，您的记账啊。"

"哦。"我的脸有些发热，这才想到，我当然在这儿有记账了。"不用，今天不用。"我甜甜地笑笑，从她手里接过收据。

我把支票簿放回包里的时候，米奇拽了拽我大衣的袖子，"我们表现得好吗？"他问我。

"你说什么？"

"我们表现得好吗？我和米茜，今天表现得好吗？"

"当然表现得好啊。"我低下头，朝他笑笑，想起了上次做梦的时候那个保姆说的话——"他们真的都是好孩子"。他们当然是好孩子了，这不是很明显吗？那她为什么还要那么说？

米奇兴奋地上蹿下跳："耶！那我们可以去了吧？"

我不知道他在说什么，只好疑惑地轻轻摇头。

"去风信子玩具店啊。"米茜解释道，"你不记得了吗，妈妈？你答应我们的，买鞋子的时候表现好的话，就带我们去风信子玩具店，就随便看看。"

我答应了？我答应要给他们买东西了吗？他们表现好的话就可以买玩具吗？我一点都不知道家里的这些规定。拉尔斯在这儿就好了，能带着我慢慢摸清楚。

"我确实答应了。"我说，"带路吧，孩子们。"

我们坐电梯下了楼，我扫了一眼一层，习惯性地寻找书店。市中心的梅氏百货有一家很大的书店，常常有作家去那儿参观，或者办签售会。我和弗里达也很想做这些事情，但是请不动名作家来我们的书店。别说全国著名的作家了，连地方稍有名气的作家也不愿意来。我和弗里达试着去请过，但是我们店对那些作家的经纪人似乎没有足够的吸引力。这件事让我们很沮丧。很多时候，比起其他小书店，商场里的书店和兜售廉价平装书的药店反而是我们的竞争对手。

我和孩子们下了电梯，走向一条宽阔的走廊。很明显，走廊那头是购物中心的小商店。逛这种小商店的感觉很陌生，我在现实生活中不会这么逛街。

出门之前，米茜指着晚礼服区说："看，妈妈，你的裙子，你那天晚上穿的那条。"她笑着解释，"不是你的裙子啦，是你在家的衣柜里的。这条和你那条一样。"

确实，那边的货架上挂着那条珊瑚色的裙子，就是我那天在市中心的梅氏百货没找到的那条。毫无疑问，是一样的裙子，但我注意到这条挂在清仓架上了。

"你记得我什么时候买的那条裙子吗？"我问米茜。

"当然记得啦。"她回答，"感恩节之后买的。你穿着它去参加了爸爸公司的圣诞节聚会，那天晚上你还穿着它去纳尔逊家的酒会了。"

我点点头，脑子里默默思索着。这条裙子肯定是那天市中心那个导购员说的节日新款了。现在已经清仓了，就证明这个梦里的世界存在于未来的某个时间，和我猜测的一样。

未来什么时候呢？是几个月之后的未来——1963年，还是更远呢？

"问你们一个小问题。"从商场出来的时候我对孩子们说。外面很冷，但阳光很明媚，照在脸上暖暖的。"谁知道当今美国总统是谁啊？"

米奇和米茜不约而同地大笑起来，"我们都知道，妈妈！"米奇回答，"是肯尼迪，他和肯尼迪夫人有一个小女儿，还有一个儿子。"

"你还常常说你最大的愿望就是像肯尼迪夫人那么时尚！"米茜补充道。她激动地说了这么长一句话，像漏水的水龙头一样停不下来，说得上气不接下气。

我摇摇头，意识到这样问小孩子太蠢了。问总统是谁也没法知道现在的时间，可能是1963年、1965年，甚至是1968年。尽管现在大家对古巴和全球的局势很担忧，我还是相信1964年肯尼迪会连任总统，这一点毋庸置疑。所以现在可能是他任总统的任何一年。

我应该直接问米奇和米茜今年是几几年的。但这个问题似乎太蠢，不值得一问。问出来他们大概会觉得妈妈越来越糊涂了。

我们走在购物中心的水泥走道上，头上什么地方传来音乐的声音。听上去是那首关于花、姑娘和士兵的歌，皮特·西格写的，好几个歌手一起录的。这是首很好听的抒情歌曲，听着令人心情愉悦。听着这首歌，即使在这样料峭的天气也想出去走走转转，碰到不错的东西也可以买买。毫无疑问，正中商家的下怀。我想，我和弗里达是不是也可以考虑在书店里放这种轻柔的背景音乐。听到这种音乐，客人会不会更想看看书，然后多买几本呢？

孩子们兴奋地拉着我走在宽阔的大道上，走几步就有一个米黄色的花坛，花坛里种着大型刺柏。女人们三五成群，透过店门口的窗户往里看，一边欢快地聊着天。小孩沿着宽阔的步行街乱跑乱叫，身后传来妈妈们尖厉的责骂，边骂边把孩子拉回来。附近男人很少。显然，这里是女人的世界。

　　我现在明白了，为什么弗里达之前提到要关掉珍珠路上那家店，搬到这样的购物中心来。我们把店开在了错误的地方。以前那个属于有轨电车的世界已经不复存在了，这里才是新世界，这里有明亮干净的购物中心、焕然一新的店铺、闪闪发光的步行街。或许弗里达的想法是对的，我们的书店要生存下来，或许注定要搬到这样的地方。

　　"到啦！"米奇和米茜大呼。我们面前挂着个亮闪闪的招牌，招牌上写着几个深蓝色的大字——风信子玩具。招牌下方开着两扇门，尽管外面有些冷，两扇门都大开着，里面摆放着各式各样的玩具，令人难以抗拒。展示的玩具就放在门口，做工精致逼真，好像要伸出长长的手臂，把外面的小孩子拉进去一样。

　　"进去吧，妈妈！"米奇和米茜不耐烦地拉着我的手，拖着我进了店门。

　　这儿简直是儿童的天堂。棋类游戏、洋娃娃、玩具枪琳琅满目，还有各种各样的服装，从公主裙到西部牛仔装应有尽有。米奇直接奔向玩具汽车、卡车，拿着一辆大型的金属玩具垃圾车在地毯上滑。米茜则走向梦幻般的芭比娃娃区，仔细研究着货架上那些特地为芭比设计的服装。站在前门入口处，我就能看到两个孩子，于是我在那儿待着没动，仔细看了看店里的微型书。店里所有的书都在这儿了吗？我在梅氏百货就没看到书店，不过也有可能楼上有，只不过我没看到。我想购物中心这边会不会也有书店，既有成年人读的书，也有不少儿童读本的那种？

　　我正准备问收银的小姑娘，突然身后传来一声大叫："凯瑟琳！在这儿碰到你了！"

　　我转过身，看到了上个梦里雪夜鸡尾酒会的女主人。今天她没穿上次那条条纹丝绸裙，打扮得很普通，穿着一件棕色的大衣，系着一条酒红色的丝质围巾。她戴了一副眼镜，眼镜链搭在脖子上，这让她看上去有些老气。那天在酒会上，我猜测她至少比我小 10 岁。但今天这身打扮让她看起来不像比我小 10 岁的样子。她牵着一个小男孩，但比我的孩子小。

"嗨。"我还是不知道她的名字……我看向米茜，眼神示意她过来。说不定她能救我。

米茜蹦蹦跳跳地过来，一脸热情："您好，纳尔逊太太。"她弯下腰，和那个小孩打招呼："你好呀，肯尼，你今天怎么样呀？"她伸手捏了捏小男孩的小脸，像个慈祥的奶奶一样。天哪，这姑娘真是个小大人呢。她让我想起了小时候的自己，感触良多。我控制不住自己的情绪，只想紧紧抱着她，永远不放开。我想弯下腰，抱住她，把我的脸埋进她的头发里，但我不得不抑制这个冲动。

看着她，我突然有个想法。我愿意放弃一切，什么都可以，只要能让这个我心爱的小女孩在现实世界里真实存在——而且是我的女儿。

米茜叫她纳尔逊太太，这对我没有丝毫帮助。我们是邻居，又都是成年人，而且……那天晚上，在他们家昏暗的走廊上，她老公还挑逗了我……以这样的关系，我肯定不能叫她纳尔逊太太了。但是米茜还是个小孩，又是个很有礼貌的小孩，她当然会这么叫，真是绝望。

"买东西，还是随便看看？"纳尔逊太太问我。米茜也抬头看着我，满怀期待地等着我的回答。

这个问题不用多想。那一瞬间，我不再在乎拉尔斯会怎么想，也不在乎家里的规矩是怎样。这两个小孩这么乖，应该给他们个小奖励才对。

"买东西呢。"我肯定地回答。"米茜，自己去选一套芭比的衣服，告诉米奇，他可以买一辆玩具汽车，卡车也行，不能超过 3 美元哦。"我不知道 3 美元能买几辆玩具卡车，但感觉应该能买个不错的小玩具了。

米茜蹦蹦跳跳地走开了。"是什么特殊日子吗？"纳尔逊太太问，"不会是他们生日吧？"

啊哈，他们果然是双胞胎，和我猜的一样。

我耸耸肩："不是什么特殊的日子。有时候对他们就是要宠一点……对吧？"这个"对吧"我说得很没底气，决心突然被自己的经验不足冲垮，就像下雨时，下水道里被雨水冲走的垃圾一样。我可能犯了个大错……

纳尔逊太太皱了皱眉，"呃，现在这种时候，当然可以了。"她拉着我的手，降低了音量，"凯瑟琳，我得说说，我们办酒会的第二天，也就是星期天下午，我看到你们家拉尔斯带着孩子去上高尔夫课了。都包得严严实实的，身后拖着他们的小雪橇，太可爱了。过了两个多小时也没见他们回来。虽然我家肯尼还小……"说着，她低头看了眼小男孩，眼神里充满了爱意，肯尼想要挣脱妈妈，她把他抓得紧紧的。"虽然他还小，但我根本不敢想象我们家乔治会那样照顾他一整个下午。"她耸耸肩，"这种事情根本不会发生在我们家。"

肯尼开始哼哼唧唧，纳尔逊太太弯下腰把他抱起来。"你们家拉尔斯真是个好男人啊。"她说，好像我自己不知道的样子。"你找了个好老公啊，凯瑟琳。别人——"肯尼的哭声更大了，他想和大点的小孩一起在店里玩。纳尔逊太太又把他放下，"别人的老公可不全是这样的。你很幸运，你知道嘛。"

"幸运……"是啊，我是幸运，如果这些梦境是真的的话。

"噢！"纳尔逊太太捂住嘴，"噢，我不是那个意思……"她忽然脸红了，"对不起，这么说太不厚道了。"

是吗？我听着没觉得啊。

"我的意思是，发生那些事……之后……"她耸了耸肩，但我能看出来她很局促，尽管我不知道为什么。"我的意思是，拉尔斯是个好男人，好爸爸。"她匆忙解释，"我知道我们每一个人，都有值得感恩的事情，而也有一些事情……"

小小的肯尼把她从尴尬中拯救了出来。他哭得很大声，我们没法继续谈话了，就算我们想接着说……"我得带他走了，"纳尔逊太太说着抱起肯尼，"肯尼得早点吃晚饭，早点睡觉了。"

"嗯。"我点点头，"我懂的。"

"我知道你肯定懂的。你看我，现在才这一个而已。不敢想象，你家那两个两三岁的时候家里是什么样子！"她抽出一只手，轻轻摆了摆，"拜，凯瑟琳，祝你们玩得开心。"我还没来得及回答，她就出去了。

我给他们买好了东西。能看出来，平白无故地给他们买了玩具，米奇和米茜两人像中了头彩一样高兴。我们沿着水泥路往回走，走到停车场，我四处望了望，忽然想起了这是哪儿。这里是大学城购物中心，在科罗拉多大街上，在丹佛市东边。这个购物中心已经建成大概 10 年了，梅氏百货几年前刚在这儿开的店。我只来过这里一两次，因为坐公交车去市中心或者直接走到百老汇要方便得多。有车的话，来这里才方便。

在这个世界里，我确实是有车的。"你们记得我们把车停哪儿了吗？"我问米奇和米茜。太阳躲到云层后面，我俯下身子，给米茜扣好外套，把米奇的羊毛帽子调紧了一点。

"真是个笨妈妈。"他们高兴地晃荡着手里装着玩具的袋子，另外一只手分别牵着我。我一只手拎着装鞋子的购物袋，跟着他们走到一辆深绿色的雪佛兰旅行车面前，车门上还镶着木板。

"我坐前面！"米奇叫道。他打开副驾驶的门，高兴地爬到棕色坐垫上。米茜嘟囔着说不公平，我瞪了她一眼，她不情愿地打开后座的门坐上来，打开手上的袋子，看着她给芭比挑的晚礼服。

我在包里找到车钥匙，坐上驾驶座。坐在这儿的感觉很奇怪。我已经很多年没开过车了，以前凯文不用车的时候偶尔会借给我开，但是和凯文分手之后我就没开过了。我一边祈祷自己还记得怎么在换挡的同时控制离合器，一边转动钥匙点火发车。

从停车场开出来的时候，我感觉还不错，但不知怎的，突然感到一阵惊恐。我重重地踩了一脚刹车，可忘了踩离合器，车子熄火了。

　　"妈妈！"两个孩子都往前晃了一下，我本能地把手伸到副驾驶上，防止米奇撞到额头。

　　"你们没事吧？"我问他们，"对不起……妈妈不是故意突然停车的。妈妈只是……只是……"

　　我不知道该怎么说。他们看着我，眼睛睁得大大的，一脸疑惑的样子。

　　"妈妈只是……"我小声说，"突然……我不记得……迈克尔去哪儿了？他为什么没和我们一起？"

　　迈克尔？谁是迈克尔？我到底在说什么？

　　米茜无奈地摇了摇头，"真是个笨妈妈，笨妈妈。"她伸出手，温柔地拍了拍我的肩膀，说，"你真的忘记了吗？爸爸今天下班回来得早，让你带我和米奇出来买鞋子的啊。"她收回手，靠在座位上。"没事，妈妈。"她轻声安慰道，"迈克尔在家，爸爸陪着他呢，他没事。"

第十二章

"天哪，好奇怪啊！"我在自己家醒来，对阿斯兰说，"还是现实世界好，一切都符合常理。"阿斯兰眼神空洞地看着我，它站起来，转了两次身，重新躺进被子里，喵喵地叫起来。

外面下着淅淅沥沥的小雨。在丹佛，如果早上下了雨，那么很可能接下来的一整天都会下雨。很多时候，下午会突然下雷阵雨，尤其是夏天到初秋的时候。雨总是下得又急又猛，突如其来的大雨从屋顶倾泻而下，偶尔还会导致南普拉特河和附近的沟渠发洪水。一整天的小雨在这儿很少见。因为太少见了，我甚至觉得这是上天的恩赐。

我从床上爬起来，穿上我的纯棉睡裙。这裙子比梦里那些叠好的海军蓝睡裙破旧得多，但鲜艳一些，浅紫色的裙子上印满了紫红色的樱花图案。为了保护好琳内娅给我做的漂亮发型，我睡觉的时候在头上系了条方巾，进浴室准备洗澡的时候才解开。虽然离上次做头发才几天，我还是打算尽快打电话去预约下一次。我一定要再回那里做头发，琳内娅·安德森·赫肖已经成了我的信仰，我以后要坚决追随她的脚步。

洗完澡，我到门口取信件。可是没有收到妈妈的明信片，这让我突然有些伤心。《落基山早报》放在门口的垫子上，被雨水溅湿了一点，我捡起来一边翻了翻，一边开门进去。我最近养成了一个习惯，看报纸的时候要先看体育版面。格雷格猜对了，巨人队在第九回合得了四分，击败洛杉矶道奇队，赢得了国联冠军。世界大赛很快就要打响，巨人队对战纽约洋基队。这让我有些意外，我还以为他们会让运动员们休息一段时间呢。到底我还是不懂这些。过去几个星期以来，我跟格雷格说话说得多了，从他那儿学到的棒球知识比我上半辈子学到的还多。

去厨房做早饭的时候，我心不在焉地想着要给格雷格写的故事。等世界大赛开始了，我就能写出好故事来了。米奇、米茜，还有那个不知道是谁的迈克尔，都从我的头脑中消失了。

到了书店，我先在门口甩了甩雨伞上的水。进门之后，脱下雨衣和雨帽，挂在书店后面的房间里。我瞟了一眼卫生间的镜子，忍不住又欣赏起自己的发型来，顺便把裙褶上沾的雨水抹掉。我今天穿了条蓝紫色的短裙，特地用来搭配我最喜欢的这件淡黄绿色毛衣，脖子上戴着一串黄蓝相间的玻璃毛衣链。沉闷的天气，就要打扮得亮丽一点。

弗里达坐在柜台后面，边喝咖啡边抽烟，我故意在她面前扇了扇：“我真的希望你不要在店里抽烟了。”

她吸了口手里的烟，缓缓吐出烟圈：“你也早啊。”

“我说真的。”我给自己倒了杯咖啡，搬着我的凳子，故意坐得离她远远的，对她说，“你这样，客人都不敢进来了。”

她冷笑一声：“是吗？从什么开始客人因为我抽烟不敢进来了？”

“一直都是这样啊。”我不知道为什么要故意跟她斗嘴，只是感觉自己有些烦躁不安。

弗里达把报纸摊在她面前的柜台上，眼睛扫着上面的招聘广告。“要找工作啊？”我问，为自己找了个借口转移话题暗暗高兴。

她摇了摇头，“找灵感。”她四处看看，对我说，“我们得想点办法了，凯蒂。这个月我们的营业额刚好能交上房租，可是11月份的房租怎么办？我看我们是交不上了。如果决定不租了的话，我们得尽快告诉布拉德利。"

她说得没错。10月份的房租确实有了，但我们省吃俭用才勉强凑够。这个月15号之前还要还上贷款，弗里达说希望那之前店里能收回一点资金，否则我们就得推迟还贷了。不管怎么样，只要能付清布拉德利的租金，我就很欣慰了。每次我们付晚了租金，我都觉得对布拉德利特别不好意思。

但即使我们有时候不得不晚几天付租金，有几次甚至没交租金，我知道如果我们走了的话，布拉德利还是会很失望的。因为很有可能他找不到下一个租客了，毕竟这些日子以来珍珠路上的生意越来越不好了。

"要不我们和他商量商量，把租金调低一点。"我跟弗里达说了我的想法，"对布拉德利来说，总比我们不租了好吧？"

弗里达耸了耸肩，"我不知道啊。"她没好气地说，"就算租金降低了点，那又有什么用呢？"她又四处看了看，"没生意可做，你觉得我们能在这儿待多久？你自己好好想想吧，凯蒂。"

听到她这话，我想到了大学城购物中心，出现在我梦里的那个购物中心。和梦境唯一不同的是，这个购物中心在现实中确实存在。"你有没有去过大学城购物中心？"我问弗里达，"就是城南科罗拉多大道上那个购物中心？"

"去过一次。"她回答，一边掐灭手里的烟头，"那儿似乎太远了。"她若有所思的样子，"但这两年好像什么地方都很远了，是吧？"

我点点头："梅氏百货在那儿开了家店，他们那儿可能有书店。但我不知道购物中心里还有没有其他书店。"

弗里达认真地看着我，"你真的考虑了这个想法吗？每次我说要搬到购物中心去，你都不同意。你不是否决了很多次这个想法吗，凯蒂？"

她站起身，看着外面的雨，问我，"为什么改变主意了？"

我耸耸肩，低声说："世事都在发展变化啊，不是吗？整个世界都在变。"我搬着凳子，靠近她坐着，感受到她的体温，她身上的烟味和香水味混在一起，难闻但熟悉。"我们得赶上世界变化的脚步啊，不然就要把路让给别人。"

那天下午，我和弗里达早早地关了店门，跑了一趟大学城购物中心。我们坐上公交车，换乘了一趟，才到那儿。外面又下着雨，到那儿的时候我俩都淋成了落汤鸡。从公交车上下来，我们扫了一眼那巨大的停车场。"这么多车，"弗里达说，疑惑地摇摇头，"它们都从哪儿开来的？"

我指了指西边，又指了指南边，那里新建了很多街区，房屋像雨后春笋般耸立起来。"从那儿来的。"我说，"你如果看到那儿的房子，会很震惊的。"

弗里达瞟了我一眼："你看到过？"

我点了点头，暗暗祈祷她不要继续问下去了。雨慢慢停了，太阳从云层中出来。我们转个弯，走上了步行街。这个购物中心和我梦里的样子一模一样，超大的水泥花坛、路边播放的音乐、带着小孩溜达的女人们，都和梦一模一样。我甚至有些期待看到我自己，带着米奇和米茜，朝我们走来。

有个花坛旁边贴着购物中心商户一览表，我和弗里达一条条扫过，想看看有没有书店，果然还没有任何一家书店的商户名字在上面。"我们看看这边还有没有空的商铺吧。"弗里达悄声对我说。

我们并肩走着，弗里达忽然牵起了我的手："凯蒂，谢谢你，谢谢你和我一起来做这些。"

我耸耸肩，"我知道你想搬到这种地方来。"我回握了她的手，"而且我们暂且先看看，是吧？你先不要抱太大的希望。"

　　她轻轻点了点头，但我能看到她眼睛里喜悦的神色。"嗯，先看看。"她心不在焉地说，"我们先随便看看。"

第十三章

　　醒来的时候，我又到了那个灰绿色的房间里，独自一人。拉尔斯那侧的床上空空如也，被子皱皱的。我把手伸过去，摸摸他躺过的地方，还能感受到他的体温。他应该刚起床不久吧。我把手放在那儿，静静地躺了很久。

　　起床，穿好睡裙之后，我出了房门，从走廊进了客厅。左手边是餐厅，和客厅之间没有隔断，像是和客厅连成了一体，和纳尔逊太太家的布局一样，近几年新潮的房子都做成了这样。客厅和餐厅的墙壁都刷成了淡淡的金色，天花板做的是凹圆顶。地上铺着浅绿色的薄绒地毯，和大门的颜色很搭。我一边观察这些，一边暗暗称赞自己在装修上的审美真好。餐厅里放着一张光亮的橡木餐桌，桌子旁边摆着六张椅子，椅子上垫着松绿色的编织坐垫。沿着桌子边沿看去，窗户下面，摆着一张木质的书桌，但和我当老师时教室里那些书桌不太一样。空气中有股淡淡的酸味，但我闻不出来那是什么。

　　餐厅后墙边装了几扇深色木质的百叶窗似的门，其中两扇和橱柜差不多高，下面有个突出来的柜子，中间的一扇小一点，看样子应该是通向厨房的。旁边的两扇门都关着，但可以看出来，在厨房做饭的人打开门就能走进餐厅。在厨房和餐厅隔断了的房子里，这样设计的门很方便。

我听到门后传来男人欢快的口哨声，也不在调上，像弗里达的一样。想到这儿，我的嘴角不自觉地上扬。我穿过餐厅，推开那扇门，拉尔斯在里面，浑身上下散发着迷人的光芒，还有那双炯炯有神的蓝眼睛。我轻快地走过去，抱住了他，紧紧地贴着他的身体。"嗯，早啊，美女。"他在我耳畔说，"怎么样，感觉好些了吗？"

"感觉挺好的。"我扬起头，迎接他的吻。这个吻温暖而绵长，我想就这么吻下去，永远都不要停下来。我能感受到，他也不想停下。但最后他不得不停下，把嘴唇移开。

"哇哦。"他有点喘不过气，"这么热情啊。"

"我只是，想你了。只想要……感受你的温存……"我紧紧地抱住他，"感受你的真实。"

他笑了，"好啦，我当然是真实的了。"他转过身，从上方橱柜里拿出一个橄榄绿的咖啡壶，"现在就喝咖啡吗，亲爱的？"

"嗯，好啊。"趁他倒咖啡的时候，我四处看了看厨房。厨房台面是橙色的"富美家"塑料贴面，炉子和冰箱都是米黄色的。水槽上方开着一扇窗户，晨曦透过窗子照进来，窗台上放着一个玻璃瓶，瓶里装着半瓶硬币。窗帘和墙纸上的图案完全一样，底色为灰褐色，上面印着可爱的切片水果，有香蕉、苹果、橘子和橙子。橱柜呈深棕色，装着光滑的黄铜把手，样子简单大方，木头上没有任何纹饰。我的第一反应是，这样的橱柜一定很耐脏。在现实世界里，我租的房子里橱柜很漂亮，但我永远都在擦上面华丽的装饰物，而且无论我擦得多用力，永远都擦不掉缝隙里的陈年污垢。

我从木质小门出了厨房，穿过餐厅，走进客厅，被面向街道的大型落地窗吸引住了目光。我走过去，透过窗户朝外面看，一幅晴朗的冬日早晨景象。为什么这里是冬天，而现实世界是秋天呢？我搞不懂。湛蓝的天空下，树木都掉光了叶子，纯净光洁的积雪覆在光秃秃的树干上。远处的群山、近处细长的房屋，都静悄悄的。我深吸了一口气，享受这份冬日的清新。

"咖啡来了！"拉尔斯从我身后出现，递给我一杯暖暖的咖啡，我伸手接住，两只手握着温暖的杯子。他问："看到什么新鲜有趣的东西了吗？"

我摇了摇头，喝了口咖啡，说："但挺漂亮的。"

他从后面抱住我，搂着我的腰："确实漂亮，我最喜欢这儿的景色了。"

我笑了："喜欢看邻居家的房子？"

他摇头："不是。这儿充满了可能，能看到未来的可能性。"

他捏了捏我的肩膀，然后回了厨房。

为什么是拉尔斯在做早饭，而不是我做呢？这不应该是妻子的责任吗？正当我思考这个问题的时候，突然被撞了一下。

"妈妈妈妈妈妈妈！"我紧紧地握着手里的杯子，但杯子里的热咖啡还是洒了。还好，没有洒在我身上，也没洒在撞我的小孩身上，而是洒在落地窗和地毯上。

我转过身，身后是个戴着眼镜的小男孩，咧开嘴大笑。但我觉得他的笑容有点不对，我吃惊地发现，虽然他笑得很开心，但他的眼睛没有看我。透过那厚厚的镜片，他的眼睛看向旁边，可能是看着沙发，可能是咖啡桌，也可能是地板。

哦，其实他什么也没看。

"天哪！"我朝他吼起来，"你干什么呢？"

突然小孩尖声大叫起来。那叫声甚至不像人的声音，更像是动物因痛苦发出的尖叫，像是小动物跌入陷阱，知道自己马上要被天敌吞食时发出的叫声。我以前在饭店之类的公共场合也见过小孩发作，但我上半辈子从没听过小孩这样的叫声。我吓到了，踉跄着往后退了几步，眼睛盯着面前的小孩。

拉尔斯从厨房冲了出来，同时米奇和米茜也来了，跌跌撞撞地从楼梯上跑下来，跑进客厅。

小孩还在尖叫，拉尔斯紧紧握住了他的肩膀。他紧紧地抓着拉尔斯，但我注意到，拉尔斯没有抱住他，还和他保持着一臂长的距离。他轻轻地说："去河边，去河边吧，去河边，去河边吧……"

我不自觉地后退，吓得呆住了。米奇静静地走过来，站在我身边。我小声问他："他总是这样吗？"

他点了点头，然后我们俩就那么盯着他。过了几分钟，尖叫慢慢变成了啜泣，他逐渐安静了下来。那几分钟对我来说，好像一个世纪。

拉尔斯缓缓放开他的肩膀，转身对另外两个孩子说："米奇，米茜，你们带迈克尔回楼上吧。"他抿了下嘴唇，说："早餐一会儿就好。"

米奇和米茜分别站在迈克尔的两边，像两个小家长，站在旁边保护自己的孩子，他们并肩穿过客厅。三个小孩发色一样，身高也一样，我看着他们安静地爬上楼梯。

拉尔斯盯着我，一言不发。他的蓝眼睛眯着，而我竟然在那双眼睛里看到了一丝愤怒。这是我在这个世界里第一次看到他生气。他盯着我，眼睛一眨不眨，这时我才突然意识到，他不是在生那个小孩的气。

他是在生我的气。

"凯瑟琳，"他终于开口了，"你到底有什么毛病？"

第十四章

又是同样的情况，我还没来得及反应，梦又结束了。我回到了自己家。

我醒来的时候，天还很黑，静悄悄的。我瞟了眼床边的闹钟，指针在黑夜里闪着微光。凌晨 4 点，阿斯兰躺在我身边，安心地低声叫唤。

我转过身，拉了拉被子，告诉自己接着睡会儿。"只是个很蠢的梦而已，"我小声说，"只是梦而已，不代表任何东西。"

但这些梦那么真实，我觉得自己好像真正经历了那个世界的点点滴滴。我清楚地知道那条海军蓝睡裙穿在身上有多么舒服，我记得拉尔斯的吻，感受到他的嘴唇印在我嘴唇上的温暖与柔软，落地窗外积雪的画面还停留在我的脑海之中，甚至我的嘴里还残留着咖啡的甜香。

还有那三个小孩。

两个可爱的，还有一个吓人的。

我在黑暗中默默摇头，对自己说，这不公平，你根本不知道那个小孩会有这样的反应。确实，他有点不对，他的神志可能有点问题，你也能看出来。他的目光没有看向你，他身体似乎向一边倾斜，好像自己站不稳似的。

还有他的尖叫，我从来没有听过那样的尖叫声。

但是，那个小孩只是我自己想象出来的而已。就像拉尔斯、米奇和米茜一样，都是我自己凭空想象出来的。所有的这一切不过是我脑子混乱的产物。就算以前我对这一点有过些许怀疑，但我现在确信这些只是我自己的想象而已。

什么样的母亲会完全忘记自己的孩子呢？如果我真的是一位母亲，如果那个世界是真实存在的，那我怎么会忘记迈克尔的存在呢？哪有母亲会忘记自己孩子的存在呢？

我从来没有质疑过迈克尔是不是我的孩子。从我开始做这些梦的时候，在这个幻想的世界里，我就知道米奇和米茜是我的孩子。现在我知道迈克尔也是我的孩子。我不知道自己是怎么知道的，但我就是知道，在那个世界里，在那个虚幻的世界里，那三个小孩都是我生的，都是我和拉尔斯生的。而且他们一样大，是三胞胎，这一点我很确定。

我把手伸出被子，抚摸着阿斯兰的毛发。我能摸到它重重的身躯，因它简单的真实而感到安心。

我不能再想那个世界的事情了。我一定要睡得很深，忘记那个世界的一切。

我闭上眼睛，在黑暗中沉沉睡去。

中午的时候，弗里达出去办事了，我在店里翻阅报纸。我粗略看了一眼古巴被苏联控制的最新消息，参议院的一个小组委员会批评道，国务院官员应该早日发现这个情况，并上报国务院上级。我没仔细看这个新闻，翻到了体育版。好消息！由于强降雨推迟了四天的世界大赛第六场昨晚终于在旧金山举行了，巨人队取得了本场比赛的胜利，战况变成了3：3平局。格雷格看到这个新闻，肯定会欣喜若狂的。我仔细看了比赛的细节，在脑子里构思这次要给格雷格写的书。我准备写耐心等待四天之后，旧金山的棒球迷们终于迎来了这场比赛的胜利，比赛结束后，包括格雷格在内的棒球迷们兴高采烈地庆祝起来。

看了一会儿后，我把报纸放在一边，冲动地拿起了电话，拨了梅姨的号码。这是到檀香山的长途电话，弗里达要是知道我因为私事在店里打长途电话，肯定会杀了我的。但我不在乎。

听到我的声音，妈妈说："真是荣幸之至啊，特地打电话给我有什么事吗？"

我忍俊不禁："没事啊，就是想你了，迫不及待地想见到你。"

"我也想快点见到你啊。"她说，"这趟旅程很好，真的很好。但我发现我是个很恋家的人。"她顿了顿，接着说，"我想家，也想你。"

书店门上挂着的铃铛响了，进来了一位客人。是位女士，穿着蓝色的套装，头上戴着蓝色的帽子，有点像拉尔斯办公室里我那张照片里的打扮。看来大家都想成为杰奎琳·肯尼迪啊！

她牵着一个小女孩，看上去比我梦里的小孩大一点。小姑娘一头金发编成小辫，穿着条粉色的连衣裙，外面搭一条羊毛开衫，毛衣前面镶着几颗珍珠扣子。她朝旁边看了看，然后低头看着地面。

我朝她们微笑，挥了挥手，蓝套装女士点点头，四处看书去了，小女孩跟在她身后。我继续和妈妈讲电话："反正你们也快回来了啊。看这样子，你已经收拾好东西，准备好回家了吧。"

她在电话那头笑了。我很喜欢听妈妈的笑声，对我来说这是世界上最令人愉快的声音了。她笑起来的时候，音调起起伏伏，就像很多教堂的钟声同时响起。

"对啊，我已经准备好了。"她回答说，"说实话，在这儿待了这么久，回家就是寒冷的冬天，我并不期待。你爸爸也是。但风雪总会过去的。回到自己家里总是好的，身边都是自己的东西。"电话里传来沙沙的声音，好像是她换了个耳朵听电话。她接着说："你给我的绿植浇水了吗？"

我妈妈算不上园艺高手，但还是在家里种了几株绿植，有一盆吊兰、一株常春藤和一棵喜林芋。她不在的时候，我就要负责照看它们。"浇啦，一周浇两次。"我回答，"都长得很茂盛呢！"

"做得好，凯蒂。"

突然，那两个客人的方向传来一声巨响，随后是小孩尖声大哭的声音。我连忙对着电话说："妈，我得挂了，店里有客人。"挂电话之前，我补充了一句，"我会掰着手指头数日子等你们回来的，想你。"

挂了电话之后，我朝声音传来的方向走去。小孩还在哭，声音很尖，让我想起来前一天晚上梦里那个小孩的哭声。她坐在地上，双腿交叉，像跌落在地的青蛙一样，不停地左右摇晃。她面前撒落了一堆书，那是我几天前特地摆成金字塔形状的展示书。我现在才意识到这样摆放很奇怪，而且还是在走廊尽头毫无遮挡的展示橱上。上面放的是9月底如期到店的《寂静的春天》。还有一本很有前途的《五月中的七天》，这是本恐怖小说，设定在不久的将来，故事里美国总统与苏联签署了废除核武器核定，军事长官与总统意见相左，发动政变夺取了政权。这两本书现在都很受欢迎，我把它们展示出来的目的纯粹就是方便客人找到，当然也方便他们购买。我之前没有想到这么摆放会出什么危险。

女人背朝着我，凑在她女儿身边，说："没事了，别哭了，求你别哭了。"

但小孩没听，反而哭得更大声了。

我在她们身后站着，不知道该不该打断她们。女人察觉到我过来了，转过身看着我，一脸痛苦的表情。她在孩子的吵闹声中大声说："真是对不起！"说完她开始捡地上的书，小女孩见了叫得更激动了，紧紧抓住妈妈的手臂，于是女人捡起的书又掉到地毯上。

"没事，放着吧，待会儿我来捡。"我说，"需要我帮忙吗？"

女人摇摇头，"她……这些书……她不小心把书撞倒了，可能是被书掉在地上的声音吓到了。"她紧闭双唇，伸手抱住了面前的小孩。过了一会儿，小女孩慢慢安静下来，闭上眼睛，靠在了妈妈的肩膀上。

"我不该进来的。"这位母亲小声说，"今天一整天都挺好的，她今天一天都没事。我就想……我想……应该没事的……我刚好想找一本书，别人给我推荐的，是凯瑟琳·安·波特写的。我以为……快一点的话……应该没事……"她的声音越来越小。

"你说的是《愚人船》吧。"我回答她，"我读过那本书。写得很好，看过的读者都说好。我柜台那边就有一本。"我朝柜台指了指，对她说，"你要的话我可以帮你把那本包起来……我看一下价格……"

女人摇了摇头："我还是先走吧。改天我再来。"说着，她把孩子抱了起来。那孩子太大了，她抱得很吃力。小女孩像个旧娃娃一样倒在妈妈怀里，两条腿缠在妈妈腰上。母亲抱着孩子往外走，回头对我说："对不起，把你的书弄地上了。"

我连忙冲到她们前面替她开门，小女孩一边玩弄妈妈的帽子，一边还在轻轻啜泣。"她是……我知道这么问太不礼貌了，但你女儿是……"我没接着说下去，因为不知道该怎么问。

女人警惕地看了我一眼，说："她有自闭症。"说完大步走出门口，没有回头。

自闭症。

我听说过这个。我知道这是一种精神疾病，但我并不清楚具体是什么。

幸运的是，我手边就有方便的工具可以查到。

店里静悄悄的，我径自走向心理学书籍区。虽然店里什么书都有，但我们店里的心理学书籍并不多。店面不大，除了小说以外，其他类型的作品都只有最基本的，只有那些类型能吸引到普通读者。我们可以订购任何书，也确实常常帮老主顾订购他们想要的所有书，至于存货，就和那些容易吸引普通读者的书放在一起，吸引随便看看的人、女性读者，还有偶尔出现的知识分子。但我们的书都不是很学术。

我扫了一眼心理学的书籍。我们店里的小说是按作者排列展示的，而其他书籍是按类型摆放的，同一类的书籍再按书名排列。心理学的书籍也是这么放的，这么摆主要是这些年来我和弗里达发现，客人更容易通过书名找到他们要的书，而不是通过作者的名字，因为除了小说家的名字之外，普通读者一般记不住其他类型书籍的作者。

我选了一本题为《现代心理学概论》的书，翻到目录，寻找关于自闭症的小标题，找到了几段介绍。

自闭症，别名婴幼儿神经发育障碍，常在婴儿期或儿童期出现，主要表现为社交和沟通能力障碍。从以往病例来看，自闭症患者往往极度内向，常常进行有节奏的肢体运动。听到别人叫自己的名字，自闭症患儿往往不会做出回应。他们很少笑，很少与他人进行眼神交流，也不会模仿父母或其他孩子的行为。自闭症儿童长大后，常表现为不能理解基本的社交线索和习惯，他们往往不愿意与人分享，或轮流分担责任。他们通常不懂，或是不喜欢想象类游戏。即使没有受到明显的刺激，自闭症患儿也常常有情绪异常的激动表现。

确实，这看起来很像是迈克尔的情况，也像刚刚来店里那个小女孩的。

但是，读到下一行的时候，我一怔，顿时心就凉了。

自闭症的病因仍然未知。但是，普遍认为与父母情感疏离，尤其是与母亲情感疏离，是导致儿童自闭症的原因之一。

第十五章

"妈妈——"

受到惊吓,我恢复了意识。

"妈妈!"这一次,他的叫声更坚决了。

我转过头,看到了他。那个吓人的小男孩,迈克尔。我看着他的眼睛,但他不肯和我对视。尽管如此,透过那厚厚的镜片,我还是能看出来,他的瞳孔是蓝色的,和拉尔斯、米奇、米茜眼睛的颜色一样。很明显,这个梦中世界里没有人遗传了我淡褐色的眼睛。我不知道是不是因为他的镜片太厚了,但迈克尔的眼睛看上去没有另外两个小孩的纯净明亮,看上去没有对焦,雾霭重重。

他不停地摇晃我的肩膀,细长的手指掐着我的肩膀,感觉像小刀在剜我的肉。

我伸手摸了摸被他掐的地方:"噢——迈克尔,这样很痛的!"

他没有理会:"妈妈,我刚刚在叫你的名字,可是你一直不回答我。"

"对不起。"我对他说。但实际上我一点都不觉得对不起。

我四下看了看,我们坐在一条长椅上,旁边是个运动场,我们的左边有一个小湖。我转过头,寻找西边的群山——在丹佛,这是最好辨认方向的方法。找到了远处的群山，我就能确定近处的方向。小湖在我们的北边，东边和西边都是住宅区的街道，南边是一块荒地，上面有成块的积雪，荒地再往南是另一个小湖。南边的小湖尽头，隐约能看到高高的钢丝网围栏，里面应该是网球场。再远一点的地方，一座红砖钟楼耸立在树林之中。

我认出来了，我们这是在华盛顿公园。那座钟楼是南方中学的，20多年前我从那儿毕业。那所学校在华盛顿公园南门对面，我在那儿上学的时候，我们学生会穿过街道，去公园里上体育课。我们总是围着公园里蜿蜒的小路跑几圈，或者在网球场上练习。

这儿离我梦里那个家不算近，也有五六英里，但离我父母家很近，他们就住在约克路上，离这儿只有几个街区。梦里那个家里的走道上挂着的那张照片——我小时候爸爸妈妈带着我野餐的那张照片，就是在这个公园里拍的。我很多年没来过这儿了，但我小时候在这儿度过了许多美好的童年时光，那时候我常常在这个运动场上玩，还经常在小湖里游泳。我记得小湖的名字叫史密斯湖。小时候，我和小区的孩子会讲史密斯湖水怪的故事故意吓对方。我们总是互相开玩笑，"别跑太远了，等一下会有一只独眼兽来抓你哦！"

这么多年过去了，公园和运动场都变了很多。秋千换了新的，但是几年前市政府关闭了湖边的沙滩，禁止游客下水游泳。本来这个湖就很小，太多人来这里游泳，湖水就变混浊了。现在想想，说不定我和小伙伴们开的玩笑成真了，昏暗混浊的湖水下面可能真的住着一个水怪。

运动场上只有我和迈克尔两个人。湖水冻住了一部分，空气中透着刺骨的寒冷，天空也是灰蒙蒙的。没有下雪，但我感觉雪都躲在云层里了。我抬头，扬起鼻子到处闻闻，像看门的小狗试图嗅出不速之客的气味一样。

我们在这儿干什么呢？另外两个孩子呢？

"迈克尔。"我问他，"米奇和米茜呢？"

他翻了翻白眼，但不是朝我翻的，因为他根本没看我。他看着不远处的秋千，回答说："你知道他们在哪儿，妈妈。白天这个时候他们总是在那儿。"

"那是哪儿呢？"

他大概觉得我在和他开玩笑，咧开嘴笑了。我追问："说真的，他们在哪儿呢？"

"妈妈！"他大声笑起来。令我惊奇的是，我觉得他的笑声很可爱，像轻松愉快的电话铃声，突然让我想到我妈妈的笑声。"笨妈妈，他们去上学了啊！"

"哦……"我把手放在身体两边，放在绿色的长椅上，手上还戴着一双小羊皮手套。我接着问他："那你呢？你为什么没有去上学呢？"

他又笑了，从长椅上跳了下去，动作有些笨拙："你脑子不清醒了吧，妈妈。你知道我不上学的啊。"

哦……

他从我身边走开，走向不远处的一个秋千，爬上去，坐得稳稳的。但很明显，他不知道要怎么荡起来。"推我吧，妈妈。"

我从长椅上站起来，朝他走过去。我站在他身后推他，手轻轻地推在他背上。我不知道他想荡多高，于是每次都多用一点点力。他高兴地笑了。等我发现他最喜欢的高度，就不再增加力道，只按他的节奏推，让他保持速度和高度不变。

"耶——"迈克尔高兴地大叫，秋千迎着风飘荡起来。

我好好地打量了他一番。他下面穿着绿色的灯芯绒裤子，上面穿着一件格纹羊毛夹克，头上戴着一顶海军蓝的毛线帽，帽子矮矮的，刚好盖住他的耳朵。我猜测，这帽子可能是我妈妈用毛线打的。他的眼镜由一个角质架和两张厚厚的镜片组成，稳稳地架在鼻子上。我猜测，没了这副眼镜，他可能看不清路，走不了多远。

米奇和米茜遗传了我和拉尔斯的矮胖身材，但迈克尔比他们两个瘦一些，像根瘦竹竿一样。他的两条腿像小棍子一样，在裤子里晃荡，手肘像要戳出外套袖子一样。我心想，他是天生这样，还是因为他太挑食了？他的发色和头发的样子和米奇很像，很有可能他们两个是同卵双胞胎。我不知道生三胞胎的概率有多大，也不知道三胞胎里的两个同卵的概率多大。在现实世界里，我从来没有考虑过这些问题。

我闭上眼睛，把手轻轻放在小肚子上，试图想象肚子里同时怀着三个宝宝是什么样的感觉。但我想象不出来。这让我想起了高中的时候在学校里演话剧，排话剧的波茨老师总是对我们说："用心去感受你的角色，成为你要演的那个角色。"老师说的这句话让弗里达很受用，她用心领悟了，于是把麦克白夫人和《摘星梦难圆》的女主角都演绎得活灵活现。但话剧从来都不是我的强项，因为我自我意识太强了，无论我在舞台上扮演谁，无论服装多么细致精巧，无论妆化得多厚，我还是自己的老样子。

想象着自己是一个肚子里怀着三胞胎的孕妇，我现在就有当年演话剧的那种感觉。如果硬要我演，我也会上台，但我的演技说服不了任何观众。他们都会知道，我肚子里没有宝宝，只不过是我在裙子里塞了个枕头罢了。我把手从肚子上拿开，继续推着秋千。

突然，我有了个主意。我说："嘿，迈克尔。"

他没回头："怎么了？"

"妈妈有时候会问一些很笨的问题……"我知道我冒着很大的风险，于是有些犹豫。如果他发作了，我一个人完全不知道该怎么办。尽管如此，我还是深呼吸，继续说了下去，"妈妈有时候会问一些很笨的问题，你怎么想啊？你喜欢妈妈这样吗？"

他的肩膀轻轻地上下耸动，没精打采地说："我不知道。"

"我能不能……妈妈能不能再问你几个有点笨的问题啊？"

他又耸了耸肩："我不知道。"

我很庆幸我不用面对他，我猜他也这么想吧。

"那我们来试试吧？"我建议道，"迈克尔，妈妈问你，你几岁了？"

他没说话，我屏住呼吸等着，祈祷他不要发作。

"迈克尔，听到妈妈说的话了吗？"

"我在想呢！"他吼道，"你没看到我在想吗，妈妈？"

秋千荡了回来，但我的双手本能地缩了回来。平复心情之后，我才接着推他，这时候迈克尔终于开口了："你知道现在几点了吗？"

我看了一眼自己的手腕，我确实戴着一块手表，表很精致，表盘上镶着宝石，表带是黑色天鹅绒的。我回答他："10 点半了。"

"正好 10 点半吗？"

我笑笑："好啦，是 10 点 32 分。"

"那好吧，"他说，"那么我 6 岁 3 个月零 14 天 12 个小时 18 分钟了。米奇 6 岁 3 个月零 14 天 12 个小时 15 分钟，米茜 6 岁 3 个月零 14 天 12 个小时 11 分钟。我最大！"他骄傲地说。

我呆住了。

他微微转过头，目光从前方的南边转向西边："妈妈，你还有别的问题吗？"

"有的。"我说，"今天星期几啊？"

"星期三，2 月 27 号。"

"哪一年呢？"

他咯咯笑起来："1963 年啊，妈妈。"

1963 年，也就是说这个世界比现实世界只是快了几个月而已。

我转换了话题，问他："除了在这个公园里玩之外，今天上午我们还要干什么呢？"

他的肩膀突然僵住不动了："妈妈，今天星期三。"

我等着他说完。

"今天星期三啊。"他重复道，声音里多了一丝生气。

"别忘了，迈克尔，我们在玩游戏呢。妈妈问你，星期三我们一般要干些什么呢？"

"哦！"他又咯咯笑了起来，"我们要去买菜，妈妈。"

啊哈，原来如此……我接着问道："妈妈会提前写好购物清单吗？"

"当然了。"他回答，"世界上所有妈妈都会列购物清单啊！"

我猜也是吧。但是，38岁的老姑娘是不列购物清单的。厨柜和冰箱空了的时候，她们匆匆走进商场里，随便买点看上去好看又容易做的菜带回家。

"我们家谁做饭啊，阿尔玛还是我？"我问。

"有时候你做，有时候阿尔玛做。"

"还有，阿尔玛每天都来吗？"

他哈哈大笑，好像我问了个特别好笑的问题。"当然不是了。"他说，"她每个星期来三次，一般是周一、周三和周四。她早上9点来，准备好晚饭就走。但有时候她周四不来，周五来，晚上你和爸爸要出去的话，她就会一直待着陪我们。但你一定会等我睡了才出门。"

嗯哼，有意思。我想最好再换个话题，于是问："也就是说，早上等爸爸去上班了，米奇和米茜去上学了，阿尔玛才会来。"我想了想，继续问，"妈妈平时做早餐吗？"我没法想象自己能为五个人准备一顿丰盛营养的早餐。在现实世界里，早晨我往往连煎个鸡蛋、烤个吐司、喝杯果汁都来不及，就得急匆匆地赶到店里。就我这样的厨艺，在这个世界里我可能只会每天早上给孩子们倒一碗谷物麦片吧。

但迈克尔居然点了点头。"你做早餐啊。"他肯定地说，"只有周末不做，周末爸爸做。"我看不到他脸上的表情，但从他的语气能听出来，说到这儿他神情肯定明亮了起来，像太阳透过薄薄的云层闪着光芒。他接着说："星期六早上他会做瑞典煎饼，星期天早上做华夫饼。"

"是吗？"我微笑着，想象那幅画面：拉尔斯腰上系着围裙，面前的平底锅里是刚下锅的煎饼糊糊，等煎饼炸成金黄色，他马上熟练地颠锅翻面。上次做梦在家的时候，也就是我第一次见到迈克尔，拉尔斯在厨房做饭的那个早晨，那肯定是个周末。

这让我想到了另一个问题，"迈克尔。"我轻声问，"你很爱爸爸，对吧？"

他舒了口气，高兴地说："对啊，爱。"

那我呢？我想问，那你爱我吗，迈克尔？

我问不出口，因为我怕听到自己不喜欢的答案。

于是我改口说："妈妈还有个很笨的问题。"我朝四周看看，"我们经常来这个公园吗，迈克尔？"

他身体前倾，吹着寒风，说："我们以前不常来，但最近常常来。"

我闭上眼睛，专心推他。我在等待这个梦结束，因为这些梦似乎总是在重要的时刻结束，就像现在这个时刻一样。

但这次，梦没有结束，我没有醒来。我睁开眼睛，发现自己还在公园里，依然能感受到凛冽的寒风灌进我的大衣，而我的手还在推着坐在木秋千上瘦弱的迈克尔。

"妈妈，有 11 点了吗？"迈克尔问。

我看了眼手表，回答他："快了。"

"我们 11 点去买菜。"他说。

"哦，对。那赶快跳下来，我们去开车。"

他在我前面蹦蹦跳跳的，把我带到停车场，带到我们的雪佛兰车旁边。他爬上副驾驶，我转动钥匙发车。

我朝旁边瞟了一眼他，问："我们要不要……既然来这边了，你觉得我们要不要顺便去一下外公外婆家？"

他没抬头看我，当然我本来也没抱希望他会看我。他盯着车底板，小声说："你想去就去吧。"

于是我小心地把车从停车场开出来。我最近一次开车和今天这次一样不真实，那还是上回我开车带着米奇和米茜，当时我突然不知道迈克尔去哪儿了，于是踩了一脚急刹车，就这么结束了那个梦。但今天这个梦还没结束，我还坐在驾驶座上。我的记性比想象中的好，慢慢记起来了多年前爸爸教我开车的情景。我想，就当这是骑自行车一样。想到这儿，我为自己的想法忍俊不禁，因为在现实世界里我确实会骑自行车，而且还常常骑，只要不走路、不坐公交车，我出门就会骑自行车。在这个世界里，我会不会也有一辆自行车呢？

我朝东边开了一会儿，然后在约克路上右转，往南走了几个街区，可以看到我父母住的小平房在我们的右手边。我在房子前停了车。

房子静悄悄的，窗帘都放了下来。门前小道上的雪铲得干干净净，但从小路进门的四阶水泥台阶上的雪没铲，通往门廊的走道也没铲。地面上覆盖着成块的积雪，看起来这样已经有一段时日了。我已经习惯了这个房子安安静静的样子，自从爸爸妈妈去度假以来就一直这样。每次我去给妈妈的绿植浇水的时候，房子都是静悄悄的。但现在为什么还是这样呢？

此前，我一直期待着停车、进门、最终见到我父母的那一刻。一路开车过来的时候，想到他们熟悉的声音马上就会在我耳边响起，我就多了一分轻松愉快。甚至连我的鼻子都变敏感了，好像在期待着闻到弥漫在那个房子里的特殊气味。但我从来不确定那到底是什么味道，我猜可能是烤南瓜和干薰衣草混合在一起的味道吧。看到我和迈克尔走上台阶，爸爸的眼神里一定会闪烁着喜悦的光芒，我很期待看到那一幕。令人期

待的还有妈妈的拥抱——见到我之后，她会给我个坚实而温暖的拥抱，她抱着我的时候，一撮柔软的羊毛会蹭在我的脸上

——那是她自己织的黄色披肩，在家的时候她会披在肩膀上，因为爸爸为了省钱总是把暖气调得很低。

我的爸爸妈妈和迈克尔合得来吗？他们知道在他面前应该说什么、做什么，才不会让他发作吗？我不知道。但我相信他们会做得很好。我不知道自己为什么这么想，但我相信迈克尔一定很爱外公外婆，在外公外婆身边他会觉得安全而舒服，就像他和拉尔斯待在一起的感觉一样。

突然，回忆涌上心头，我的脑海中出现了一个片段。

正值酷暑，阳光强烈炽热，空气中带着热浪，树木繁茂，满树的叶子蓬勃生长着。我在父母门前，正走上门口的台阶，拖着三个孩子。拉尔斯在我们身后，刚从我的车驾驶座上下来。我们夫妻俩都穿着网球服，背着个运动背包，包里的网球拍在肩膀上晃荡。

突然，前门开了，爸爸走出来，我们都咧着嘴朝他笑。他轻快地走到台阶前，弯下腰，把三个孩子都拥入怀里。三个小孩缠在外公身上，热情地抱住他，包括迈克尔。

"哦，我的宝贝们。"爸爸气喘吁吁的，松开他们，"上次见面是什么时候来着？我怎么感觉很久很久没见到你们了呢？"

米茜咯咯笑了起来："是上个周末啊，外公。"

"是吗？上个周末啊？"他故意装作很吃惊的样子，"不可能吧，米茜？肯定是去年吧？说不定还是前年呢！"

迈克尔笑了，我注意到他的目光看向我爸爸，他看着他的眼睛。"外公。"他认真地说道，"你真是爱开玩笑！"

妈妈从门口出来，瞟了一眼我和拉尔斯，又瞟了一眼手上的手表，说："赶紧走啊，你俩。比赛别迟到了。"她一只手搭在迈克尔肩膀上，

另一只手搭在米奇肩膀上，领着他们准备进屋。我爸爸则拉着米茜的手。

"我们没事的，放心吧。"妈妈对我说，"亲爱的，我们没事的，和往常一样。"

我点点头："我知道你们没事。"

我和拉尔斯跟孩子们亲吻告别了一番，然后从门口出来，手牵手朝公园走去。我高兴地舒了口气，感觉轻松畅快。"没有他们我们可怎么办啊？"我说，一边回头瞟了一眼那个小屋，"没有我父母的话，我们可怎么办？"

他点了点头，握着我的手握得更紧了。

想到这儿，我忍不住笑了。但是，我忽然发现自己一点都不想踏入这个房子了，反正今天不想进去。我说不出来为什么，但突然我一点都不想待在这儿了。

"妈妈想了一下，要不我们还是去买菜吧。"我对迈克尔说，同时松开刹车，从路边发车开走了。他没有抬头看，也没有回答我。

我在路易斯安那街上左转，在学院大道上等红灯的时候，我问："迈克尔，看来你很会回答问题啊，那妈妈再问你一个问题，从这儿去超市最近的路怎么走？"

于是他指路，带我到了一家西夫韦超市，这儿离大学城购物中心不远，离我们的家也不远。我把车停在停车场，在包里翻找购物清单。很快便找到了。清单的右边是我认真写下的一个星期的菜单，星期一到星期日分条列好，日期下面画线标记，每一天下面都列好了当天的主菜和配菜。纸条的左边则是要买的所有东西，按种类分得清清楚楚，有水果蔬菜类、奶制品类、肉类等；右边菜品需要的所有材料我都详细列好了，包括晚餐的食材、早餐和午餐的主食，例如面包、花生酱、鸡蛋等等。我一边为自己非凡的组织能力感到惊叹，一边领着迈克尔进了超市。

刚开始一切都很顺利，我们在一排排货架上寻找要买的东西，直到我拐过一个弯，听到有人叫我的名字："凯瑟琳，是你吗？"

我之前从来没有见过这个叫住我的女人，现实生活中没见过，在之前做的梦里也没见过。她留着一头乌黑的长发——在脑后编成一个精美的发髻，垂在瘦长的脖子上。她穿着一件深蓝色的短款大衣，大衣上有黑色的毛领，涂着亮闪闪的红色口红和指甲油。

"我就知道是你！见到你真高兴！"说完她朝迈克尔笑笑，"你今天怎么样啊？"

迈克尔看着地面，一个人嘟囔起来。

女人的目光回到我身上，"对不起啊。"她凑近我，声音很大，故意很夸张地说，"我从没想过会……"

"说这么大声干吗！"迈克尔用他最大的声音吼道，"说这么大声干吗！这么大声干吗！这么——大声——干吗——"

他发作的时候，眼睛一直盯着地板，引得超市里的其他顾客纷纷停下脚步，朝我们这边看过来。

"没事的。"我在他身边蹲下，想起来拉尔斯当时说的话，着急地对他说，"河边，河边，迈克尔……"

"你说得不对！"他挣脱我的手，冲出走道，转弯的时候打翻了超市里陈列的几盒打折麦片，他没有理会，径直冲向超市大门。

"哦，天哪，我……"话还没说完，我就冲出超市，把购物车扔在过道里没管。

迈克尔横冲直撞地冲过停车场，周围响起尖锐的汽笛声。我以为他会跑向我的车，可他居然跑向了完全相反的方向。令我吃惊的是，他跑得特别快。我本来以为他比较瘦弱，跑起来会比较笨拙，不会跑得太快，可现在看来，他的两条腿像是有自己的生命一样，跑得飞快。我吓得不行，赶紧开车追他，祈祷在我赶到之前不会有车撞到他。我在半路截断了他的去路，他差点撞到车子保险杠上。我冲出车门，抓住他的手臂，把他拖进车里。他语无伦次地乱叫，我只能祈祷这个梦快点结束。我给他系好安全带，希望他不知道怎么解开，然后关上副驾驶的车门并锁上。我急忙跑到车子另一侧，坐上驾驶座，重重地关上门，然后把车开出停车场。

我现在已经清楚地知道我们在哪儿了，于是径直朝家里开去。尽管这段路很短，但无论是在现实生活中，还是在这个想象的世界里，那这算得上是我人生中最痛苦的几分钟。他叫得很激动，我甚至都没法集中精力思考。等我把车开回家的时候，我觉得自己脑子都在嗡嗡响。赶紧结束吧，我心想。这下我随时都会醒来了。

事与愿违，我依旧没有醒来。我关掉引擎，想看迈克尔的反应。他还在叫，叫声中没有特定的字句，只是扯开嗓子厉声尖叫。我不知道是要想办法带他进去，还是应该把他留在车里，让他自己冷静下来。

正思考的时候，前门开了，阿尔玛从门口出来，把手缩进大衣袖子里。我打开车窗，探出头去。"安德森太太。"阿尔玛开口了，"你还好吗？"

我感觉到眼泪在眼眶里打转了，但还是逞强说："我没事，挺好的。"说着我瞟了一眼副驾驶座上的迈克尔，"求你告诉我要怎么让他停下来！"我的语气里带着恳求。

她耸了耸肩，坦白说道："对不起，夫人，我不知道。你知道，你从来不让我靠近那孩子。"

我不让吗？为什么？

"那好吧。"我打开车门，下了车，站在她身边，"如果他是你的孩子，你会怎么做？"

她又耸了耸肩："我应该会像安德森先生那样做吧。"

"那首小河的童谣吗？我试了，但他不喜欢。"

"你有没有……"她做出抱着自己的姿势，"这样，抱着他？"

"我不敢碰他！"

"安德森先生……我知道你不喜欢那么做，一般安德森先生会抱着他。"

说得对，我确实不喜欢！

她无奈地摇摇头："夫人，我里面还在熨衣服，我能不能先进去？"

我点头："嗯，你去吧。"

"要不要我给安德森先生打电话？"

我想了一下。我想要她给拉尔斯打电话吗？尽管这一切都不是真实的，我愿意向他承认我自己一个人处理不好这件事情吗？

"不用。"我想了一会儿之后回答，"不用了，阿尔玛。谢谢你。"

阿尔玛进去了。

我穿着高跟鞋，跌跌撞撞地走到副驾驶座外面。我把钥匙插进去，开门之前先轻轻敲了下车窗："迈克尔，宝贝，能听见妈妈说话吗？"

他突然爆发了怒火，小拳头重重地捶在车窗上，力气大得惊人。我甚至担心他会敲破玻璃。他看上去很瘦小，但我现在才意识到，他其实力气很大。我打开车门，蹲下来靠近他。

他还在捶着拳头，只是现在不是敲在车玻璃上了，而是捶在我身上。我下意识地往后退了一步，摸摸被他打到的上臂。每次我靠近他，他都用力打我，这种情况下我怎么敢抱他？

最后我只好绕着车子，回到驾驶座。在他伸手打我之前，我迅速解开了他的安全带。

"你要叫是吧，行，你就待在这儿叫吧。"我说，"但是如果你想进屋的话，安全带已经解开了，车门也没锁。"

说完我就走了，不顾身后的叫声，把他一个人留在车里，进了屋，开着前门。

阿尔玛在客厅里熨衣服，电视上在播电视剧《指路明灯》。听到我进门的声音，她抬头看了一眼，我俩都一言不发。

我沿着走廊走到拉尔斯办公室，径自朝酒架走去，给自己倒了一大杯威士忌，端到厨房里，加了点水和冰块，随便在碗碟架上找了把抹黄油的小刀，搅了搅手里的酒。我从阿尔玛身边擦肩而过，走到落地窗前，想看看迈克尔会怎么做。

过了一会儿，什么都没发生。透过窗户的平板玻璃，我依然能模糊地听见他的叫声。可能整个小区都能听见他的叫声吧，但我不在乎。

"你觉得他会这样叫多久？"我问阿尔玛，说完喝了口杯子里的威士忌。

她耸耸肩，没抬头："反正以前有过比这还久的，不是吗，夫人？"

是啊，阿尔玛，肯定是有的。

我紧闭着双唇。几口威士忌下肚，我温和了不少。我深吸了一口气，说："我试着抱他，但他打了我。"眼睛依旧盯着窗外的迈克尔。

阿尔玛点点头，没有说话。

我转过头看着她："他不会跑吧？"

"到目前为止还没跑过，不是吗？"

"确实，"我喝完最后一口，"我没办法了，是时候给我老公打电话了。"

第十六章

但我并没有给拉尔斯打成电话，因为最后这个梦终于结束了。

"啊呵，真是个不得了的梦。"我对阿斯兰说。它打了个哈欠，露出它那裂了缝的黄牙，站起身好好地伸了个懒腰，重新躺下来。我老对阿斯兰说："你又高又瘦，是个黄条战士。"这是我常和阿斯兰开的一个玩笑，因为它不高也不瘦，更算不上是战士。实际上，它很老了，矮胖敦实，可能连苍蝇也抓不了。

真好。回到这个真实的世界，安安静静的，在这儿和我的猫开玩笑，说着我们之间的悄悄话。

我微微一笑，这里一点儿也不赖啊！

"心情挺好啊！"上午到了店里，弗里达对我说。我在清理书店后面书架高处的灰尘，一边哼着歌儿。她坐在柜台前，清查库存。

"我最近都睡得不太好，昨晚终于睡够了。"这话说出来我自己都觉得好笑。我相信，任何人如果像我一样做这些稀奇古怪的梦，也不可能睡好的。这一连串的想法让我自己爆发出阵阵笑声。弗里达看着我默默微笑，摇了摇头，然后低头继续清理店里的存货。

在我的建议之下，我们在店里装了个留声机。那是我去百老汇南大街一家当铺里买的。买了留声机之后，我俩从家里带来了一大堆唱片，现在我们店里每天都播放着好听的轻音乐。现在放的是美国爵士乐歌手艾拉·费兹杰拉的一首老歌，歌词讲的是，如果爱情是人生的全部就好了。

我一边掸灰尘，一边跟着音乐摇头晃脑。我想，歌词里唱的这种生活听上去可能很美好，但在现实生活中就不一定了，难道不是吗？

我回头看着弗里达。我在她旁边的柜台上放了一个木质展示书架，上面放着一本《愚人船》，上次那个客人本来要买的，后来带着她的自闭症女儿急忙走了。所以这本书还在这里。我做了一张小牌子立在书前面，上面写着："店长推荐！畅销书籍！"

《愚人船》的作者是记者兼短篇小说家凯瑟琳·安·波特，我不久之前刚读过这本书。在我看来，作者的叙事方式和故事里那艘船一样漂泊不定，但我觉得她是故意那么写的，而且这样的写作手法并没有弱化故事中的人物矛盾。不仅如此，这部作品也让读者看到，人们在封闭的空间内可能更容易增进对彼此的了解，无论他们愿不愿意。在这方面，波特写得很好。

我记得书里有个场景，有个角色说："请你不要向我介绍自己了。我一点都不想了解你的事情，我也不会了解你。"我不记得书里的原句了，但大概是这个意思。这句话让我想到了我梦里的那个家庭——无论我愿不愿意，我在梦里都不得不一点一点地了解他们。

据说，30年代的时候，作者凯瑟琳·安·波特曾经坐过一艘船，和故事里写的这艘船很像。像小说里写的一样，当时她没怎么和船上的乘客说话，但做了很多笔记。那本笔记就那么放着，直到多年之后，她才根据笔记写成了《愚人船》这部作品。我一直都很喜欢波特的作品，或许是因为她曾经也住在丹佛，所以我对她有一种亲切感吧。我还听说，

1918年的时候她差点在丹佛丢了性命——差点在1918年大流感中丧生。

我想，如果波特真的死于1918年大流感，她就不会写下《愚人船》，那天那个女人也就不会来店里找那本书，我也不会问出那个令她尴尬的问题，不会问她的孩子生了什么病，我也就不会知道我梦里那个孩子生了什么病，至少不会以这种方式得知。

真奇妙啊，生活中一件小小的事情可能就会带来巨大的转变，不是吗？同样地，如果那天晚上我和拉尔斯多讲了几分钟电话，如果我听到他心脏病发作，如果我救了他一命，那么，现在这一切都不会发生了。现在这个世界里的一切都会成为虚幻。而梦里那个世界的生活，我和他、和孩子们的生活，反而会成为现实。

我摇了摇头，从梯子上爬下来，走到柜台边，拿起报纸。我得看看昨天晚上世界大赛决赛的情况。"见鬼！他们输了！"我叫道。

弗里达抬头看着我："谁输了？"

"巨人队。他们在第七场比赛中输掉了世界大赛，那我给格雷格写什么呢？"

她摇摇头："你说什么呢？"

"没事。"我满面愁容地看着她，转身走到门口，想呼吸一下新鲜空气。

我走出店门，开始扫门前的台阶。这是个美丽的秋日，我很高兴能回到现实世界里享受这样的好天气。在梦里，迈克尔贴心地告诉我日期后，我知道了那个世界离现在只有几个月。既然只差几个月，为什么一定要发生在未来呢？这说不通啊。但是话说回来，那个世界根本都不是真的，又怎么会说得通呢？

"晚上一起出去吃饭吗？"我进门的时候问弗里达。

"为什么要出去吃饭？"

我耸耸肩："不为什么。只是我们很久没一起出去吃饭了，好姐妹。"

我们俩一直叫对方"好姐妹"，这个称呼已经很多年了。这也就是"好姐妹书店"这个名字的由来。刚开始我们商量要一起开书店的时候，两个人同时想到了这个名字，于是就定下了书店的名字。最开始有这个称呼，还是在中学的时候，因为当时我们特别希望我们两个是亲姐妹。弗里达是家里的老大，下面还有三个弟弟；而我是独生子女，但是如果我妈妈没有流产的话，我本来也应该有三个弟弟的。所以童年时期，我们两个最想要的就是有个姐姐，或者妹妹。

我和弗里达认识，是在 1938 年的 9 月。那时我们是南方中学刚入学的新生，南方中学还很新，动工不过 10 来年。学校走廊上铺的油地毡还闪闪发亮，窗户都很明亮，玻璃也没破，墙上的砖头还是校园建筑特有的亮红色，还没有因为年代久远饱经风霜而逐渐暗淡。

那天我们新生刚入学，跟在高年级学生身后，他们一副对那里很熟悉的样子，好像他们从小在那里长大似的。高年级的学生高兴地聊着天，互相拥抱，兴奋地大叫。过了一个暑假之后再见到同学，很多人都一脸兴奋的样子。还有一些学生在回忆暑假一起玩的情景，笑得很开心，"还记得国庆节那次吗？那是我玩得最开心的一次了！"

作为新生，我们很羡慕那些高年级的学生。虽然我们中有的人以前就在一起上过学，互相也认识，但我们感觉同学之间的关系很疏离。互相之间的对话简短又尴尬。"暑假过得好吗？""请问 106 教室怎么走？"都是诸如此类的对话。人群推搡着挤进教学楼的时候，我们才意识到自己还不知道要去哪个教室。但我们不知道的是，即将降临的命运到底是不是我们自己愿意看到的。

就在那样一个不安而陌生的环境里，我看到弗里达在闲逛。她的头扬得高高的，一头深棕色的头发，头上戴着一个玳瑁色的发箍，露出大大的脑门。她下身穿着一条灰褐色直身短裙，上身穿着一件象牙白的无袖衬衫，露在外面的肩膀晒得很黑，还长了雀斑。她深邃的眼睛里闪烁着神秘的光芒，眼神里有魔力。她经过走廊的时候，不仅是我们新生，还有很多高年级的男孩子，都盯着她看。而我的目光根本无法从她身上移开，目不转睛地看着她进了一间教室。

可能是幸运吧，后来我发现我也要去那间教室。进门的时候，我注意到她右边那个座位居然奇迹般地空着。我当时胆子很大，也不知道哪里来的勇气，径自走过去，在她身边坐下，对她伸出了一只手。

"我叫凯蒂·米勒，认识你很高兴。"我对她说。

她点点头，伸出手紧紧握住我："我叫弗里达·格林，我也很高兴认识你。"

开学一周之前学校办公室就把课程表分别寄给了每个学生，于是我们拿出课程表比较，才发现我们几乎每节课都在一起上。"真好。"弗里达凑过来，小声在我耳边说，"我本来还有点担心要自己一个人到处找教室呢，你呢？"

当然，当时的我和她有一样的担忧，但她的坦率还是让我有几分惊讶。回过神来之后，我点了点头，对她笑笑："我们一起去找教室吧，好吗？"

她咧开嘴朝我笑："好啊，凯蒂·米勒。"

随着时间的推移，我逐渐了解了弗里达的一切。她家境殷实，19世纪80年代的时候她外公在铁路上赚了大钱，而她爸爸家里开了一家大型的建筑公司。丹佛刚开始发展的时候，那个建筑公司就因为起步早而占有了有利地位，自那以后一直是丹佛最好的建筑公司。

直到八年级之前，弗里达都是在私立学校上学，但她爸爸认为她也要去公立学校念念书，结交来自社会不同阶层的人。在培养孩子这个问题上，他有自己的一套理论：他认为尽管他的小孩比别人家的小孩有很多优势，但培养他们个性最好的方式是让他们和来自不同社会背景的人交流。上着这个中产阶级学校的同时，弗里达和她的父母还有弟弟住在一个三层的大房子里。她家住在城郊俱乐部，那边有很多华丽的房子，就在我家住的那个普通小区北边几英里的地方。我第一次去弗里达家里的时候，脱口而出她家是"别墅"，她一听就笑了，对我说："你太可爱了，凯蒂·米勒！"还亲切地拉着我的手。

这么多年过去，我还记得当年她拉着我的手的感觉，很有占有欲，但也让我高兴。尽管她拥有那么多，长得那么漂亮，但她竟然想和我交朋友，这让我觉得不可思议。

过了几个月，我才鼓起勇气问她这个问题。她本来可以和学校里的任何新生成为好朋友，只要她愿意，她甚至可以和高年级的女孩子成为最好的朋友。尽管如此，但她为什么选择了我做她最亲密的朋友呢？

听到这个问题，弗里达笑了，"因为是你啊，凯蒂。"她的语气很轻松，"第一次见到你我就知道，你会是一个忠诚的朋友，你会和我坦诚相见，你会站在我身边支持我。"

那是11月的一天，天气异常暖和，我们站在教室中间的草坪上。很多小孩和我们一样，在外面闲逛，享受着阳光和温暖。弗里达大幅度地挥舞着瘦弱的手臂，指着面前所有的学生，对我说："在其他人身上，我就没见到你那样的真诚。反正第一眼没有那种感觉。"她耸了耸肩，接着说，"除了你，其他所有人都令我失望，既然如此，我为什么不和你交朋友呢？"

所以我怎么能不爱一个对我评价这么高的人呢？除了我父母之外，从来没有其他任何人对我说过这样的话。同样，对弗里达而言，她怎么能不爱一个对她如此忠诚的朋友呢？她的感觉是对的，无论发生什么事情，我也不会做任何背叛她的事情。

多奇妙啊。我走向我们小店的柜台，心里想着，多奇妙啊，这么多年过去了，我们对彼此的爱还是那么深，仅次于我们对自己家人的爱了。

我们是好姐妹啊。

突然，我意识到一件令人不安的事情：在我做的那些梦里，我不知道弗里达在哪儿。上次做梦的时候，我和迈克尔待在一起，那是个工作日的上午，可是我没有待在店里。这是不是意味着我从来不待在店里？在那个世界里我们有这家书店吗？

想到这儿，我打了个冷战。我无法想象，没有这家店，我的生活会是什么样子。不能每天都整天待在弗里达身边，我不知道我的生活会是什么样子。

幸好啊，我想。幸好那个世界是假的，这里的一切才是真的。正想着，弗里达已经开始想去哪家饭店吃饭了——"去落基比特怎么样？你想吃汉堡吗？要不去 CJ 酒馆？虽然有点远，但我很想吃墨西哥菜，你呢？"

CJ 酒馆虽然叫酒馆，也确实有个小酒吧朝餐厅开着，但它实际上并不是一家酒馆，而是一家墨西哥饭店，开在圣菲路上。我们得换乘三趟公交车才能到那里，但像弗里达说的一样，再远也值得一去。在丹佛长大的人都喜欢吃墨西哥菜，而全城最好吃的墨西哥特色菜——填馅辣椒就在 CJ 酒馆。

到了那儿，我和弗里达都很兴奋。能在这里和弗里达一起吃饭，不用想那个世界的事情，我心里充满了感激。而弗里达看上去也是一副开心、无忧无虑的样子。我知道，她最近一直在为书店的事情担心，看到她恢复往日的活泼，我也就安心了。

我们聊到了我们在大学城购物中心看到的那个空着的门面。几天之前，弗里达给那边的经理打了个电话，和对方约好去看那个门面里面的情况。"那个价钱还算合理，"她说，"确实比我们现在的租金多，多得多。但是你算算就知道，我已经在脑子里算过了，也在纸上认真算过了，只要几个月我们就能回本。"

我问她："那之前怎么办呢？我们去哪儿弄资金？"

她喝了口面前的酒，"我不能再找我爸妈要钱了，我们得再贷一次款。"我正准备出口反对，她接着说，"我知道上次我们贷款的时候是我爸爸担保的，我也知道这次如果没有他担保，银行可能不会给我们贷款。的确，之前那个贷款我们还没还完。我心里都清楚。"她把酒杯放下，接着说，"但是如果我们能说服银行，让他们相信我们的想法是有前景的，走这一步能挽救我们的书店……"说着她耸了耸肩，"你不觉得他们会让我们延期还贷，而不会取消我们的赎回权吗？"

我喝了一大口酒。这么做听起来压力太大了，对我们来说是个重大的抉择。我们似乎真的要靠自己了，比八年前我们开店的时候还要孤立无援。

弗里达的眼神放空了。"我们能成功的，凯蒂。"她凑过来对我说，"这还只是起步而已。现在突然建了那么多购物中心，有那么多商店赚了大钱，他们都有个固定的商业模式，有他们的风格，人们进门的时候就是冲着那个风格进去的。"说着她又耸了耸肩，"但是目前来看，图书行业还没有形成这样的模式，至少丹佛现在还没有。但情况是会改变的，不是吗？谁说书店不能连锁呢？如果汉堡店和五金店能连锁，书店又有什么不行的呢？"

对啊，有什么不行呢？她说的在理，真的很有道理，我无法反驳。

尽管如此，这听上去更像是她的事业，而不是我的。无论我在不在，好像她都能做好。一直以来，她浑身都闪着自信的光，有这样的自信，她想做什么都能成功。

"你真的考虑了很久，对吧？"我问她。

她耸耸肩："凯蒂，我想这些好几年了。"

我不知道该怎么回答她，只好咬了一口我的墨西哥填馅辣椒，拨弄餐盘里的米饭。

弗里达突然瞟了一眼我身后，小声对我说："别回头，你知道现在谁一个人坐在酒吧那里吗？"

"谁？"

她朝我使了个眼色："凯文。"

凯文？天哪，我已经十多年没见过他了。"他看上去怎么样？"我问她。

她用余光瞟了几眼，缓缓回答："看上去很累，还很老。凯蒂，他看上去很老，你应该高兴。"

我笑了："可是我看上去也老了啊。"

弗里达喝光了杯里的酒，点了一根沙龙烟："不老，新发型这么漂亮，一点都不老。"

我下意识地摸了摸自己的头发。琳内娅做的发型保持得很好，但我还是预约了下个星期再去做一次。确实，最近我自己照镜子的时候，觉得镜子里的自己气色好得不得了，比以往的自己漂亮得多。但这到底是因为我换了个新发型呢，还是因为晚上睡着的时候，我疯狂地爱上了梦里那个完美的老公呢？

"凯文好像注意到我了。"弗里达说，"也注意到你了。他站起来了。"她放低音量，"深呼吸，好姐妹。他过来了。"

她抬头看着，面带微笑，给了我一个回头的理由。见到他，我装作很惊讶的样子，但我肯定他看出来了。

"你们好啊，我就知道是你们俩。"他凑到我们桌子旁边。他还是老样子，瘦瘦高高的，斜肩，和以前一样，没发福，身材还像年轻小伙子一样。我意识到，我现在已经习惯了拉尔斯的敦实和他宽厚的肩背，和我很配。而当年我和凯文的身材从来都不般配。他太高了，我们俩跳舞的时候，我的头顶还不到他的锁骨，我得伸着脖子抬头看他。为了让我们看上去般配一点，他老是让我穿最高的高跟鞋。可那么做只会让事情更糟，一天下来我的脚快要痛死了。他总是嫌弃我胖乎乎的，却又很喜欢我丰满的胸部。尽管如此，他还是不断地督促我减肥。

和拉尔斯不同，尽管到了这个年纪，凯文还没有脱发。他的头发一直很浓密，一头乌黑的鬈发，现在也还是如此。他的眼睛还是以前的样子，暖棕色的瞳孔，只是现在目光有些呆滞了。能看出来，他喝多了。

弗里达眼神示意了一下我们之间的空座，在她旁边的烟灰缸里掐灭了烟，对凯文说："坐吧，凯文。"

他把椅子拉出来坐下。我不解地看着弗里达，她低头瞟了一眼，看向自己的手，我看到她双手叠放在胸前，又用右手小指头指了指左手无名指。于是我瞟了一眼凯文的左手，看到他没戴戒指。

哦。刚刚他在那边的时候她就注意到这个了吗？还是说，看到他这么晚一个人在这里，弗里达大胆猜测的？晚上的这个时间，已婚男士，或者说婚姻幸福的男士，是绝对不可能一个人出现在酒吧里的。他们都待在家里，陪老婆、孩子，大多数情况下家里还有狗——经典的家庭组成结构。

"很久不见了。"凯文说。他端过来的酒很快就喝光了，他又示意服务员再拿酒过来，"赏脸陪我喝一杯？我请。"

这让我有些惊讶。因为他以前一直是个小气鬼。约会的时候倒不至于不付钱，但我总感觉他总是尽可能地带我去最便宜的地方，在我身上花最少的钱。即使是我生日或者圣诞节这样的重大场合，他送的礼物要么是一小瓶香水，要么是打折的围巾或者帽子。以前他总是说要为我们的将来存钱。呵呵，可事实并非如此啊，不是吗？

弗里达点头同意陪他喝酒，服务员又给凯文上了杯苏格兰威士忌，顺便拿酒瓶给我和弗里达续杯。"记在我账上。"凯文指着我们的酒杯说。服务员朝我和弗里达挤出僵硬的微笑，然后离开了。

"你俩现在怎么样啊？"凯文说着，靠在身后的座位上，差点要往后摔倒。天哪，他是喝了多少啊！工作日的晚上，在这样的公共场合，喝成这样，而且他现在还是个医生啊，这一点我可忘不了。我以为医生喝起酒来会慎重一些呢。

"我们挺好的啊。"弗里达回答他，"我们在珍珠路上开了家书店。"

凯文点点头，从外套口袋里拿出一包烟，点上一根。弗里达立马也从她放在桌上的烟盒里抽出一支，他拿出打火机给她点烟，弗里达凑过去借火。我的脸已经开始发热了，静静地看着他们，尽量抑制自己，不皱眉头。

"我早就听说你们的书店了。"他说，啪的一声合上打火机，"早就想去看看了。"

呵呵，谁信呢？我瞪了他一眼，继续喝我的酒。我也解释不清楚为什么到现在我对他还抱有这么大的敌意，毕竟已经过去那么多年了，而且他现在成了这副样子。换作是以前的我，会愿意嫁给面前这个男人吗？

不，当然不愿意。我想嫁的是梦里那个不存在的男人。

我告诉自己要和气一点，对他笑了笑："那你呢，最近怎么样？"

他看着我，目光在我脸上停留了很久，好像在想该怎么回答。"哦。"他终于开口了，"我还好吧。在内科锻炼了很多年，现在不在圣约瑟夫医院干了。"他耸耸肩，"你们可能也听说了，我现在出来单干了。"

我摇了摇头："没听说过。"

"呃……"他把手指头伸到酒杯里搅动。我记得他老这么干。"有些事情注定走不到最后吧。"他的笑容很冷，"但还有两个好孩子。想看照片吗？"

说真的，我一点都不想看。但弗里达客气地回答他："当然了，我们很想看。"他从口袋里拿出钱包，迅速打开，里面那张照片是在学校里拍的，两个小女孩微笑着，小的那个掉了两颗门牙。"这个是贝基，10岁了。"凯文指着大点的那个说，"那个是南希，8岁了。"

"挺可爱的。"弗里达凑过来看了一眼，马上靠在座位上坐着，吸了一大口手上的烟，小心地看着我。

"嗯，确实挺可爱的。"我跟着她说，"你一定很为她们骄傲吧。"

他点点头，"唉，我很少见到她们，她们的妈妈总是看得死死的。但她们过得应该不错。"他耸了耸肩，踩灭了烟头，"她们有个继父，人还不错。至少比我好。"

天哪，这就像低成本烂片里的经典桥段和经典台词——选择错了吧，兄弟？看看你现在的样子，一个人在酒吧里喝得烂醉，还碰到大学时期的前女友。要是当初做对了选择，她肯定会比你娶的那个泼妇更懂得珍惜。

我自己越想越觉得好笑，拼命抑制自己不要笑出声。我觉得有些不好意思，于是用手捂住了嘴，希望凯文不会注意到我笑了。

但他还是注意到了，阴沉的目光盯着我，问："什么事情这么好笑，凯蒂？"

我摇摇头："没有没有，我为你不幸的婚姻感到遗憾。"

他喝了一大口手里的威士忌，冷冷地说："嗯，谢谢你的同情。"他站起来，饮尽杯里的酒，生气地说，"我不该过来的。我不知道自己为什么要过来。打扰你们吃饭了，对不起。"说完，他把酒杯摔在我们桌上，大步往酒吧走去。他付了酒钱，拿起外套和帽子，跨出酒吧门，头也不回地走了。我们就在后面静静地看着。

"天啊。"弗里达轻轻地说。我点点头，我们同时看向他离开的那扇门。

"挺可怜的。"过了一会儿，弗里达开口说。她从酒杯上方看着我："但你一定感觉很好吧。"

"说实话。"我回答，"感觉并不好。"我把脸埋进手掌里，对弗里达说，"弗里达，我累了，我喝太多酒了，我想回家。"

她点点头："我也是，好姐妹。"

第十七章

回了家，我爬到床上，盖好被子，抱起阿斯兰，让它依偎在我怀里。我关掉床边的台灯，舒了一口气，享受这片刻宁静的独处时光。

我相信那些梦不会再出现了，因为我已经看到那个人生中的一切了，难道不是吗？我现在了解了迈克尔的病，如果梦里的那个生活才是真实的话，他的病情应该是我人生中与之抗争的最大障碍。

"我懂了。"我在黑暗中自言自语道。这样自言自语可能看上去很傻，但我要确认我的潜意识听到了，我想让它知道，我明白了。

我明白了，世界上没有完美的人生。这个人生不完美，那个人生也不完美。

我相信我再也不会在那个世界里醒来，再也不会见到拉尔斯和那几个孩子。

但我想错了。这一次我们在吃午饭，围着餐桌坐着。通往厨房的那几扇门都开着，我能看到厨房里印着水果图案的可爱墙纸，闪烁的阳光透过南向的窗户照进来。全家人都坐在餐桌旁：拉尔斯、米茜、米奇、迈克尔和我，都在这儿。

我看着对面的拉尔斯，和他四目相对。

"怎么样啊，另外那个世界？"他问。

"什么？"我惊叫着回答，吓到了自己，也吓到了全家人。孩子们盯着我，手里的三明治吃了一半。拉尔斯好奇地看着我。

"对不起。"他说，"你刚刚的样子，看上去好像灵魂飘到了十万八千里以外。好像你去了另一个世界一样。"

我笑笑："大概是吧。"

孩子们继续吃着他们的三明治，脸上沾满了紫色的酱，看样子是花生酱和葡萄果酱。每个孩子面前的餐盘里都放着一小堆胡萝卜丁，还剩了一点薯条。看这样子，他们是先吃掉了薯条，然后才吃三明治和蔬菜。米奇和米茜吃得很小心，用指尖拿着三明治，像舔蜂蜜的小熊幼崽一样。而迈克尔的三明治一点都没吃，他把三明治撕成小块小块的，卷成小球，整齐地绕着盘子摆了一圈。我把目光从他身上移开，希望自己没有表现出对他的厌恶，同时默默地讨厌自己：即使是在一个想象的世界，为什么对自己的孩子是这样的态度？

我低头看了看自己的盘子，又瞟了一眼拉尔斯的，我们两个吃的是大厨沙拉。这是我做的吗？这盘菜看上去很精美，下面铺着一层卷心菜叶，上面整齐地放着几片瑞士奶酪、一个水煮蛋、几个橄榄，还有熟的火腿和火鸡肉。在现实世界里，我中午从来不会做这么讲究的午饭。我和弗里达常常在街上的面包店买个三明治，或者早上从家里带个三明治去店里，顺便带点孩子们现在吃的那种花生酱和果酱。

"下午我们去哪儿呢？"拉尔斯问。他面前的盘子已经空了，他把叉子放在盘子里，拿起一张印着蓝色小花的纸巾擦了擦嘴。

"去名人坊保龄球馆，爸爸！"米奇叫道，米茜也兴奋地点头表示赞同。

我注意到，迈克尔没有什么表情。

虽然我从来没去过那里，但我听说过名人坊这个地方，就在科罗拉多大道上，和大学城购物中心在一条街上，就在购物中心北边几英里的地方。那里是几年前开的，全名应该是名人坊体育中心。除了保龄球之外，有游泳池、电玩游戏，还有些其他娱乐设施。对带孩子的家长或者喜欢玩保龄球的人来说，那里都是个好玩的去处。但在现实生活中，我既没有孩子，也不喜欢玩保龄球，也就没机会去那儿了。而且像那个购物中心一样，没有车要去那里很麻烦。

"米老鼠可能会在那儿！"米茜说。我想起来在《丹佛邮报》里看到过，名人坊保龄球馆是迪士尼旗下的，那儿常常能看到迪士尼的动画人物。

拉尔斯偏着头，若有所思的样子："那儿人应该会很多哦，我们可能要等很久才能玩保龄球。"

"我们会耐心等的。"米茜保证，"不管怎么用，等的时候也有很多可以玩的。"

"是'不管怎么样'。"我纠正她，"不是'不管怎么用'，米茜。"

受了批评，她悻悻地低下头："对不起，妈妈。"

拉尔斯笑着说："妈妈是个严厉的老师哦。"他在餐桌对面朝我眨眼睛，"一日为师，终生为师。对吧，凯瑟琳？"

我皱皱眉："那都是很久以前的事情了。"

他拿起杯子，喝了口水，说："像是上辈子的事情了吧。"

我没回答，起身收拾桌子。我站起来的时候，迈克尔的手臂在面前晃来晃去，打翻了杯子里的牛奶。

"迈克尔！"我严厉地说。他的脸瞬间皱了起来，我能看出来，他要开始乱叫了。

我连忙捂住嘴巴，态度温柔下来："没事啊。"拉尔斯立马走过来，把手搭在迈克尔肩上，想在他发作之前让他安静下来："没关系的，我们打扫干净就行了。"

我进了厨房。刚从水槽里找到一条洗碗巾，拉尔斯就进来了，从后面抱住我。

"外面还好吧？"我问他。

"嗯，他没事了，及时止住了。"

我点点头，舒了一口气。他的鼻子蹭在我脖子上，说："你好像不是很期待我们下午的活动啊。"

我耸耸肩。

"亲爱的。"他转过我的身子，让我面对着他，"让我带他们去吧。你休息一天，去做你想做的事情。"

我抑制不住满脸的兴奋："真的吗？你确定？"

他笑了："当然了。你得休息一下了，亲爱的。这个星期你太辛苦了。"

我咬了咬嘴唇，回答他："确实辛苦。而且我确实……确实有要做的事情。谢谢你，拉尔斯。"

"你慢慢来，不用着急。"他说，"你开凯迪拉克去吧。去买东西，去琳内娅那儿，做做头发。"

但我现在想做的不是买东西，也不是做头发。我确实很想在这个世界里看到琳内娅，但只是为了比较她和那个世界里的琳内娅有什么不同。但我确实要去一家店。

如果那家店真的存在的话……

我想问拉尔斯今天星期几，但我觉得这个问题问出来太蠢了。既然他白天在家，肯定是周末。我希望是周六，不是周日，因为周六好姐妹书店才会开门。几年前，我和弗里达决定周六也开门。虽然周末少了一天休息时间，但对店里的生意有好处。近年来越来越多女性也出门工作，我们店也要与时俱进，不仅要吸引家庭主妇，还要吸引职业女性来买书。现在好姐妹书店每周从周二开到周六。和珍珠路上其他商户一样，周日是不开门的。和别的店不一样的是，我们周一也不开门，相当于把周六的休息时间移到了周一。

和他们告别之后，我走进车库，坐进拉尔斯的车，小心地从车库里倒出来。

这辆凯迪拉克开起来的感觉像做梦一样，符合我对好车的所有想象：稳固而柔软的人造皮座位，发车之后几分钟之内就能迅速制热升温的暖气系统，还有自动换挡装置。我只需要在倒车的时候换倒挡，往前开的时候换前进挡就行了。转弯的时候反应特别快，我左转上达特茅斯路的时候，微微转动方向盘，轮胎稍稍一动，车子就转过去了。这车上装的肯定是最新的动力转向系统，我之前听爸爸说过，他说起这个的时候声音里充满了渴望。我的爸爸工作很勤奋，但他已经十几年没有换过车了。我想，如果在这个梦中世界里，拉尔斯让他来开这辆凯迪拉克，他一定会欣喜若狂的。想到这儿，我的嘴角不自觉地上扬了。

我打开车里的广播，调到 KIMN 台。他们在播佩茜·克莱恩的一首新歌，也就是那天晚上我和拉尔斯和客户一起吃饭的时候听到的那首歌。我跟着广播轻轻哼了起来。

车子稳稳地走上学院大道，我左转上了埃文斯街，然后往西走。一切都和往常一样。丹佛大学的酒馆、药店、加油站、校园里的建筑，都和现实世界里的一模一样。我有些惊讶，虽然我的生活截然不同了，但世界还是一如往常。

到了珍珠路上，我右转往北走。路上车很少，天朗气清的，没有下雪，应该这一两天也不会下雪的样子，至少这儿不会下。我透过车窗，看向左边，远方的群山上覆盖着新下的雪，从这儿也能看到雪山在阳光下闪闪发亮。

到了我们书店附近的时候，我减速慢慢往前开。眼前的情景让我有些难过——好姐妹书店根本不在那儿，但我一点都不惊讶。原来书店右边的律师事务所还在那儿，可我们书店这边的橱窗被木板封住了，门上挂着一块标牌，上面是手写的两个大字——"招租"，下方写着布拉德利的电话号码。标牌上的字已经褪色了，纸张也发黄了，看上去挂在那儿挺久了。至少几个月吧，也有可能已经几年了。

我在街对面停了车，走向那个本来是我们的书店。

但我不知道该做什么。前门玻璃上没有封木板，我凑过去瞧了瞧。里面是空的，我们的书架、柜台，什么都没有了。地板上空荡荡的，我们在二手店买的土耳其地毯也不见了。墙上贴的介绍最新书籍和电影的海报也消失了。通往里间的门没关，但里面太黑了，什么也看不清。但是我知道，里面什么也没有。

我走到楼旁边，那儿有楼梯，通往楼上布拉德利住的地方。他的电话印在那个"招租"牌上了，也就是说他依然是这栋房子的主人，他是不是依然住在楼上呢？我小心地上了楼，轻轻在门上敲了几下。

我敲了几分钟，里面什么动静都没有。我正准备转身走的时候，门缓缓开了。这个布拉德利比那个世界的他看上去苍老一点，他驼着背，戴着一副老花镜，慈祥的棕色眼睛深深陷在发灰的眼窝里。他想了好一会儿，才认出我来。

"没想到啊。"他终于开口说，"有生之年还能再见到凯蒂小姐。"

听到有人叫我凯蒂，我感动得都要流泪了，这才是我在现实世界里真正的名字啊！我赶紧眨了几次眼睛，不让眼泪流出来。"布拉德利。"我有点破音了，"见到你很高兴。"

他把门打开了一点："有何贵干呢？"

我耸耸肩，"我只是……刚好在这边办事……就想着……"我垂下眼睛，看向别的地方，又把目光移回他身上，"我就想着顺便过来看看。"

"哦，进来吧。"门全开了，他说，"我刚好在泡茶，来一杯？"

"那太好了，谢谢你，布拉德利。"

他去了厨房，我到处看了看。他家一点也没变，这让我感到很安心。还是那个破旧的灰沙发，有的地方破了，露出里面的填充物。窗边还放着那个花呢扶手椅，和我记忆里唯一的区别是，搬得离电视机近了点。还是那张小小的破木桌，旁边放着四张椅子。他老说，够了，够他和三个孙子一起吃饭了。

布拉德利从厨房出来，颤抖着端着两个茶杯。我连忙往前走了几步，从他手上接过一杯。我不小心碰到了他的手，年迈的他手上布满了皱纹，在寒冬里更显粗糙。

"请坐。"他指着小木桌对我说。

我在一张椅子上坐下，他把自己的茶杯放下，拉出一张椅子，在我对面坐下，一边问："最近怎么样啊？老公、孩子呢，都还好吧？"

我笑笑，喝了口茶，"都挺好的，布拉德利。挺好的。"我把茶杯放下，对他说，"有些事情我有点搞不懂，所以来问问你。我不知道发生了什么，为什么我们没开书店呢？"我低头看向地板，"还有，弗里达呢？"我抬头问他，"弗里达去哪儿了？"

我不敢相信自己在跟他说这些。但说实话，我不在乎，反正这个梦很快就会结束，过不了多久我就回家了，想说什么就直说好了。

布拉德利看着我，思虑良久："你不知道弗里达去哪儿了？"

我摇头。

"发生什么事了吗，凯蒂？你失忆了吗？"

"我不知道！"我叫道，"我觉得我在做梦，布拉德利。这是个梦，对吧？这些都不是真的，都是我自己想出来的，我只是在顺着梦境走而已。可是这梦里有些地方……有的地方……"我摇了摇头，不知道自己

到底想说什么。"有些事情又那么合理，而且还那么好。"我接着说，
"拉尔斯——我老公，就很好。我从来没有见过像他一样的人。我爱他，
全心全意地爱着他。"说到这儿，我幸福得脸红了，脑海中浮现出这位
梦中情人的身影，"但是我的小孩……米奇和米茜，他们两个很可爱。
可是迈克尔……迈克尔就……"

布拉德利点点头，我说不下去的时候，他温和地说："没事的，凯
蒂。我知道，我知道迈克尔怎么了。"

他的这句话让我安心了不少。在这个梦中世界里，除了拉尔斯的付
出之外，最让我安心的就是眼前这个温和的男人这句暖心的同情了。听
到他这句话，我很想抱住他，但不得不把手放下来抑制自己的冲动。"谢
谢。"我轻轻地说，"谢谢你……"我不知道该怎么说，只好挤出两个字，
"……的茶。"

布拉德利朝我笑笑："随时欢迎。"

"楼下没有租户了……你……还好吧？"

他耸耸肩，"还好。留得青山在，不怕没柴烧。只要交得上税，够
日常开支就行了。楼下事务所和隔壁那套房子的租金基本上够了。我儿
子想要我把这儿卖了，但我不想卖，我喜欢这儿，不想被赶出去。而且
我也——"他笑笑，"我很爱我的孙子们，但不知道为什么，我不想和
他们住在一起。"

我也对他报以微笑，握住他粗糙的手，轻声问："弗里达在哪里？
求你告诉我，弗里达在哪里？我们的书店又去了哪里？"

他回握了我的手，又放开，起身拿起他的空茶杯，对我说："她重
新开始了，去做更远大、更美好的事情了，凯蒂。"他摇头，看向窗外，
"我不能告诉你她具体在哪儿，因为我也不知道。她把这儿的店关了，
去科罗拉多大道上的新潮的购物中心里开店了。"说着他回头看了看我，
"那还是刚开始的时候，不知道现在怎么样了。她再也没回来过了，这

些也是我听别人说的。"

我从布拉德利家里出来，回到了车上。发车之前，我最后看了一眼这栋熟悉的老建筑，但这儿什么都没有了。我转过头，发动了车，从马路边开走了。

我开到转角处，到了华盛顿路上向南转弯，过了几个街区，把车停在我原来那个家对面。这儿也是静悄悄的。现实世界里，我窗前挂的亮闪闪的紫色窗帘不见了，取而代之的是浅蓝色的窗帘，上面印着小雏菊。我觉得这个窗帘太花哨了，不是我喜欢的风格。

房子另一边，汉森一家那侧的窗帘都放了下来。不知道他们还有没有住在这里。在现实世界里，那天晚上我和弗里达吃完晚餐回家之后，他们家没亮灯，所以我没去找格雷格，没能跟他讨论世界大赛最后一场比赛巨人队落败的情况。不知道他以后还会对什么感兴趣。足球？希望吧。我对足球一点兴趣都没有，但如果格雷格喜欢的话，我为什么不能培养兴趣呢？

不知道在这个世界里，格雷格的阅读怎么样了。我不在，这个世界里有别人教他吗？

战争刚结束一两年的时候，我和凯文曾经看过一部电影，叫《生活多美好》，讲的是一个发生在圣诞夜的故事。詹姆斯·史都华扮演的男主角准备在圣诞夜自杀，一位天使前来解救他。天使让他看到，如果没有他，这个世界会是什么样子。电影结束之后，我们从电影院出来，凯文说他觉得这部电影太煽情了，情节夸张，角色设定得也不真实。他嘲笑电影里的故事是圣诞节时期的滥情，唯一的目的就是多卖几张电影票。

确实，这一点我同意，但你不得不承认这部电影会引起你的思考。"它让你停下来，思考一下自己的人生，想想这些年来，你影响了哪些人。"

凯文摇了摇头，朝我翻了个白眼："这样的电影都是给你们女人看的。你们女人总是这么不切实际。"

想起当时的这段对话、想起那部电影，我忍不住笑了。我又想起了昨天晚上在 CJ 酒馆遇到凯文的情景，这么多年过去了，如果让他再看一次那部电影，他还会那么说吗？

而我呢？我又会怎么想？现在我对他人的影响，达到了我自己的预期吗？在现实世界里，我在帮助格雷格学习阅读，而且做这件事情让我觉得很开心。

事实上，现在在那个世界里，教格雷格阅读为他打开文学的大门给我带来的成就感，是其他任何事情都不可比拟的。无论是好姐妹书店，还是弗里达，甚至是父母马上要回家的消息，给我带来的喜悦之情都比不上看到格雷格进步的成就感。

我最后看了一眼那栋房子，然后开车走了。经过莫里斯爷爷家门口的时候，我慢慢减速，转头看向门廊，想看看这位 90 多岁的邻居是不是还坐在门口的摇椅上。但我没有看见他的身影，于是我加速走了。车头冲着前面，我的目光也看着前方，急匆匆地走了，离开了华盛顿路，也离开了这里的家。

到了购物中心，我径自走向那天弗里达看上的那个空门面。但我知道，在这个世界里它应该不是空着的了。

到了那里我才发现，那儿确实变成了一个书店，而且大小是现实世界里那个门面的两倍。一定是弗里达一并租下了隔壁的那个门面，两个门面上挂着一个大招牌：格林书籍报刊。

看来是这里了。这个书店是她一个人的，不是我们两个的。它属于弗里达·格林，而不属于"好姐妹"。

我透过玻璃往里瞟了几眼，想尽量不引人注意，装作看里面陈设的书籍。店里很热闹，客人很多，几十个书架上摆满了书籍、杂志、报纸等各种阅读材料。我注意到，右手边有个男职员在帮客人取高处的书。附近的小说区有两个中年女人，挤在一起比较两本小说的封面，看样子是在比较哪一本更有意思。其中一个女人手里拿着一本书，封面上有印刷字体的书名，还有一颗代表犹太人的六角星。我身体前倾，眯着眼睛仔细看了看，能看出来封面上印的书名是《国王的人》。她打开那本书，随便翻了翻前几页，对身边的朋友说了几句什么，旁边的女人耸了耸肩，接过那本书。她的朋友翻了翻，然后把书夹在腋下，看样子是决定要买了。两个女人肩并着肩，头靠着头，聊书籍的样子，让我想起了我和弗里达。当然了，是现实生活中的我和弗里达。看着她们的样子我有些伤感，咬了咬嘴唇，转过身去。

我瞟了一眼收银台，感觉自己的心脏在怦怦直跳。我期待着看到弗里达，带着她往日的自信模样，甩一下头发，一副掌控全局的样子。但现实并非如此。弗里达根本不在那里，我没找到她。站在柜台后面的是一个年轻的女店员，她站在一张高凳子上，目光低垂，在看面前柜台上的什么东西。

我深吸一口气，走了进去。我走到收银台旁边，下意识地摆出一副活泼的笑脸，走到女店员面前。

"请问您需要点什么？"小姑娘问我。

虽然我装作很勇敢的样子，但实际上心里很紧张。"我刚刚……我刚刚在找……"我不知道该怎么说，内心很无助，眼睛到处瞟着，好像到处看看答案就会出现在我眼前一样。最后，我转过身，耸了耸肩，说："我随便看看就好。"

她笑了笑，朝我招了招手："好的，女士。有问题随时问我。"说完继续回答排在我后面那个客人的问题了。

我走到前面的书架旁。刚刚那两个女人已经去别的地方了，这儿只有我一个人。几个书架上塞满了畅销书籍、冒险故事，还有一些封面花哨的书本。我一眼就看到了最新的一本杰罗姆·大卫·塞林格的文集，在现实世界里我们听说，这本书将在 1963 年年初出版。在这个明亮、崭新的书店里，书架上摆着一整摞这本新书，芥末色的封面很打眼，现代字体简单地印着书名，封面上没有其他任何图案。我还发现，这儿有很多本《五月中的七天》，这本政治恐怖小说在现实世界里势头正好。我注意到，有个书架上放着另一本以核战争为主题的小说《核战爆发令》。在现实世界里，据预计这本书最近就要出版了，我和弗里达预订了 20 本。显然，在我想象世界里的 1963 年，这本书取得了很好的成绩。我暗暗想，等回了现实世界，我们得加大这本书的订单量。

我拿起一本《国王的人》，刚刚那两个女人在讨论这本书，其中一个还买了。作者叫琼安·葛林柏，架子上放着十来本。书的左边摆着一个画架，架子上挂着一张小海报，上面写着"最新出版！本土作家！"上面还印着一个年轻女人，看上去很严肃的样子，旁边是一篇读后感，选自 1963 年 2 月 17 日的《丹佛邮报》。我从来没有听说过这本小说，也没有听说过琼安·葛林柏这个作家，我在心里默默记下这个名字，打算回了现实世界之后要了解更多关于她的信息。想到这里，我在心里暗暗笑了，虽然这里只是我想象出来的未来，但能预测未来该有多好玩啊，又好玩又严谨！我想，如果我像刚开始那样，放任这些梦自由发展的话，说不定我会更享受梦里的另一种生活。

两个高高的书架中间挂着一大张版画，鲜艳的黑色、蓝色、绿色、黄色混在一起，一下子就吸引了我的眼球。我一眼认出来，这是法国著名画家亨利·马蒂斯的作品，我甚至知道这幅画的名字叫《国王的忧伤》。马蒂斯晚年的时候不再专注于绘画，而是开始做版画，这幅作品就是他于 1952 年创作的。我不知道我怎么知道这些的，我之前从来没有看过这幅画。这是很时髦的东西，但一看就知道是弗里达会喜欢的。

就在那一刻，我突然想起来，我以前看到过这幅画，那是我和拉尔斯度蜜月的时候，我们在巴黎一个美术馆的橱窗里见到了这幅《国王的忧伤》平版印刷画。我记得当时，我走在巴黎的街道上，身边站着我的新婚老公，我挽着他的胳膊，在路边盯着橱窗里的这幅画。我们两个都没说话，被这幅画的美所折服，简洁的人物形状、色彩、画中间的大片黑色，让人印象深刻。"它会刻在你的脑子里。"拉尔斯在我耳边说，"闭上眼睛，凯瑟琳，它会在你的脑海中浮现，好像你还能看到那些颜色。"

我闭上眼睛，捏了捏他的手臂，挽住他。"弗里达一定会喜欢这幅画的。"我睁开眼睛，对他说，"等我们回去了我一定要告诉她。"

是啊，我记得这件事。

我瞟了一眼收银台，那个女店员已经解决完了刚刚那个顾客的问题。我走过去，对她说："这店真漂亮，你在这儿工作很久了吗？"

她耸耸肩，"几个月了吧。在这儿工作挺好的，尤其是对喜欢看书的人来说。"说完又朝我笑了笑。她笑起来很好看，露出洁白的牙齿。"我有个朋友在熊谷分店工作，他给我介绍的，叫我来应聘，于是我就来了，很幸运，拿到了这个工作。"

"什么分店？"我摇摇头，一脸迷茫地看着她。

"熊谷分店。"她耐心解释道，"就是莱克伍德市的那个购物中心啊。"

我皱了皱眉头："对不起，我没听说过。"

小姑娘好奇地看着我，接着说："嗯，那是我们六家之一。"

"你们六家？"

"格林书籍报刊的六家分店。"她解释道。

我一时没反应过来："不好意思，你的意思是说……"

"我们一共有六家店。"说着她给我递了一张宣传单，"我们这家是老店。"

我扫了一眼宣传单，上面有大学城购物中心这家店，丹佛市中心有一家，导购员刚刚说的熊谷分店，丹佛北部郊区桑顿有一家，还有科泉市的两家分店。从照片上看，其他分店都是在崭新的购物中心或者繁华的商业街上。

当然了，宣传单上没有珍珠路上那家昏暗的、早就关了门的小书店的照片。

"我们店越来越受欢迎了。"导购员说，"上个星期，格林小姐给公司的所有员工发了一封信，说春天的时候又有一家分店会在博尔德开张。她说，我们书店会越做越大。"

"格林小姐……你说的是弗里达·格林吗？"

"对，就是她。您认识她吗，女士？"

"以前认识。"我顿了一会儿说，"很久之前的事了。"我直起身子，轻轻拍打着手里的宣传单，对面前的小姑娘说，"跟我说，格林小姐最近都在哪儿忙啊？她在其中一家分店工作吗？"

她笑了，"当然不是了。她在市中心有一间很大的办公室。叫什么来着？对了，公司总部。和市中心的格林书店在一条街上，公司圣诞聚会的时候我去过一次。"说到这里，她害羞地笑了笑，"去那儿的时候，我觉得我自己就像进了教堂的小老鼠一样，周围的一切都是金碧辉煌的。"

我深吸了一口气，插话道："你知道……这个问题我也不知道当问不当问，但是，你知不知道……格林小姐以前有个合作伙伴叫米勒小姐的，全名叫凯蒂·米勒……"

她的表情突然不对了："大家都知道米勒小姐的事。"

"哦，"我松了一口气，"是吗？大家都知道些什么？"

她四下看看，凑过来对我说："我不应该跟客人聊这种闲话的。但是我可以告诉你，多年前米勒小姐和格林小姐大吵了一架。米勒小姐……

不对，她那时候已经结婚了，老公姓安德森，我们应该管她叫安德森太太了。老实说，我也不清楚全部情况，但我觉得应该和这个有关，和她结婚生孩子有关。"她降低音量接着说，"那时候她们开了一家小书店，赚不到钱，她们欠了很多债，两个人老是吵架，然后安德森太太就走了，让格林小姐一个人收拾烂摊子。"她耸耸肩，"后来格林小姐一个人重新开始，还取得了成功，你也看到了。但我听说到现在，格林小姐还没有原谅以前这个伙伴。"她低头看了看面前的书，觉得有些不好意思跟我说了这么多，但很快目光又回到了我身上，"但我不知道安德森太太后来怎么样了，也就是你说的米勒小姐。"

我坐在驾驶座上，捂着自己的额头。和那个女店员说话之前，我还以为这些梦毫无意义，只为我自己的娱乐、消遣而存在。可现在我的这个想法受到了巨大的冲击，像被冬天里的第一场大雪压在地底下的一片落叶。

弗里达啊弗里达，我到底做了什么？我做了什么啊？

我们之间到底发生了什么？

第十八章

我从梦中惊醒，房间里黑漆漆的，闹钟显示凌晨 2 点 45 分。阿斯兰在我身边，高兴地咕哝着，很满足的样子。有时候我真的希望自己是阿斯兰。

我从床上爬起来，穿上我的紫色睡裙和拖鞋，跌跌撞撞地穿过黑暗的房间，走进客厅。我走到桌子旁，打开台灯，在椅子上坐下，伸手拿起电话，拨通了弗里达的号码。

铃声响到大概第七声的时候，她终于接了。她睡觉总是睡得很沉，一直是这样的。"嗯……"我听到她在电话那头发出了声音，不知道是在打呼还是说"喂"。

"弗里达。"我着急地说，"弗里达，对不起这么晚给你……"

"凯蒂，怎么了？你没事吧？"她的声音突然警觉了起来，这让我觉得很温暖。光是听到我的声音，她就能从沉沉的睡意中瞬间清醒过来，转化为对我的担心，这让我感到了莫大的安慰，一下子身体就放松了下来。

"对不起。"我说，"我没事，只是……"我拿着话筒，紧紧凑在嘴边，小声说，"我做了个噩梦。"这样说听起来很傻，于是我补充说道，

"特别吓人的噩梦。"可说到这儿我忍不住笑了，因为我的梦并不是一般意义上的吓人，我没有梦到怪兽，没有戴着面具拿着枪的人，也没有龙卷风从卧室屋顶上呼啸而过……

"哦。"她松了一口气。我听到她坐起来的声音。我能想象到她现在的样子，坐在床上，蜷在一堆毯子里，房间的窗帘放了下来，床边的台灯亮着。我听到她打火机的声音，接着是长长的一声吐烟的声音，"你想跟我说说吗？"

我想跟她说说吗？这个问题可真有趣。可我不知道我想不想跟她说。一方面，把这件事情告诉她能让我心里好过一些，而且像弗里达这样的人，如果我告诉了她，她一定会耐心地听我说完，然后给我提几个靠谱的建议，或许我就再也不用受那些梦的折磨了。但是另一方面，这件事情太愚蠢了，我还是很犹豫，不知道怎么说出口。弗里达是我可以托付生死的人，但即使是对她，我也说不出口。

"凯蒂，还在听吗？你梦到古巴危机了吗？是不是今天新闻里总统讲的话，关于苏联导弹的事情，吓到你了？"她叹了口气，我甚至好像能听到她咬紧了牙关，"老实说，这件事情确实非常吓人。"

我的嘴角稍稍上扬，挤出了一个尴尬的微笑。"说实话，"我对弗里达说，"我一点都不害怕那个。"

我不担心古巴的事情，可我不知道该怎么跟她解释。我身边的所有人都被这次导弹危机吓得不轻，但我心底里却很镇静，一点都不担心。我不知道为什么，但我相信这件事情会平安过去，而且很快就会过去。

"你不害怕吗？"她听上去很吃惊，"那是什么事情？"她顿了顿，接着说，"你没事吧，好姐妹？"

我盯着窗外漆黑一片的街道怔怔地发呆。忽然我决定了，我不能告诉她。我只能期盼这些梦自己会消失，或许它们还有更多的故事想告诉我吧。等故事讲完了，梦就不会再出现了。

"我没事。"我过了一会儿才回答她，"我只是……想听见你的声音。我只是想确定我从噩梦里出来了，没事了。"

"你门锁上了吗？"弗里达问，又吐了一口烟。

我笑了，因为锁上门也挡不住真正吓到我的东西。我只好对她说："嗯，锁上了，我和阿斯兰舒服地躺着呢。"

"嗯，那就好。赶紧回床上好好睡一觉。明天早上见。"

"好。"我像个被妈妈安慰的小孩，"弗里达……"

"怎么了？"

"谢谢你，"我小声说，"明早见。"

第十九章

我回到床上躺下，闭上眼睛，试图再次睡着。我以为这一次我会沉沉睡去，梦里漆黑一片，空空如也。但事与愿违，进入梦乡之后，我又回到了那儿，回到了另外那个世界。

回到这个世界，我一点也不惊讶。令我惊讶的是，我还坐在驾驶座上，车子还停在购物中心停车场。时间好像还是那一天，好像还是那天那个时间。太阳挂在西边的天上，位置和上次梦里的一样。我还穿着那件驼色大衣，戴着驼色手套，我的凯迪拉克还停在同样的位置。时间好像停滞了。但是，这里的时间没什么不能停滞的，毕竟这里的一切都是我想象出来的，无论是好事还是坏事。

我发动引擎，把车开出来，回了家。拉尔斯和孩子们已经回来了，雪佛兰停在门口。我进了门，家里很暖和，我脱下外套，挂在门口的衣橱里，帽子、手套和包包则放在衣橱里晾衣杆上面的架子上。

"妈妈！"米奇和米茜抱住了我的腰，于是我弯下腰抱住了他们。我紧紧地抱着他们，鼻子埋在他们亚麻色的头发里，闻着他们头发的清香。这一系列动作让我自己都有些吃惊。在现实生活中，我从来不会像这样抱孩子。在此之前，我都不知道这样抱着他们有多舒服。在我现实的人生里，我身边孩子很少。格雷格·汉森算一个，但我们之间的关系更像是老师和学生，我们从来不会有什么亲密的动作。有时候我会见到弗里达的侄子、侄女，偶尔布拉德利的孙子、孙女也会来我们书店。但我不会这么热情地抱着他们，那会让我感到不舒服。如果我突然这样抱住他们的话，我觉得不舒服，被我抱着的小孩也会觉得不舒服。

但我怀里这两个小孩就不一样了。他们希望我抱他们，也知道我会和他们亲近，这让我心跳都加速了那么一点。

过了一会儿，我放开他们，问道："今天玩得开心吗，宝贝们？"

"很开心。"米茜说，"第一局我赢了，第二局爸爸赢了。"

"我有一轮全中！"米奇补充说道，一边高兴得蹦蹦跳跳的，"妈妈，我一次把所有瓶子都击倒了哦！"

"你们俩真棒。"我接着问，"爸爸和迈克尔呢？"

"在楼上呢。"米茜说，"爸爸在给迈克尔洗澡。"

这听上去有些奇怪，这个时间洗澡。我上了楼，敲了敲卫生间的门："是我。"

"进来吧。"拉尔斯说。迈克尔坐在浴缸里，拉尔斯手里拿着两个塑料杯，慢慢地、有节奏地把水倒在他背上。我能看到迈克尔脊柱上小小的圆骨头，像皮肤下面有一串小珠子一样。迈克尔闭着眼睛，眼上带着一丝微笑，嘴里哼着歌。我看了一眼拉尔斯，一脸不解的样子。"他今天过得不太好。"拉尔斯小声说，"所以我们提前回来了。你知道的，洗个热水澡能让他安静下来。"

我点点头，但并不是因为我知道这个办法能让迈克尔冷静下来，而是因为我知道它有效。我状态不好的时候也喜欢洗个热水澡。水的温暖、水花的轻柔，能给人带来无可比拟的安心。

"你玩得开心吗？"拉尔斯问我。

"嗯……"我在马桶盖上坐下，朝四周看了看。这个卫生间比我和拉尔斯房间的那个小一点，但梳妆台上也装了一样的柜子，只是柜子上涂的是白色的油漆。墙壁是天蓝色的，最长的一面墙上贴着白色的鱼形贴纸，鱼上面贴着可爱的小泡泡。水槽、浴缸、马桶都是蓝绿色的，地面贴着洁白的白瓷砖。

我看着水从迈克尔的背上流下，呆呆地看了一会儿，最后开口说："我去了店里，我和弗里达的……我们的老店里。"

拉尔斯抬头看了我一眼："是吗？"他的语气很平常，我听不出来他对这件事的态度。

"已经关门了。"我能看到梳妆台上方镜子里的自己，眼神空洞，"她关掉了珍珠路上的店。她现在有六家店了，而且她把名字改了，现在叫格林书籍报刊。我去购物中心那家店的时候她也不在，我……"我没往下说了，他一定觉得我说的这些莫名其妙。

拉尔斯凝视着我，过了好一会儿才说："凯瑟琳，那都是很久以前的事情了。"说完他的目光回到了迈克尔身上，"你知道这些的，你记得的，对吧？"

我摇摇头，"我不记得了。对不起，拉尔斯，我还是不……我不记得……"我咬着嘴唇，看着镜子里阴郁的自己，"我不记得很多细节了。"

"嗯。"他的声音很淡然，但很温柔，"可以理解，亲爱的。"

"哦——拉尔斯。"我突然崩溃了，泪流满面。

拉尔斯站起来，走到我身边。他的手搭在我的肩膀上，轻轻抚摸着我。"没事的，亲爱的。"他小声说，"没事的。我知道你不好受，即使这么多年过去了。"

"我到底做了些什么啊？"我问。我知道他以为我是在责怪自己，但实际上我不是，我只是想问他到底发生了什么。

"你只是做了你应该做的。"他淡淡地说，"你做的都是为了你的家庭、为了孩子……"他抬起我的下巴，凝视我的眼睛，"我知道你为了我们、为了他，都放弃了些什么。"他的声音很小，说完后回头看了一眼迈克尔，他还在浴缸里哼着歌，玩那两个塑料杯。拉尔斯接着说："我知道你为我们牺牲了什么，我很感激你为我们做的一切，永远不要质疑这一点。"

我回了房间躺下。如果睡着的话，我就会醒过来，回到我原本的地方，那里的一切都有条有理，不像这里一样让人迷茫。

但是我睡不着。我闭上眼睛，可是丝毫没有睡意。

而令我惊讶的是，回忆涌了上来。

突然一下，我清楚地记起了以前的事情，和那次在浴缸里泡澡时的情况一样，那天晚上和拉尔斯的客户一起吃饭的时候也是如此。

我想起来当时我刚开始去妇产科的时候，我甚至还记得日期，那是1956年7月6日。当时我怀孕四个月了，我和拉尔斯预计宝宝会在圣诞节的时候出生。当时我肚子已经很大了，也对医生说了这个担忧。我跟医生说，我总是觉得很累，到处不舒服，感觉好像快生了，但实际上还有好几个月。

"我们再来检查一下心跳吧。"西尔弗医生对我说，"我知道我们早就试过，你几周之前来的时候也试过，但都没听到。但是这次我们应该能听到宝宝的心跳声了。"说完他把听诊器放在我的肚子上，听了一会儿，换个地方，又听了一会儿，然后又把听诊器移了移。这个过程持续了整整五分钟，其间他一言不发。最后他站了起来，对我说："我马上回来，安德森太太。我得叫恩赖特医生也来听听。"

我躺在那儿，汗如雨下，头脑麻木了。我想，肯定是宝宝没有心跳。他怎么也听不到心跳，他担心宝宝已经死了，现在要找另一个医生来确认。

两个医生同时进来，恩赖特医生又用他的听诊器在我肚子上听了半天。他们俩背对着我，看着对方，点了点头，又商量了几句。我没忍住，哭了出来。宝宝死了，我怎么跟拉尔斯说啊？他肯定会很伤心的。

这时，两个医生同时转过身来。看到我在哭，西尔弗医生双手握住了我的手："安德森太太，不要哭了。是个好消息，我来当第一个祝贺你的人吧。我和恩赖特医生都确定你怀了双胞胎！"

我高高兴兴地回了家，心里十分兴奋。双胞胎诶！我们也太幸运了吧！我们两个那么晚才相遇，当时两个人几乎已经放弃了找伴侣的希望，但还是相遇了。后来差点又没见上面，要不是我们打了那么长时间的电话，我也不会听到他发病，也不会救他。见面之后，我们发现彼此这么合适，很快就坠入了爱河。后来很快就结婚了，组建了家庭。而现在又怀了双胞胎！一切都太完美了！

我相信我怀的是龙凤胎。

当时我还在好姐妹书店工作，但那天我给弗里达打了电话，跟她说看完医生我很累了，要先回家休息。当然，我没有告诉她我怀了双胞胎。我很想告诉她，但这个消息我得先告诉拉尔斯，而不是弗里达。

当时我们还住在一间小房子里，回家之后，我做了一大碗白色的蛋糕糊，分成两个碗装着。一个碗里滴了几滴红色的食品添加剂，碗里的糊变成了粉红色，另一个碗里的则染成了蓝色。然后我把两个碗里的东西分别倒进两个平底锅里，把蛋糕蒸熟了。等蛋糕表面凉下来之后，我把两块蛋糕堆在一起，外面裹上一层厚厚的白色的糖霜。

我还准备了晚餐，用地里新摘的蔬菜做了一份沙拉，一块块猪肉里塞满了面包屑和菠菜，还有一份土豆泥。吃过晚餐之后，我拿出了蛋糕，对拉尔斯说："切开吧，切开你就知道我们生的是男宝宝还是女宝宝了。"

拉尔斯一脸疑惑地看着我："你不是去看医生了吗？难道是去算命了？"尽管如此，但他还是笑了笑，拿起了小刀。我小心地看着他拿起一小块蛋糕，一脸疑惑地看着我。

"恭喜你啊，爸爸！"我对他说，"我怀的是双胞胎！"

他高兴地笑了，摇了摇头："太好了！"他把我拉过去，坐在他腿上，我的大肚子挡在我们中间，"我美丽的老婆，你又怎么知道是龙凤胎，不是两个儿子或者两个女儿呢？"

我笑了，"我就是知道。"说着拍了拍心脏的位置，"这里感应得到。"然后我把手放在他的胸上，低声说，"这里也感应得到。"

我多么希望我还记得弗里达听到这个消息时候的样子。如果我记得当时的场景，应该就会知道我们两个人现在的关系怎样了。但我不记得她说了什么。我只记得，得到医生的消息之前，我们以为我只怀了一个，我还计划宝宝小的时候带他去好姐妹书店上班。我记得，弗里达当时觉得这个主意可行。

我自己在脑海里勾勒出了一幅画面：书店的角落里放着一个摇篮，宝宝安静地睡在里面，我和弗里达就在招呼客人。"等宝宝长大一点，变调皮了的话，我就找个保姆。"我当时跟弗里达保证，"没问题的，这里的一切都不会变，还和往常一样。"

她点了点头。"嗯，我很高兴你能这么想。"她捏了捏我的手，"不要离开这儿，好姐妹。不要丢下我一个人。"

"不会的。"我向她保证，"我们会有办法的。"

"到时候，我帮你找保姆。"她主动提出来，"我爸爸妈妈有不少关系。我们帮你找个靠谱的，凯蒂。找个有能力、信得过的。我希望你对未来的一切都有把握。"

我感激地点了点头："那太好了，弗里达。谢谢你。"

这段对话我记得很清楚。

在医院里，西尔弗医生告诉我怀的是双胞胎之后，提醒我工作不要太辛苦了，建议我以后只上午去书店里工作。我听取了他的建议，把我的想法告诉了弗里达。同时我向她承诺，我会尽快回店里全职工作。虽然两个宝宝出生之后，不太好都带到店里，但也没关系，我们早点找保姆就好。

怀孕 28 周的时候，医生让我每天卧床休养，不再去店里工作了。但因为我之前对弗里达的承诺，听到这个消息之后，她也没有太伤心。其实也不算太严格的卧床休养，虽然我不能出家门，但医生还是允许我上午从床上起来，去沙发上坐坐。偶尔我也可以在家里走动走动，活动活动筋骨。一个人在家的话，自己做午饭也是可以的。

但是我很少一个人在家，我妈妈几乎每天都过来，照顾我，给我做饭，陪着我。我记得当时我几乎每天都对她说谢谢，谢谢她照顾我，而她的回答让我至今记忆深刻。她说："不用谢我，宝贝。全世界所有的母亲都会这么做的，这么多年我一直等着这一刻呢！我终于要做外婆啦！"

每天晚上拉尔斯下班回家之后，总会先给我温柔的吻、温暖的笑容，还常常带花回家送给我。他常常给我带小说和平装本的填字游戏，让我在家有点事情做。他一天给我打十几个电话，只为了确认我安好。"只是想听听你的声音。"电话那头的他总是这么说。

而阿斯兰，我亲爱的阿斯兰，一直都在我身边陪着，安逸地喵喵叫。我总对拉尔斯和我妈妈开玩笑说："对阿斯兰来说，肯定恨不得我永远怀孕躺在沙发上。"

弗里达来家里看我了吗？我不记得她来家里的场景了，但我相信她肯定来了。至于多久一次呢，我就不知道了。

我每天都在认真看宝宝取名的书籍，每天晚上我和拉尔斯都会讨论这个话题。我坚信肚子里的宝宝一定是我想的那样，一个男孩一个女孩，所以一直不愿意多选一个男孩名字或者女孩名字。讨论很多次之后，我和拉尔斯决定，儿子大名叫米切尔·乔恩，女儿大名叫梅利莎·克莱尔。乔恩取自拉尔斯爸爸的名字，克莱尔取自我妈妈的名字。两个宝宝的小名分别叫米奇和米茜。

我尽了最大的努力，但还是没能熬到预产期，34周的时候宝宝就出生了，当时才7个半月。11月12日晚上，我和拉尔斯一起躺在沙发上看着电视，突然觉得湿热的液体从我身体里流出来，然后感到了第一次阵痛。

"拉尔斯，宝宝……我可能要生了。"我喘着粗气，对他说。

"现在可不行啊！"他说。往常都很镇定的他这次声音充满了惊恐，"太早了啊！"

我耸了耸肩，还对他笑了："那你跟他们说，叫他们别出来。"

到了医院，医生告诉我们得剖腹产。"坚持要顺产的话，宝宝就保不住了。"西尔弗医生对我和拉尔斯说，一脸严肃的样子。

我试图告诉自己，冷静一点，医生不是要责怪我的意思。但说实话，他的语气就是在责怪我。

我还记得进手术室之前，拉尔斯一直拉着我的手。我被医生推进手术室，他才依依不舍地放开。我还记得那个麻醉医生，是个看上去很和善的大爷。"从10开始倒数，亲爱的。"他握住了我的手。后来我数到6就睡着了。

等我醒来的时候，我发现自己在一间普通病房里。小腹剧痛，像着火了一样。我抽搐了一下，转过头，又闭上了眼睛。等我再次睁开眼睛的时候，看到拉尔斯坐在我的窗前。我无力地问他："宝宝呢，没事吧？"

他朝我笑了，面有倦色："他们没事，现在在加护病房，因为他们还太小了，肺还没有发育完全，还不能自己呼吸。但是他们挺好的，医生们都说他们不会有事的。"

"我猜对了吧，龙凤胎？"

他摇了摇头："你基本上猜对了。"

"基本上对了？那是什么意思？"

"亲爱的，你生了一个女儿、一个儿子，还有……一个儿子。"

我怔住了，一时没听懂他的意思。过了好一会儿，我才反应过来："你是说我生了……三胞胎？"

"是的，三胞胎。医生说另外那个躲在前面两个宝宝后面，所以之前他们只听到两个宝宝的心跳。"说到这儿，他长舒了一口气，握住我的手，"现在我们有了米奇、米茜，那么另外那个该叫什么呢？"

躺在我们卧室的床上，我记起了这一切，恍如隔日。

就好像这些事情真正发生过一样。

我又想到了迈克尔，想到他为什么总是"另外那个"。

因为我们没想到还有一个他。他是我们没有预料到的。

而且，生下来之后，我们也没想到他会变成这样。

第二十章

等我醒来的时候，我已经回到了自己家——如果这也算家的话，回到了这间安静的房子，房间四周是充满希望的黄色墙壁，还有一种不真实的宁静。

这样的宁静是不真实的吗？我一边起床，一边思考着这个问题。我心里有个小角落已经开始在想，到底什么是真实的，什么又是虚幻的呢？我开始觉得，我和拉尔斯、和孩子们一同生活的那个世界，是那么真实，一点都不像是虚幻的。

我摇了摇头，告诉自己不要再想这些了，煮了一壶咖啡，想让自己清醒一点。这是周一的早晨。谢天谢地，昨天苏联终于同意从古巴撤回他们的核武器，全体美国人终于松了一口气。当然，也包括我。昨天我走路去了弗里达家，我们俩坐在她家的沙发上，看了电视上的新闻转播，一边喝着红茶。茶里没放蜂蜜，也没放奶油。弗里达家里从来都没有奶油，这一点是很让我不满的。

"谢天谢地。"弗里达说，一根接一根地抽着烟，面前的茶却没怎么喝，"真是谢天谢地。"

尽管我和全国人民一样，听到这个消息之后终于安心了，但是，上周那天晚上我和弗里达在电话里说的话也是真心的，我从来没有太担心古巴问题。或许我是承受不了吧，看到第三次世界大战随时就要打响，而我们普通人没有一点办法，什么也做不了，这件事情可能让我承受不来吧。又或许是因为，这些日子我已经深陷在梦里那个生活中了，没有精力再去想这种宏观问题。无论原因是什么，我从来没想过这次危机有别人以为的那么严重，也没想过第三次世界大战会很快爆发。现在看来，我想的是对的。

我一边喝咖啡，一边回忆这几天发生的一系列事情。我记得那天晚上给弗里达打电话，记得她安慰我的话。我也记得，昨天在广播里听到古巴危机解除之后，我去了弗里达家看电视。但是中间这几天呢？发生了什么？我摇了摇头，一点都不记得了。我一点也想不起来这几天我做了什么，和谁说了话，或者是想了什么。

我觉得有些惊慌，喝光了杯里的咖啡。怎么会这样呢？我努力回忆最近的事情，但是什么都想不起来。我在垃圾桶里找上周的报纸，但只找到了昨天的《丹佛邮报》，皱巴巴的，上面有一层面包渣，还有一张好时巧克力棒的包装纸。我不记得自己吃过巧克力棒啊！这是什么时候的事情？我在哪儿吃的？我当时在干什么？我在哪儿买的巧克力棒？我突然觉得记住这些细节非常重要，但是我的脑子里一片空白。

我得恢复理智啊。我一边想一边出门去拿邮件。信箱里有一封妈妈写的明信片，很明显，这封明信片是在昨天古巴导弹危机结束之前写的。

亲爱的凯蒂：

你应该听说了古巴核武器的事情吧？太可怕了，对吧？我们在这儿有些与世隔绝了，但我很担心你，亲爱的宝贝。我相信卡斯特罗的导弹打不到夏威夷，但本土就不知道了。尽管你离东海岸很远，但我和你爸爸还是很担心你的安危。

你爸爸在查航班，可能我们下周不回家了，考虑让你到我们这儿来。你考虑一下吧，宝贝。

爱你的妈妈

我摇了摇头。我妈妈太可爱了，我很喜欢看到她为我担心的样子。但是老实说，她真的觉得我可以随便离开吗？坐上飞机，抛下弗里达、书店、阿斯兰，甚至是我全部的生活，这可能吗？还好古巴危机已经解除了，我也不用考虑这个问题了。

开心的是，今天不用工作。我打算去我父母家，把门打开透透风。我要好好掸灰尘，希望还有时间打扫院子里的落叶。我希望他们回来的时候家里的一切都很完美。现在古巴问题解决了，计划就不会变了，他们会在周三晚上从檀香山起飞，周四到家。

我穿上一件磨破的牛仔衬衫，下面穿一条旧七分裤，用一条小方巾把头发系在脑后，从家后面的小屋里推出了我的自行车。今天多云，天气凉爽，我经过唐宁路大桥，穿过峡谷高速，爬上一个小坡之后右转，继续沿着路易斯安那街往前骑。这条路北边就是华盛顿公园，也就是上次在梦里我和迈克尔一起去的那个公园。

然后我经过了我的母校——南方中学。学校的钟楼耸立在旁边的房子和树林之中，两边的大钟上都显示着 8 点，旁边有一群喧闹的学生正往学校方向走，开始一天的学习。他们似乎对这么早的上课时间非常不满意，这让我有些意外。因为在我的记忆里，我们上学的时候，每天早上这个时候都是热热闹闹的，所有人似乎都对新的一天满怀期待。

我经过了一群学生，不禁陷入了沉思。我在这儿上学的时候，也有着青春期少年特有的焦虑，觉得学校就是个折磨人的地方，设立学校的唯一目的就是让我更痛苦。我老觉得一切都不如意，自己比狄更斯小说里的人物还要郁闷，受尽压迫。那时候没有男孩子会注意到我，我也不像班里的其他女同学一样有一群姐妹淘，有时候有的老师甚至不记得我的名字。

我记得有一次特别尴尬，上数学课的时候，帕克老师叫错了我的名字，她叫我玛尔维娜·琼斯，那是我们年级最不受欢迎的女孩子的名字，而且她当时根本不在教室里。玛尔维娜很邋遢，又胖，还戴眼镜，而且还取了个"玛尔维娜"这么不好听的名字，似乎她注定在社交上失败。而对我来说，不幸的是，玛尔维娜也留着一头红金色的鬈发，和我的很像。我记得很清楚，当时帕克老师看着我叫了玛尔维娜。她很快意识到自己叫错了，马上说："喔！你不是玛尔维娜，你叫凯蒂……对不起，凯蒂，请你回答第 98 页第 12 题好吗？到黑板上写下来吧。"我上讲台之后，脸尴尬得通红，帕克老师不好意思地朝我笑笑，我只好点了点头。但班上同学的笑声让我知道，这个小错误已经对我造成了严重的伤害。

如果不是弗里达，我可能熬不过那些日子。我记得那时候弗里达的样子，浑身充满了自信，而我就像童话故事里怯懦的小女孩，但她的自信感染到了我。当时的我相信，和弗里达的友谊是唯一让我和玛尔维娜有所不同的地方，让我不至于成为和她一个世界的人。

我记得中学时期有一次，我在学生健康课本的心理健康模块读到了一段话，意思是一个人只要有一个很好的朋友，他就是正常的。当时的我读完那段话，满意地舒了一口气，心想：我有弗里达呢，只要有她，我就没事。

那时候的事情让我很怀念，我想回到过去，告诉 15 岁的自己，那段话说的是对的，一切都会好起来的，我长大之后会过得很幸福，总有一天我会拥有我想要的一切。

但这是真的吗？我现在不知道这"一切"是什么了。是，我对现在的一切很满足了。虽然我也有过心痛的时候，经历过失去的感觉，但我现在拥有的一切——书店、弗里达、父母、阿斯兰、简单的生活,似乎已经足够了。

那另外那个生活呢?那个生活又怎么样?

我摇摇头,告诉自己不要再想了,右脚重重地踩在自行车踏板上,加速往前骑。我只想快点赶到父母家里,好好打扫卫生,搞得大汗淋漓,浑身脏兮兮的。我必须把全部精力放在目前这个实实在在的真实世界上,不能再想些无谓的东西了。

房子里的一切显得封闭、沉重、沉闷闷的。昏暗的光线让我很不舒服,于是我拉开了所有窗帘,打开了所有窗户。

窗子看上去也很脏,于是我倒了半桶热水,加入醋和柠檬汁,找了一条破布开始擦窗户。晚秋的天气凉爽而潮湿,我擦了半天也没怎么出汗,但我还是继续擦着。一阵微风吹来,夹杂着桶里淡淡的柠檬香,让屋子里充满了香甜的气息,就像刚洗完澡的小宝宝的香味。想到这儿,我忍不住笑了。我怎么会知道刚洗完澡的小宝宝是什么气味呢?我又没有给小宝宝洗过澡。

打扫屋子的时候,我看到弗里达从街边走来。她没有提前告诉我她会来,但看到我她并不觉得意外。她知道我今天会来这儿打扫,而且休息日我们也常常待在一起。等她走近,我探出窗外叫她的名字,她朝我招了招手,走近的时候加快了脚步,我出去迎接她。

"怎么样啊,好姐妹?"我跑过去,紧紧抱住了她的肩膀。

"挺好啊。"她回答,抱了抱我,一会儿才松开,"今天这云真好。出了那么多天太阳,换个口味也挺好的,对吧?"她顿也不顿一下,紧接着说,"看,我这儿有全世界最好看的苹果。"说着她从肩上大大的灰色皮包里拿出两个苹果,一个红的,一个绿的。"你见过这么漂亮的苹果吗?"

我摇了摇头："确实很漂亮。"她递给我一个，于是我们俩坐在沙发上开始啃苹果。

"准备好迎接爸妈回家了吗？"弗里达问。

我笑了："那也太可悲了吧？我已经 38 岁了，还因为爸妈度假回家而兴奋不已。"

她耸耸肩："我不觉得可悲啊，我觉得挺好的。"

弗里达和她父母没有我和我父母那么亲近。倒不是她和父母吵架或是闹翻了，只是和他们没有那么多共同语言而已。弗里达的妈妈玛吉从来不理解她为什么要从商，她对弗里达没有结婚感到很失望。这些年来，丹佛有很多符合条件的有钱男人追过弗里达，随便选一个她的父母都会很乐意，但她没和他们中的任何一个结婚。"这样做是不对的。"玛吉说过很多次，"像你这样的漂亮女孩子，条件这么好，就在那么一家小店里浪费生命。"她从来没直接说出来，但我知道，她觉得对我而言就无所谓。

而她的爸爸卢，对儿子和儿子的家庭比较感兴趣，尤其喜欢孙子，而对弗里达只有书本的世界没什么兴趣。他以前上大学的时候喜欢玩橄榄球，还是丹佛第一支职业橄榄球队——芝加哥熊队的替补队员。后来他没有继续做职业运动员，才成了一名商人。家庭聚会的时候，他大部分时间都在外面的院子里，和一群男孩子一起玩球。弗里达的生活总是围着书店、书和我转，这样的生活对他来说没什么意思。弗里达想要把她的世界和父母的世界融合起来，好几次给他带了关于运动、钓鱼、狩猎的书，他每次都客气地谢谢她，但很快就把这些书扔到了一边。弗里达跟我说过，有一次她发现那些书都放在父母房间小屋子的书架上了，积满了灰尘。

尽管如此，但他们的钱帮了我们很多。没有他们的钱，我和弗里达不可能走到今天。

好姐妹书店刚开业的时候，我父母资助了我们一小笔钱，但那点钱只是意思意思，数目太小，对我们的书店没有太大帮助，毕竟他们的积蓄也不多。真正让我们的书店开起来的是她父母的钱。我还记得签贷款文件的那天，我们在银行里，弗里达坐在我身边，她爸爸坐在她的另一侧，银行信贷员从我们面前的桌子后站起来，对她爸爸说："卢，你现在要在她们两个身上冒险吗？你确定这是个明智的决定吗？"他故意开玩笑似的动了动嘴，但能看出来他不完全是在开玩笑，我清楚地知道，他觉得那根本不是个明智的决定。

他不耐烦地说："我老婆也是这么说的，但我们就这么干吧。"

尽管有时候店里资金回流慢，我们会推迟一点还贷款，但我们每个月都老老实实地把钱还上了。钱回来之后，我们立马就把我父母和她父母的钱还了。那之后，我们再没找过别人借钱。我爸妈本来就没有多余的钱可以借给我，而弗里达呢，拿她爸妈的钱让她觉得不舒服。如果当初我们还有别的办法的话，她是不愿意找她爸爸帮忙的。那天成功贷到款之后，我们从银行出来，她爸爸和银行工作人员在后面握手道别，她小声对我说："就这一次。就这一次，凯蒂。再也不能这样了。"

几年前有一次，我们书店遇到了严重的资金问题。那是电车线路刚刚取消的时候，店里的生意急转直下，我们欠的债越垒越高。我记得，当时我问弗里达，可不可以找她爸妈帮忙再贷一次款，她对我摇了摇头，态度很坚决："我们会想到别的办法的，我们必须想别的办法。"

也不知道是巧合，还是命运的安排，那之后不久，我的外公过世了，给每个孙子、孙女都留了一千多美元。那笔钱让好姐妹书店维持了下来，我们还上了那个月的贷款，也还上了拖欠了布拉德利两个月的房租。我们重新布置了店里的书，在本地报纸上发了几次广告，又走了几次运——隔壁不远处开了一家三明治店，旁边那条街上开了一家 24 小时营业的餐馆。这些店给我们带来了新客人，其中一些后来发展成了常客。

幸运的是，我们的店坚持下来了。

我那笔小小的遗产也让弗里达不用找她父母借钱了，这让她十分感激。"只要不让我欠他们的，不管多少，都是莫大的帮助。"我们坐在书店的柜台前，她握住我的手，十指紧扣，对我说，"谢谢你，凯蒂。"

我们还在我父母家吃着苹果，我忽然想到了什么，问她："你记得我昨天吃了一块巧克力吗？或者是前天？"

她摇了摇头："你说什么呢？"

"一块好时巧克力。"我的语气有些着急，听起来白痴又不合常理，"一块好时的牛奶巧克力棒。我昨天在你面前吃来着吗？或者是前天？"

她笑笑，咬了一口苹果，对我说："我真不记得有这回事了。"

"那你记得的有什么？"我问她，"过去这两天发生了什么？"我环顾妈妈家里熟悉的客厅，天鹅绒的椅子已经坐塌了，但还是很舒服；维多利亚时期风格的茶几，虽然有些刮痕，但还是很干净；还有地上破旧的地毯。"我什么都不记得了。"

弗里达耸耸肩："昨天你来我家了啊，我们一起看了一整天的电视。这个你记得吧？"她大笑，"昨天导弹危机解除了你总记得吧？"

我点点头："这些我记得，但其他都不记得了。我们星期六干什么了？周五干什么呢？之前那几天呢？从遇到凯文那天晚上开始的事情我全不记得了。"

弗里达转过头看着我，柔声问："你没事吧，好姐妹？"

我又一次特别想把一切都告诉她，我做的那些梦、记忆混乱的情况。但我说不出口。最后我只是耸耸肩，说："我没事，别说这个了。"

弗里达四处瞟了一眼："这地方挺好看的。"

我发了句牢骚："还得打扫好几个小时呢。"

她摇了摇头，"不用，看起来挺好的。他们会很满意的。"说到这儿她又笑了，"你知道他们根本不会在乎的，对吧？"

我确实知道。但即使你已经长大了，即使你自己都已经成年了，做点什么让父母高兴仍然有必要，永不过时，至少对我而言是如此。

弗里达咬下最后一口苹果，"我走了。"她起身，"我要去买东西，佩妮服装店在打折，我想买件新大衣冬天穿。"

我点点头："可惜我不能去，玩得开心。"

她抱住我："你也是，好姐妹。"

弗里达走了之后，我疯狂地打扫卫生，等到半下午的时候，整个房子里一尘不染。我到处看了看，脸上露出满意的笑容。我做得真好，他们看到了会很高兴的。

我又想到了梦里那栋大房子，尽管有可靠的阿尔玛帮忙，那个世界里的我要保持那个大屋子的干净想必也不简单吧。想到这儿我笑了。

打扫干净幻想出来的房子应该不难吧，不是吗？

尽管我一直告诉自己不要想那个世界的事情，我还是不知不觉地来到了南山区。

我安慰自己，这只是个消遣而已，我只是在这样一个凉爽又不太冷的晚上找点事情做而已。我打算从父母家骑自行车回家，但今天运动量太大，有些累了，于是我乘了一辆公交车，在耶鲁街下了车，往南走了一段，然后左转往东走。

我慢慢走过那几条街道，想象住在每间房子里的人都是什么样子，猜测他们的生活、他们的家庭、他们的孩子。那间院子里种着侧柏的红砖房里肯定住着几个青少年，因为车库门口挂着一个篮球网，门口还堆着几辆自行车，看上去不像是小孩子骑的，放在门口的草坪上。而棕色百叶窗的那一家，我猜他们的车应该是全新的。车身呈红色，车顶呈白色，车子闪闪发光，像是刚从展厅里开出来的。那家的男主人站在车旁边，轻拍着车的侧门，喜爱之情溢于言表，像是爸爸轻拍自己刚出生的小婴儿一样。

这些人都有他们的名字，但我不知道。他们都有自己的故事，可能和我一样在桃木山那样的老小区长大。后来他们念了中学，可能还上了大学。然后遇见了他们现在的老公或是老婆，生了孩子。他们觉得在这样一个全是新房子的小区安家一定很舒适、温馨又安全，于是在这里住下来。

在我想象的那个世界里，我和拉尔斯一定也是这么想的。

如果那个世界才是真实的话，这些人就会是我的朋友、邻居。我走过纳尔逊家门口，突然莫名很感激至少我知道这一家人姓什么，虽然在这个世界里他们并不认识我。乔治在院子里打扫落叶，纳尔逊太太（我到现在还是不知道她的名字）从前门出来，手腕上挎着个包，手里的车钥匙叮叮地响。他们养的西班牙猎犬朝我冲过来狂吠。

"巴世德！"乔治喊道。狗狗听到之后马上跑回主人身边站着。"不好意思啊，女士。"乔治对我说。

乔治和他老婆都对我微微招了一下手，那是跟陌生人打招呼的方式，而不是和邻居打招呼的方式。

我走到了梦里我们家的位置，那儿还是一块空地，我摇了摇头，加快了脚步。

我不能再想这些愚蠢的事情了，我对自己说。

还好我父母要回来了，我现在很需要转移一下注意力。

第二十一章

忽然，我站在了那条街上，还是我在现实中站的那个位置，可是我已不在现实世界了。那栋房子出现在我面前，我看着面前的房子，身边是我的家人。天还算暖和，但应该还是冬天，路上没有积雪了，但是草坪上还有雪融成的小水滩。从雪影子的角度来看，现在应该是半下午的时候。

可我是怎么在这个时间来到梦里的呢？我不记得坐公交车回家，不记得我做了晚饭，不记得和平常晚上一样，在家看书、看电视，或者教格雷格阅读，也不记得关前门廊的灯，喂阿斯兰，换上睡衣，更不记得闭上眼睛，渐渐入睡。但我一定做了这些事情。

至少做了其中一部分吧。肯定做了点什么吧。

米奇和米茜在学骑自行车，两个人都摇摇晃晃的，自行车是两轮的，米奇的绿色，米茜的粉红色。拉尔斯走在他们旁边，一会儿教这个，一会儿教那个。我猜他们应该刚取下辅助轮不久，因为两个小孩老是从车上摔下来。

米茜摔了下来，手肘着地，叫道："噢——"

我还没反应过来，拉尔斯连忙弯腰扶她起来。他轻轻地前后动了动她的手臂，确保手肘没有脱臼。"别气馁。"他对米茜说，一边扶起自行车，让她爬上去，"要多练习才行。"

他转头看到了我，笑了。然后他转过来，挥了挥手臂，好像在打网球一样。看他这样，我也情不自禁地跟着他做了一样的动作，也转过身去。拉尔斯用左手，我用右手，我们就像网球场上的一对搭档，好像在和对手打双打。那一下我明白了，我和拉尔斯总是会做这个动作，这是我们之间无声的交流，告诉对方我们是一起的。不仅是在网球场上，在生活中的一切也是如此。我朝他点了点头，于是他转过身去继续教米奇和米茜。

这时我才注意到，迈克尔没在骑自行车。他坐在地上，盯着自己皱皱的裤子。他身边放着一辆蓝色的男童款自行车，辅助轮还没取下来。

我想了一下，走过去坐在他旁边。

我犹豫了良久，才问他："迈克尔，你不想骑自行车吗？"

他摇了摇头，没有抬头看我。

"你可以试试啊。"我温柔地说。因为我相信，或许迈克尔有很多事情都做不了，但他可以学会骑自行车。这一点我很确定。

他又摇了摇头，没有回答我，也不抬头看我。

我看了一眼他的自行车，看上去很漂亮，而且是崭新的，还闪着光，上面一点刮痕都没有。我想起来孩子们的生日在11月份，自行车可能是他们6岁的生日礼物吧。

我回头瞟了一眼车库，车库开着，两张卷闸门都收上去了。"妈妈马上回来。"我对迈克尔说。说完我站起来，拍了拍裙子上的灰尘。

我走进车库，四处看了看。雪佛兰停在那里，凯迪拉克也停在里面。车库很大，还有空间放了一台割草机、几个雪橇，还有几辆自行车。

我很快找到了我的自行车，就是我现实生活里那辆破旧的施文牌自行车。我猜结婚之后，拉尔斯曾经提出要给我买一辆新自行车，但我拒绝了。或许他能给我买车，买漂亮衣服，买钻戒，但这是我的自行车，它是不可取代的。这辆施文牌自行车已经陪我很多年了，还是我刚当老师没多久的时候自己买的，买来骑着去学校上班的。我不会随便把它丢弃的。

我骑上自行车，出了车库，在迈克尔面前轻轻停下。"妈妈陪你一起骑。"我轻声哄他。

迈克尔没有回答。

我知道我应该算了，但我做不到。我也不知道为什么，但我觉得我必须和他建立起这种联系。

我必须让他和我一起骑自行车，让骑自行车变成我们之间特有的事情。

我伸出手，抓住他的手臂，想拉他起来。

哦，我应该知道的，不是吗？都过这么久了，我应该知道的。

他突然大叫起来，吓得我扔下了自行车，下意识往后退了几步。我捂住自己的嘴巴，好像这样做能让他停下来似的。米茜和米奇停了下来，静静地看着我们。拉尔斯大步走过来，瞪着我。

"我只是想……我以为我可以劝他……"我的声音越来越小。

拉尔斯弯下腰，握住他的肩膀，开始哼那首童谣。

过了一会儿，迈克尔不再叫了，跟着拉尔斯一起哼起来，最后他们一起恍惚地哼着歌。好像全世界只有他们两个人一样。

我咬了咬嘴唇，走开了。

我扶起自己的自行车，推到米茜和米奇身边。"迈克尔那儿有爸爸在呢。"我一边对他们说，一边坐上车座，"来，我看看你俩骑得怎么样。"

第二十二章

星期三下午，我预约了琳内娅做头发。

去琳内娅的美发店的路上，我一直在想，我怎么一下就从周一到了周三呢？这种情况又出现了，和几天前一模一样，那时候我不记得怎么就从上周到了这周，不记得很多生活中的细节。而现在也是，我不记得是怎么从上次的梦里出来的，本来还在和孩子们一起骑自行车，我是怎么回自己家的呢？我也不记得周二早上醒来的情景，但我一定起床了，做了早饭，还喂了阿斯兰。我一定去了书店，工作了一天。店里一定来了些客人，还有些新订单，我们整理了书架，我还和弗里达说了话。我们说了什么呢？我不记得了。但我觉得我们一定说起了购物中心的那个空门面，我们肯定仔细考虑过钱的问题了，想找到最经济的方法。我们决定要找银行追加贷款了吗？可能吧，但具体讨论了什么我一点都不记得了。

在路口等红灯的时候，我拉了拉大衣的领子，裹住自己的脖子。天气阴沉沉的，还刮着风。我知道，我应该为不记得事情而担忧，但我仔细想了想，才意识到，实际上我能真正记住的生活细节很少，无论是昨天发生的事情，还是上周、上个月或是去年的事情。对于生活中的细枝末节，我能记住的总是很少。

走在百老汇大道上，我穿过宝石街，忽然想到，生活本来就不是由细节组成的，而是由重要的事情组成的。我还记得上周四中午吃了什么吗？我记得上次教格雷格阅读说的每一句话吗？我还记得三个星期之前的周六天气怎么样吗？当然不记得了。生活中大大小小的事情飞逝而过，偶有几件仍在我们的记忆中占有一席之地，但大部分事情一旦过去，我们就忘了。

我打开"美貌"的店门，走了进去。

看到我进来，座位上的琳内娅朝我笑了笑，"很高兴又见面了，凯蒂。实在不好意思，到现在还没去你的书店看看，我真的很想去的。"坐下之后，她轻柔地摸了摸我的头发，对着镜子里的我皱了皱眉头，"天啊，这么说不知道你会不会介意，但你确实应该常来我这儿。"

我笑了："不介意，不介意。你说的对，我确实应该常来。"

洗完头发之后，她给我装上卷发器，我靠在椅子上休息。今天是万圣节。琳内娅在镜子上贴了只剪纸小黑猫，梳妆台上还放着一碗红色和白色的好又多糖果。

我看着镜子里琳内娅的手，让我想起来拉尔斯的手。我想握住她的手，为了抑制自己的冲动，我只好将双手合十，好像在祈祷一样。

可她握住了我的手，这让我很高兴。她握着我手的感觉很好。

"这工作很适合你，需要一双好手。"这话我一说出口就觉得很蠢，于是马上闭了嘴，尴尬不已。

琳内娅只是笑笑，"哦，我这是双农民的手，很有力气。这些年来做了不少粗活。我弟弟拉尔斯和我刚搬到科罗拉多的时候，我们还是孩子，什么也没有，什么工作都做。洗过盘子，削过土豆，做过面包。拉尔斯还搬过砖，后来找了个工作去修电车，也就是那份工作挣的钱让他读了大学。"说到这儿她皱了皱眉，"他才是真正会做事的人，拉尔斯。

什么都会修、什么都会做，特别喜欢自己动手做东西。"

我点点头。虽然我没有目睹过，但我能想象出来。我能想象出来，只要有那个时间和能力，他就会自己做东西、修东西。

突然，我想起了什么。不知道是回忆，是想法，还是我自己想象出来的东西。我不知道这些事情从哪儿来，但有时候就是会突然出现。

我们家独特的布局是拉尔斯设计的，这是自然。他本来就是做这行的，对设计定制住宅又很有热情，于是当然自己设计了自己的房子。但他还亲自做了家里所有的橱柜——浴室里有特色的斜柜子、厨房里光洁的厨柜，都出自拉尔斯之手。

我不知道我是怎么知道这些的，但我就是知道。我闭上眼睛，让另外那个生活的印象和记忆浮上脑海。

我们刚结婚的时候，我就从原来的双层公寓搬了出来，拉尔斯也从他的小单间公寓搬出来，我们搬到了林肯街上的一间两居室。新家离书店很近，我能走路过去，拉尔斯每天坐百老汇电车线路去市中心的办公室工作，那时候他的建筑公司才刚起步。他向我保证，我们只是暂时租那间房子住，只要等他的公司赚了钱，我们就搬走。"到时候我给你建一栋房子。"他看着我们明亮却拥挤的客厅对我说，"我会给你建一栋漂亮的房子的，凯瑟琳。"

我怀孕期间，医生让我卧床休养的时候，我们就住在林肯街上那间房子里。孩子生下来，出院的时候我们回的也是那个家。

意外生了三胞胎之后，拉尔斯匆忙把卧室换了过来，把我们的双人床和大梳妆台搬到了小一点的那间卧室，那是我们几个月前花了很多精力为龙凤胎布置的育婴室。我记得我们把那间房刷成了淡黄色，还特地请我妈妈的一个画家朋友画了育婴室风格的壁画，就挂在房间的婴儿护理台上方。那个育婴室布置得很温馨，对两个宝宝来说也足够了，但要放三个婴儿床，还有三个宝宝的其他东西，实在是太小了。我们原本在儿童家具店买了两张婴儿床，后来拉尔斯又去选了一张。他把三张婴儿床、婴儿护理台和摇椅都放在了我们原来的房间里。他提前告诉了我要换房间，但当我和宝宝们终于出院回家的时候，看到家里的变化我还是有些不开心。

我们的房间的墙壁原本是精致的淡紫色，和我们床单的颜色很搭，但对育婴室来说实在是不合适。但是我们没有时间重新刷油漆了。虽然宝宝们的东西都能放下，但那个房间也很挤，我们得侧着身子进去才能把米奇从他的床上抱起来。

我和拉尔斯的"新"房间里的布置同样奇怪。育婴室风格的壁画和主卧完全不搭。为了把我们的家具都塞进房间里，我们不得不把壁画挂在头顶上。每天晚上我要睡觉的时候，看到的最后一件东西总是头顶上那幅壁画——一头奶牛兴高采烈地跳起来。但我们太累了，也太忙了，没有时间去管这些。只是一天一天努力地过着日子。

不到几个月，家里就堆满了宝宝的东西。要不了多久，家里还得多三张高椅子和三辆学步车。我们的婴儿车很大，能放下三个宝宝，上面两个，下面一个。因为实在是太大了，只好放在客厅里，比放在外面的储藏室里方便一点。我怀孕早期，以为只有一个宝宝的时候，拉尔斯自己做了一个漂亮的木质摇篮，磨得光亮。那个摇篮我们也放在了客厅里，我手里抱着两个宝宝，没空管另一个的时候，就把他放在摇篮里，还挺方便。

可怜的阿斯兰为了避开家里的喧闹到处躲躲藏藏。有时候我甚至忘了喂它，到了晚上我正要睡着的时候，它就会在我耳边大叫。其实对阿斯兰而言，如果我把它送给一个和善的单身女人，给它找个像以前的我那样的主人，它会过得更好，能继续过它以前那种清净的生活。但是弗里达对猫过敏，我认识的人本来就不多，没有愿意收养它的。于是我们只好继续养着它，我那时候只希望它不要因为生我的气而离家出走。

　　"我们得着手开始建房子了。"宝宝三个月的时候我对拉尔斯说，"我们得开始建那所房子了，拉尔斯。而且得尽快。"

　　那是宝宝睡觉之前最后一次喂奶的时候，我们坐在拥挤的客厅里。我抱着米茜，拉尔斯抱着迈克尔，米奇已经喂好了，蜷在我们身边的摇篮里打呼。

　　拉尔斯点点头："我也在想这件事情。"

　　"我知道我们得等等，但我觉得我们等不了了。就算现在自己建房子钱不够的话，我们也得先找个房子住下，过几年再自己建。"

　　拉尔斯坚决地摇了摇头："不用，只要找到合适的地就行。"他神情凝重，"等我们去看地皮就知道了。"

　　他看上去那么期待，一双蓝眼睛陷入幻想之中。"但是我们的钱够吗？"我有些迟疑，不想打破他的幻想。

　　他耸了耸肩："只要方法对了，钱是够的。我们不用建太大的房子，够三个小孩舒服地长大就行了。"

　　"但是，定制房……"

　　"有些东西我还能自己做。"他打断我的话，看了一眼米奇那边，"那个摇篮就是我自己做的，不是吗？"

　　我不想打击他的积极性，但是建房子和做摇篮终究是不一样的。

　　"在瑞典的时候，我给我爸爸帮过工。"他接着说，"来美国之后，我也做过几年建筑工作。"他若有所思的样子，"我确实很久没做了，但是这些东西是不会轻易忘记的，就像骑自行车一样。"

　　说到自行车，我无奈地摇了摇头。生孩子几个月了，到现在我已经将近一年没碰过自行车了。但我那辆自行车还放在楼下的车库里，我舍不得扔掉。

　　"那你的心脏呢？"我问，"你心脏怎么办？你不能做太重的活啊，拉尔斯。"

"重活让别人去做。"他向我保证，"我只做房子内部的装修，做最后的工作。"说着他把迈克尔放在肩头上，轻轻地拍着他的背，让他打嗝。"我保证，我只做好玩的部分。"他朝我笑笑，"还有绿色的浴室，我们在巴黎的时候你说想要的，我会建一间的。"

想到这个，我也笑了。离我们在巴黎度蜜月还不到一年半，但好像已经过了很久很久。

我低头看了看米茜甜甜的小脸，她已经快睡着了，奶嘴从嘴里掉了出来，奶滴在脸上，我拿口水巾给她擦掉。"我就知道她吃饱了。"我小声说。

拉尔斯笑笑，"这个也是。"他慢慢起身，亲吻了迈克尔的额头，说，"该睡觉了，小家伙们。"

决定了之后，我们去城西和城南看了不少地皮，那边有很多新建筑。我们花了很长时间才选定。

"感觉不太对，还不对。"好多次我们看了地，回到车上，拉尔斯总是说这句话。我们每次都把宝宝们扔在家里，让我爸爸妈妈帮忙照顾，毕竟谁也不想带着三个婴儿跑这么远的路，何况也没那个必要。谢天谢地，我爸妈还年轻有精力，而且什么都愿意为我做。

我记得我们找到斯普林菲尔德路上这块地的情形。当时我们已经在南山区看了好几块地，但找到这儿的时候，我们感觉对了，就是这里了。我们很喜欢这块地的位置，在一个缓坡上，拉尔斯说这样的地上可以建一套复式房，上面的半层靠着后面的山。而且这儿离附近新开的公立小学只有几条街。那个时候这边房子还很少，但还有很多正在建，我们会有不少邻居。"这儿很适合孩子们成长，"我们走在那块地上时，拉尔斯满意地说，"这儿将会是他们永远的家。"他看向远处，看着我们和群山之间的空地，若有所思地说，"我要给他们我以前没有的。"

　　我握住了他的手，只想给他这个机会，让他有机会做一件有长远意义的事情，让他为这个家建一间房子，而房子是他永远都不会失去的。

　　买下那块地之后，拉尔斯夜以继日地忙设计。他把草图、蓝图铺满了我们小小的客厅，仔细推敲每个细节。我尽量不打扰他，总是待在我们狭小的厨房里，或者待在房间里，但经过客厅的时候总是免不了绊一跤。每次我从他身边经过，他总是抬头看着我，眼睛闪闪发亮，眼神里充满了热切和爱。

　　房子动工的那天，我们都去了：拉尔斯、我、三个宝宝、我爸妈、工头、建筑队，全在那里。挖掘机的柴油引擎发动的那一刻，第一堆土被铲出来挖地下室的时候，在场的所有人高兴地拍着手。

　　我还记得当时有邻居经过，纳尔逊一家去了。乔治和……想起来了，他老婆叫伊冯，我怎么会把她的名字给忘了呢？乔治和伊冯走过来，简单介绍了他们自己，然后指了指街尽头那所房子。"宝宝长得真漂亮！"伊冯看着三个宝宝，羡慕地说。那时候的伊冯还很年轻，二十多岁吧，而且很漂亮，一头棕色的鬈发，长长的睫毛，长着一双电影演员伊丽莎白·泰勒那样的蓝紫色眼睛。

　　"说到家庭，我们家凯蒂——我们家凯瑟琳，是很幸运了。"妈妈说，把米茜抱在胸口。我笑了笑，我妈妈已经在努力记住要叫我凯瑟琳了，但我相信对她来说我永远是凯蒂。"我女儿可真厉害，不到两年就从职场女孩变成了三个小孩的妈妈。"

　　我的嘴角不自觉地抽搐了一下，我知道她说这话是好意，但我那时候正为"职场女孩"这件事伤脑筋。那时候我还在书店里全职工作，工作的时候找了我妈妈和各种保姆来照顾家里三个孩子。我们试着找了几个全职保姆，但都不长久，她们总是做了几天就走了，说这个工作太难了。每次保姆不干了，我妈妈就过来帮忙，直到我找到下一个保姆。但这样循环了好几次，搞得大家都很辛苦，我、我妈妈、宝宝都有些吃不消。拉尔斯虽然不说，但我知道他也快吃不消了。

更不用提，弗里达早已经受不了我对未来定位不清的态度了，而且我也不能怪她。"你得想好了。"每次家里出了什么事情，在店里工作的我被叫回家的时候，她总是这么说。她的手插在屁股兜里，双唇紧闭，生气地看着我，"你得想清楚啊，凯蒂。你到底想要什么？简单地说，你不能什么都想要啊，好姐妹。"

伊冯把我从这些沉重的抉择中拯救了出来——有天她试探着伸手摸米奇的小脑袋，满脸艳羡地说："我们也希望哪一天能享受到这种快乐。"

我点了点头，问她想不想抱抱米奇。后来她满怀感激地抱起了他，好像是抱着一个意外的礼物。米奇看着她甜甜地笑了，还拽了一小撮她的头发放在嘴里。

后来回家之后，我默默地祈祷，希望任何能听到我说话的神仙啊，赐伊冯一个孩子吧。几年之后，我的心愿应验了，伊冯终于生下了肯尼。虽然时间久了点，但不管怎么样，他终究是来了。

噢，过去的事情一幕幕出现，越来越明晰了。很多之前不明白的事情，现在我都记起来了。

但我怎么会记起一个虚拟世界的事情呢？这怎么可能呢？

琳内娅的声音把我拉回了现实。"天啊，你去哪儿神游了？"她对我说，"我在这儿忙得像只兔子一样，而你的思绪都飘到十万八千里以外了。"

忙得像只兔子？我疑惑地看着她，这时才想起来她肯定是弄混了，她想说的是忙得像蜜蜂吧。

琳内娅看着镜子里的我，开玩笑似的笑笑，在我头上系了个塑料头饰："去吹干吧，很快就好了，马上就放你走。"

"琳内娅。"我把手举过肩膀，抓住了她温暖、坚实的手，她被我吓到了，没说话。

"我只是想跟你说……我只是……对不起。"

"对不起什么，凯蒂？"

"你弟弟的事情，对不起。"我急忙说。不管这话她听起来有多奇怪，我都必须说。"我觉得……我不知道，琳内娅，我不知道为什么，我觉得冥冥之中和他之间有着某种联系，和你也有某种联系……我只是……"我低下头，又抬头看着镜子里的她，"对不起，我没有认识他，他听起来是个很好的人。如果见到了的话，我觉得我们会喜欢对方的。"

琳内娅缓缓点了点头，说："拉尔斯人生中应该遇见一个像你一样的人，我多么希望他遇到了啊。那样的话，一切可能都不一样了。"

她伤心地耸了耸肩，把手抽了回去。

第二十三章

　　这种情况又出现了，我不记得自己睡着了，但等我清醒过来的时候，我又回到了斯普林菲尔德路上的家，我在拉尔斯的办公室里，站在他的办公桌旁。我手里拿着一把剪刀，我盯着看了好一会儿，不知道自己拿剪刀要干什么。

　　我一脸困惑，四处看了看，忽然想起来了。我看着拉尔斯的办公桌，桌子上放着米奇和米茜在学校拍的照片。我翻了翻，找到了几张五寸照片，正好能放在拉尔斯办公桌上的相框里，那个能放三张照片的相框。

　　在那些照片里，米奇和米茜的打扮都是成套互相搭配的。米奇穿着一件芥末黄的衬衫，上面罩着一件棕色背心。他的头发一丝不苟地梳到一边，小鬓发剪得很短。他的头发肯定是拍照片之前不久剪的，可能是琳内娅给他剪的吧。米茜则穿着一条棕色的连衣裙，衣领是白色的，裙子上还有一个大大的深黄色蝴蝶结，和米奇衬衫的颜色一样。她扎着两个小辫子，辫子用棕色的头绳系着。照片上的两个小孩都笑得很开心，圆圆的脸蛋上眼睛笑得眯成了小缝。

　　我分别剪下一张他们的照片，小心地放在相框里，米奇的放左边，米茜的放中间。随后我继续在那堆照片里找了找，想找一张迈克尔的照片。

我找到了迈克尔的照片，可看着那张照片我有点伤心。迈克尔不去上学，自然没有在学校的照片。但是我把他打扮得和米奇一样，让他背靠家里的一面白墙拍下了这张照片。毫无疑问，这事肯定是我干的。为了拍这张照片，我大概用掉了一卷胶卷，我面前这张应该是拍得最好的一张了。

这张照片拍得也不算太糟。虽然迈克尔没有看镜头，也没笑，但至少他也没有不悦的神色。他的表情很空洞。他的衣领笔挺，头发梳得也很整齐，眼镜后面的一双眼睛不知道在想些什么，看上去不太高兴，但也不算阴沉。至少他的表情不痛苦，我只希望我没有为了拍下这张照片让他太难受。

我把迈克尔的那张照片放在相框的右边，然后把桌上剩下的照片和剪下来的边沿收起来。我往后退了几步欣赏自己的杰作，但这时门铃响了。然后我听到米茜用兴奋的声音喊道："他们来啦！"我听到孩子们急匆匆下楼的声音，过道里传来拉尔斯的声音，"凯瑟琳，你在哪儿呢？他们来啦！"

我一边想"他们"是谁，一边从走道里跑出来。经过卧室门口的时候，我瞟了一眼墙上那幅山景图——主卧门口对面挂着的那张照片。我不知道这想法是从哪儿来的，但我突然知道了这张照片是在哪儿拍的。那是在科罗拉多州西北部，斯廷博特斯普林斯市附近的兔耳关顶上。但是这个地方对我毫无意义，我从来没有去过那儿。我摇了摇头，想要搞清楚情况，但是脑海中没有回忆片段出现，于是我继续往外走，走到门口，我的家人都在那儿。

刚进来的是琳内娅，跟在她身后的是一个瘦削、清秀的男人，还有两个瘦瘦的年轻人，一个男孩和一个女孩。琳内娅手里端着一个饼干盘，盘子上盖着锡纸。"我带了面包卷。"她把盘子递给我，一边说，"只需要热大概 20 分钟就好了。"她凑过来在我脸上亲了一口，"你还是这么漂亮，一如往常。"

我笑笑，也亲了亲她："都是你的功劳。"

"哦，呸，才不是呢。你就是永远不梳头，一个月洗一次头发也还是很漂亮。"

我高兴地笑了："我可不信。"我觉得很高兴，高兴得甚至令自己有些意外。

琳内娅没接我的话，给我递过来一本书，"这本书还给你。"我瞟了一眼封面，那是伊迪丝·华顿写的《纯真年代》。"我很喜欢这本书，谢谢你借给我。"

"不客气，我就知道这是你喜欢的风格。"我从她手里接过书，放在面包卷托盘下面。

"好了好了，大家都进来吧。"拉尔斯把大家迎进客厅，"孩子们，去楼下玩吧，妈妈待会儿给你们送可乐下来。"

是吗？好吧，送就送吧。

"格洛里亚，你和他们一起下楼去。"琳内娅一边脱外套一边说，"和小家伙们一起玩会儿，好吗？"

格洛里亚翻了翻白眼："我又不是小孩了，妈妈。我宁愿和你和凯瑟琳阿姨待在厨房里。我一定要去楼下和他们一起玩吗？"

琳内娅坚决地点点头，打开门口的衣橱，把她的外套挂进去，对她说："对，你必须去，你知道他们很喜欢和你一起玩的。"说完她伸手接过她老公的外套，而一边的格洛里亚重重地叹了一口气，典型的青春期女生的样子。我突然觉得我们以前应该也这样过。

那个男孩呢，我记得他的名字叫乔，现实生活中琳内娅告诉我的，他进门脱掉外套和鞋子，蹲下身子揉了揉米茜的头发，抬头看了眼格洛里亚说："别担心，妹妹，我跟你一起去。"他把外套递给琳内娅，三个孩子都高兴地围着他跳来跳去。令我意外的是，迈克尔也很兴奋的样子。

"乔表哥！耶！我们可以和乔表哥一起玩了！"米奇高兴地叫道。

米奇、米茜、迈克尔牵着乔的手飞奔下楼梯去了地下室，格洛里亚虽然一脸不情愿的样子，但也脱下了外套和鞋子，放在门口的衣橱里，慢慢地跟在他们后面下了楼。没过多久我就听到他们五个人同时大声说话的声音，好像在讨论要玩什么。即使隔了那么远，而且还有地毯挡住声音，我仍然能听到他们兴奋的大叫声。我不知道他们在玩什么，但似乎每个人，包括格洛里亚和迈克尔，都玩得很开心。

"跟我一起来厨房吧。"我对琳内娅说，"等里面的东西烤好了，我马上把这些面包卷放进去。"我回头叫道，"老公啊，能不能给我们俩倒点酒啊？"

天哪，我是谁？我第一次在这个世界里感受到这么强烈的自信，我准确地知道该说什么、做什么。为什么呢？是因为琳内娅在这儿吗？我必须承认，这里的琳内娅和现实世界里那个一样温暖，让人喜欢，到目前为止，她是这个世界里最能带动我好情绪的人了。

琳内娅靠在台面上，喝了一小口拉尔斯端给她的白兰地。拉尔斯还在她的酒杯里放了一根红色的塑料调酒棒，她用来搅了搅里面的冰块，问我："你怎么样啊？"

那一瞬间，我的所有自信，那掌控一切的感觉突然崩塌了。有那么一瞬间，我以为琳内娅是在问我梦里的这另外一种生活怎么样——我还以为她知道我在做梦。不过，或许她真的知道呢？为什么她不知道呢？除了布拉德利和我们的邻居纳尔逊夫妇之外，琳内娅是唯一一个在两个世界里都和我共同存在的人。

但我看着她的时候，我知道她指的不是这些梦。她看上去很认真，好像在继续我们最近没聊完的什么话题。据我所知确实如此，刚刚她还在现实世界里给我做头发呢，可话还没说完我又到了这个世界。或许在这个世界里，我今天也去找她做了头发吧。我伸手摸了摸自己的头发，确实感觉很好，每一根头发都在它该在的位置上。

那好吧，这样的话，她指的一定是迈克尔了。于是我回答她："这个星期挺好的，没什么反常的。偶尔有几次……但总的来说还好。"我打开烤箱，两只手都戴着手套，取出重重的烤盘。然后我调高了一点温度，准备热面包卷。我怎么会知道做这些的？

"你和拉尔斯呢？"琳内娅接着问，"你们俩还好吗？"

她到底在说些什么呢？我想了想在这个世界里拉尔斯偶尔对我生气的那几次，每一次都是因为迈克尔。天啊，这是不是意味着，最近的某一次，我不记得的时候，我们因为迈克尔的事情大吵了一架？想到这儿，我又为自己的愚蠢无奈地摇了摇头。就算是真的吵架了，那又怎么样呢？我在心里骂自己，谁在乎你们有没有吵架？这个世界全是假的。在这个虚假的世界里，就算你和拉尔斯吵架了，那又怎么样呢？

尽管如此，我还是不敢看琳内娅的眼睛。"还好。"我耸了耸肩，眼睛盯着橘色的台面，"我们挺好的。"

琳内娅没有再说话。过了好一会儿，她问我有没有做土豆。

"当然，拉尔斯晚餐必须吃土豆。"我揭开烤箱后面一口大锅的锅盖，拿叉子戳了戳里面的土豆。已经差不多了，马上就可以沥干水分碾成泥了。天哪，我这是在做九个人的饭菜吗？我自己一点一点做？

我打开冰箱，拿出五瓶可乐。我真的允许孩子喝可乐吗？我突然想到，是的，特殊的日子我会让他们喝一瓶，就像今天这种和表兄妹一起吃饭的日子。那好吧，"我去楼下给他们送去。"我对琳内娅说，一边从抽屉里拿出一个开瓶器。我甚至都没有想开瓶器在哪个抽屉里，直接不假思索地拿了。

　　琳内娅连忙站起来："不用，你忙你的吧，我去。"她从我手上接过可乐和开瓶器，打开厨房门出去了。

　　我四处看了看，好像一切都在掌控之中。肉、土豆、面包卷，这会儿我才看到炉子上还有一锅豌豆煮开了。天啊，这样看很快就能开饭了。桌子收拾好了吗？我拉开一张百叶门，看了眼餐桌，已经收拾好了。拉尔斯和史蒂文在客厅里，电视上在放赛车比赛。他们两个身体前倾，手里端着酒，紧张地盯着屏幕。偶尔其中一个会转过头，评价几句里面的车，或者是领先的赛车手。我能听到地下室传来孩子们高兴的尖叫声，肯定是琳内娅把开瓶器递给他们了。

　　一切都是那么温馨，充满了家庭的氛围。这时我才知道，原来别人的周末都是这样度过的啊。

　　我突然想到了我的父母，他们在哪儿呢？他们和琳内娅一家合得来吗？我想他们应该相处得很好吧，琳内娅很可爱，和我妈妈很像，而史蒂文看上去理智又和蔼，和我爸爸很像。

　　不知道全家人偶尔会不会都来这儿，我和拉尔斯两边的家人聚在一起。我们两个家里的人都不多，但尽管人少，他们相处得应该很融洽吧，在这边，我们应该总能聚会。

　　就在这里。

　　我满意地舒了口气，闻到了我做的肉香味，看着客厅里的两个男人喝着酒，聊着电视里的体育赛事。琳内娅从地下室上来了，用拇指和食指朝我比了个 OK 的手势。我心想，这下终于对了，可能有人教过她，这个人可能是格洛里亚吧。

　　是啊，琳内娅，你说得对——这个世界里的一切都很好。

第二十四章

尽管上个梦里的家庭聚会很开心，第二天早上在现实世界中醒来的我还是心怀感激。终于到周四了，今天爸爸妈妈要回来了，我要坐公交车去斯泰普尔顿接机。到时候我们会打车回来，他们带着行李，坐公交车不方便。但对我来说，坐公交车去那儿接他们和坐出租车一样方便，而且还实惠得多。其实我之前考虑过开我爸爸的车去，毕竟最近在梦里发现我还记得开车，我觉得我应该可以的吧。而且我爸爸把车钥匙留在家里了，让我需要的时候随便开。但我最后一刻还是决定不开车了，我开不了那么远。

等我到了机场才发现，他们在洛杉矶转机的航班晚点了。我在那儿焦急地等了将近两个小时，在机场逛那些小商品商店，想着我要是带本书就好了。于是我买了一本女性杂志，不安地坐在机场的塑料椅子上随便翻了翻，杂志上有一栏圣诞节的小工艺品，我在想，那个世界里的我会不会做这些东西当礼物呢？毕竟我在那儿是个手艺好的裁缝啊。

想到这里，我叹了口气，把杂志放在我旁边的座位上。反正我也没法集中精力看，不如留在那儿给更想看的路人看吧。

我从包里拿出一张明信片，上面印着航拍的檀香山，海滩旁边一排酒店高高耸立着，一座比一座高，就像我和弗里达放在书店底层架子上的那些书，都是些绘画书或是旅行书籍，太大了，普通书架上根本放不下。

这张明信片是我收到的最后一张了，但妈妈在上面写的东西还是不少。

亲爱的凯蒂：

这是我最后一次从这边给你寄明信片了。我们已经收拾东西准备回家了，周三晚上就会登上飞机。其实我对坐飞机有点不放心，最近时局这么紧张，谁知道苏联人会做些什么呢？谁知道他们会躲在哪儿呢？说不定他们就在太平洋中间的一艘船上等着我们呢？你爸爸说他们不可能把天上的飞机打下来，而且我们坐的这架飞机上大多数都是游客，就更不可能有这种危险了。我想他说的也对。

我这些想法好忧郁啊！希望等你见到我的时候，我能重拾笑容。我一定会的，分别这么久了，重新见到我的宝贝女儿，我怎么会不开心呢？

最爱你的妈妈

我拿着这张卡片，看了一遍又一遍，直到听到广播里播报洛杉矶的航班降落了，我连忙冲到 18 号出口。

飞机在跑道上滑行的时候，我急切地站在出口前的玻璃门外等着。我看到爸爸妈妈从飞机上下来，穿过停机坪，我不停地跳起来，透过窗户朝他们招手。妈妈看到了我，也朝我招手。她穿着那件海军蓝的大衣，戴着同色的帽子，在风中牢牢用手扶着。

"凯蒂！"妈妈从门口出来，热情地抱住了我。我紧紧地抱住她，闻着她身上的香水味——香奈儿五号，我印象中她一直用的这款香水。

不知道她抱着我的时候，是不是也像我抱着米奇和米茜的时候一样，会感到一阵温暖（谁知道抱迈克尔又是什么感觉呢？不过我可能根本都没有机会抱他）。和妈妈紧紧抱在一起的时候，我想，妈妈抱孩子的时候永远都会这么温暖而有力吗？即使孩子长大了也是如此吗？我猜是吧。

过了一会儿，我感觉人们可能要盯着我们看了，于是放开了她。这下轮到爸爸了。为了坐飞机，他特地穿上了西装，打了领带，从檀香山连夜坐飞机，又在洛杉矶转了机，他的衣服已经有点皱了。我抱着他的时候，感觉到他衣服上的纽扣硌在我身上。由于多年在流水线上工作，他的肩膀已经有些弯了，但抱着我的时候还是挺得直直的。

我们三个手拉着手，我走在他们中间，一起去拿行李。我知道这样很幼稚，但见到他们我真是太高兴了。今天下午在机场见到他们，是我人生中最兴奋的一次见面了。

突然我想到，不知道那个世界里的我会不会思念他们，在他们度假的时候，是不是也像现实中的我一样那么想他们。不过，他们在那个世界里有没有去那儿度假呢？肯定是有的吧，毕竟很多年前他们就说要去那儿，从十几年前斯坦利叔叔和梅姨刚搬到那儿的时候就说起了。

"我们也没想到会晚点那么久。"我们在传送带旁边等行李的时候妈妈对我说，"不过之前还有更糟的呢。你听说了吗？星期二从檀香山起飞的那趟航班。"她摇了摇头，"不是苏联人，而是同样残酷的大自然。听到消息的时候我几乎不敢上飞机了，但你爸爸提醒我，坐船从夏威夷回来会很远。"她的眼睛忽然亮了起来，换了个话题，"汤姆，我的小旅行箱在那儿，赶紧拿下来。"爸爸伸手把箱子拿下来，然后他们两个的行李箱都过来了，两个紧挨着。"走运了！"妈妈高兴地说。爸爸提起了最大的箱子，我拿起不大不小的那个，她提着自己的小旅行箱。

我们走出机场，准备叫辆出租车。"我们没想到会这么晚。"妈妈瞟了一眼手表，"天啊，都快到晚饭时间了。"

　　"没关系，我本来就打算和你们一起吃晚饭的。"说着我意识到，我把她的手抓得太紧了，于是尽量放松，轻轻牵着，但没有放开。我耸耸肩，接着说："但本来以为你们能先休息几个小时的。"这时一辆出租车在我们面前停下。

　　"你没有自己做饭的打算吧？"爸爸把行李递给司机，为我和妈妈开了后座的门，"我现在只想去鹿角牛排馆吃牛排。"他一脸怀念的样子，"在夏威夷鸡尾酒喝了不少，但好牛排是一次也没吃到。"

　　和妈妈不一样，爸爸没有频繁地给我写明信片，他在那边只给我写了两次信。联系的次数虽少，但质量很高。他写的是信，而不是明信片，而且是长信。他在信里花了很长篇幅详细描述了高尔夫球场上他最喜欢的几个洞，他和斯坦利叔叔一起去爬钻石头山的经过，他们在夏威夷岛北边的海边冲浪的情形。当然还有那儿的吃的，他在信里写了在那边吃的所有好吃的，水果沙拉、烤鱼、甜卷饼等等。两封信里他都提到了，虽然夏威夷的食物很"有意思"，但他还是很想念"简单朴实的牛肉"。

　　这会儿听他提到要出去吃晚饭，我故意装出一副不开心的样子："我还准备亲手给你们做一顿好吃的晚餐呢。"

　　"是吗？那就可惜了。"他故意摇了摇头，动作很夸张，嘴上带着笑，跟在我和妈妈身后上了车。

　　我也笑了，每次和他开玩笑我总是说不过他，他太了解我了。"爸爸，我还没说完呢。"我装作责备的语气，脸上却带着笑，"我是说明天晚上的晚餐。"

　　他握住我的手："这就对了嘛。"然后他抬起头，让司机带我们去鹿角牛排馆，那是他最喜欢的牛排餐厅了。

　　鹿角牛排馆是丹佛最老的餐厅，始建于 1893 年。也是丹佛最有名的饭店之一，几年前《生活》杂志上还有关于它的专栏文章。我还记得当时爸爸给我看那张光滑的杂志内页，一脸骄傲的样子："看，宝贝，美食地图上也有丹佛了！"我记得那篇文章介绍了鹿角餐厅悠久的历史、好吃的牛排和西部特色的装修风格。餐厅里面不大，四周装着木板，光线不太亮，墙上挂满了老照片，到处摆放着马鞍和颇有西部特色的纪念品。餐桌也很乡村风格，酒吧间里有舒适的天鹅绒沙发。虽然没什么艺术感，但爸爸还是很喜欢。"啊，家的感觉！"我们在餐厅里坐下之后，他说，"终于回到了漂亮而狂野的西部。"

晚餐吃得很好。我们喝了不少鸡尾酒，后来又点了两瓶红酒。虽然有些不好意思，但我不得不承认，两瓶酒基本上都被我喝了。爸爸妈妈兴高采烈地述说着夏威夷的各种见闻。"那边特别漂亮。"妈妈说，说着她顿了顿，好像在描述一座宏伟的教堂，"我从来没见过那么漂亮的地方。花儿有盘子那么大，到处都是棕榈树，威基基海滩上耸立着一座座崭新的酒店高楼。还有那里的海，那儿的海特别蓝……"

"还有那儿的姑娘。"爸爸说，"那儿的姑娘特别美。"

"汤姆！"妈妈轻轻戳了下他的手臂。

他只是在开玩笑而已，那是当然。除了妈妈之外，他从来没正眼瞧过别的女人。有一次我们两个坐在电视前看选美比赛，他对我说，就算美国小姐现在来我家，要和他一起私奔，他也不会跟她走的。"不管她的腿有多长，在我心里她也比不上你妈妈。"他的眼神里闪着光，"你妈妈年轻的时候她比不上，现在也比不上。"

我记得当时听到他说这话，我心里泛起一阵忧伤，我能不能找到一个像这样爱我的人呢？

吃完饭后，爸爸请服务员帮我们叫了一辆出租车回家。我喝了酒已经开始上头了，隐约听见爸爸在说："我们要好好玩乐一番，今天是假期最后一晚上了！"我爬进出租车后座，坐在爸爸妈妈中间。坐在他们中间，我感到无比安全，在他们为我打造的小港湾里很快就睡着了。

第二十五章

下一秒我却在给我的孩子们哼着摇篮曲。

"睡吧，睡吧，我亲爱的宝贝……世上一切，幸福愿望，一切温暖，全都属于你……"

我在米奇和迈克尔的房间，这是做这些梦以来我第一次来到这里。和我预想的一样，房间刷成了蓝色，介于天蓝和皇室蓝之间。两张一模一样的床并列摆着，上面铺着红蓝格纹的床单、被子，配套的床罩放在地板上，两个男孩都在床上准备睡觉了。米奇床上方挂着几张框好的版画，画上全是轮船、火车，大概是我花了不少精力选的。墙上还贴着一张蜡笔画的涂鸦，上面也是轮船、火车，看上去应该是他自己画的，贴在版画的旁边。他的床头柜上堆满了图画书，床上塞满了各式各样的动物玩偶。米奇坐在乱糟糟的床上，看上去他刚上去不久，但被子已经凌乱不堪了。

而房间的另一侧——迈克尔那边，什么都没有。墙上没有画，床上没有玩具，如果早上醒得早，睡不着了的话，手边也没有书可以看，床头柜上只放着他的眼镜盒。他坐在床上，背挺得直直的，枕头一丝不苟地放在背后，被子整齐地盖在大腿上。他没戴眼镜，眼睛睁着，但两眼无神，他轻轻地摇晃着身子，一言不发。

两个人都穿着森林绿的法兰绒睡衣，衣服上有蓝色滚边。但除了衣服一样、肤色一样，长相有些相似之外，他们两个一点都不像。

我坐在两张床中间的摇椅上，脑海中突然闪现出回忆的一个片段。我就在这间房间里，这张摇椅上，一模一样的位置，但旁边是两个婴儿床，那时他们才两三岁。从那个时候他们两个的区别就很明显了。米奇站在床上，兴奋地蹦蹦跳跳，我担心他一激动，会从床上掉下来，于是叫他停下。那时候他的床和现在的差不多，塞满了动物玩偶，其中有些和现在的一样。

而迈克尔就不一样了，他的床上什么也没有，他就安安静静地躺在床上，一动不动。而我则坐在他们中间的摇椅上给他们讲故事。每次我翻页，米奇都要凑过来看一看，而迈克尔不会，他也不看我。他只是盯着自己的脚，盯着脚上毛绒绒的睡衣，对我讲的故事、对米奇，或是对我，没有任何表情。

而现在，我坐在摇椅上轻轻摇着，哼着这首摇篮曲。米奇躺在被子里，闭着眼睛。梳妆台上的小台灯发出昏暗的光，灯光下米奇的金发闪着淡淡的金光。他的头发看上去有点湿，像是刚洗完澡。我没忍住，凑过去闻了闻他头上婴儿洗发水的味道。他笑了笑，睁开眼睛看着我。"我爱你。"他没出声，用口型对我说。

"我也爱你。"我也没出声。他闭上眼睛，钻进被子里。

我转过身去看迈克尔。他坐得直直的，眼睛还睁得大大的。我第一次注意到，他的眼睛和家里其他人的一样湛蓝。我猜，一定是眼镜的原因，让他的眼睛看上去那么模糊。

我不敢叫他躺下，因为我知道他现在所有的行为都是他的睡前习惯。我也不敢碰他，怕他突然发作。但我感觉我应该做点什么，于是只好压了压他的被子，离他的身体远远的，小声对他说："好好睡吧，迈克尔。

妈妈爱你。"

他还是一动不动，也没抬头看我。我关上台灯，房间里只留着一盏小夜灯，插在摇椅旁边的插孔里。我轻轻地出门，并把门带上。

在过道里碰到了拉尔斯，他刚从米茜房间出来。"睡了吗？"他问我。

"快了。"虽然两个儿子都没睡着，但我知道他们很快就会睡着了。我用下巴指了指米茜的房间，"她呢？"

"一下就睡着了。"他笑笑，"骑自行车骑累了。"

"但她骑得越来越好了，他们两个都是。"

拉尔斯没有回答。我知道他在想，因为我也在想同样的问题。想我为什么不假思索地说了"他们两个都是"。因为他们中的两个骑得越来越好了，但还有一个可能永远也学不好。

"喝一杯吗？"下楼的时候拉尔斯问。

"你终于开口说话了。"

他去办公室倒酒，我就在客厅，坐在沙发上等他。和家里其他的东西一样，沙发也漂亮、时髦，看上去很新。沙发是米白色的粗呢材质，隐约能看到条纹图案。为了让颜色看上去亮一点，沙发上放着三个纯色的抱枕，分别是橙色、黄色和钻蓝色。

拉尔斯端着两杯加冰的苏格兰威士忌回来了。他递给我一杯，在我旁边坐下，手臂搭在我肩膀上，轻轻地给我按摩。"你看上去很累，亲爱的。"他说，声音里的关切让我颤抖。

我闭上眼睛，承认道："我累坏了，快招架不住了。"在梦里说这样的话似乎很奇怪，但我确实有这样的感觉，于是就那么说了。

"嗯，可以理解。"他说，"没什么比这更让人焦虑的事情了。"

我摇了摇头："我不知道……不知道你在说什么。"

他喝了口酒，"我当时也和你有一样的感觉，这件事情发生在我身上的时候。"他低声说，"我的不是一起，但是……你知道前后也只隔了几天。"

我完全不知道他在说什么，只好点点头，等着他继续说下去。

"没有她，他活不下去。"他破音了，"没有了她，他没办法继续活下去。于是……"他抿了下嘴，"于是……就没继续活下去了。"

我握住他的手，对他说："我知道。"当然了，其实我不知道，但我想让他继续说下去。"聊一聊……"我有些迟疑，"会好点儿吗？"

他抬头看着我，"跟你聊会好点儿，向来如此。"他晃晃杯子里的冰块，"当时你那么善解人意，而且一点都……不震惊。那是我第一次告诉你多么……我们家发生了多么可怕的事情。真的是可怕。我不知道还能用别的什么词形容。因为这个，那时候我很少跟身边的人说起这件事。但从遇见你开始，从一开始我就知道，我可以跟你说，而且说了也没关系。"他笑了笑，但还是一脸愁苦，"那件事情让我觉得，我什么都可以跟你说。"

"嗯，当然。"我柔声说。

"她当时病得很重。"他十指紧握住我的手，"心悸，咳嗽，还胸痛。她可能和我一样，也有心律不齐。但那个时候这种病症没有诊断出来。她受尽了病痛的折磨，疾病一点点吞噬她的生机。她所有的生机。尽管生活艰难，但她是个有活力的人。她很努力地工作，他们两个都是，可……"

我握紧他的手。

"其实我很庆幸她没有受太久的折磨。"他接着说，"你知道的，那个时候，尤其是我们还在艾奥瓦乡下的时候。那时候我们谁也不认识，也不会说英语。她那时候就有胸痛的毛病了，应该去看医生的，但没那个条件。"他喝完了杯里的威士忌，含了一块冰，"至少她没被折磨太久，我们也帮不上什么忙。"说着他摇了摇头，"我妈妈本来应该长寿一些的。"他表情严肃，"走得太早了，过得也不幸福。"他起身，端着酒杯对我说，"我再去倒一杯，你还要吗？"

我把杯子递给他，他接过去，大步走进过道。

他端着酒回来的时候，我担心他会转换话题，但他没有。"她下葬才几天，爸爸就忍受不了了。"他说，"他带着一杆猎枪，去了外面的一间棚屋。后来是琳内娅发现的他。"他喝了一大口威士忌，"那时候她才 16 岁，还是个小姑娘。那样的场景谁看了都会受不了，何况是个小姑娘。"

哦，我想起来了。琳内娅曾经跟我提到过这件事，但她没说得这么仔细，没告诉我整件事情有多可怕。

"你是怎么做的？"我知道我不应该这么问，因为在这个世界里我应该知道是他怎么做的。我只希望他沉浸在回忆里，不会多想。

"我做了一个哥哥应该做的事情。"他说，"我担起了家庭的重担。我们把父亲葬在母亲旁边，变卖了所有家产，换了一点钱，坐上了往西走的火车，因为我们再也不想待在艾奥瓦了。"

"于是你们到了这里。"

"于是我们到了这里。大清早，火车到了丹佛联合车站。我们只买了到丹佛的票。如果要再往西走的话，我们本来应该再买张票，坐上另一辆火车的。但我们没有。我们在丹佛下了车之后，四处看了看，看到了远方的群山，早晨的阳光照在刚刚苏醒的高楼大厦上。我们看了看对方，觉得这里也挺好。"

"自那以后你经历了很多。"我说，"琳内娅也是。"

他点点头："我们算幸运了。为了勉强度日做了很多枯燥而辛苦的工作，但还好最后琳内娅在一家面包店找到了工作。幸运的是，有一天史蒂文走进了那家面包店，喜欢上了柜台后面的琳内娅，于是后来天天去那儿看她。后来他们两情相悦，也是幸运了。"

哦，我想起这件事情了，我记得琳内娅跟我说过。即使在一起很多年了，当时的她说起这件事的时候眼睛里还是闪着光，含情脉脉的样子。那是她第一次帮我做头发的时候，1954 年 10 月。不是在现实生活中，她不是对凯蒂说的。而是在这儿，对凯瑟琳说的。那是我第一次去百老汇的"美貌"店找她，离拉尔斯心脏病发不太久，他还在住院，还没完全恢复。

"是史蒂文鼓励了你，他让你相信，你不用下半辈子都做一个电车修理工。"我对拉尔斯说，"史蒂文帮你申请了大学。"想起这些，或者说是知道这些，让我心跳加快了。

他点了点头："我还在为上大学的麻烦和花费犹豫不决、瞻前顾后的时候，是他鼓励我坚持到底。是啊，没有他的话，现在我也不会做这行，我可能还在科尔法克斯线上修电车。"

"不，你不会的。"我的语气有些悲伤，想起来了好姐妹书店和被抛弃的珍珠路。"现在已经没有电车了，你只能修公交车。"

拉尔斯笑了："那确实有可能。所以你也能看到，琳内娅和史蒂文的相遇对我来说也是一件幸运的事。"说着他握住我的手，"当然了，遇见你是我最幸运的事，凯瑟琳。"

"幸运……"我重复他的话，"从很多方面来说，确实可以算是幸运吧。"

他的眼里闪过一丝忧伤："我知道现在情况不那么好。秋天发生了那件事情之后，我知道你一直想不开。"

秋天发生了那件事情？我没说话，等着他解释。

"你知道的，我永远会在你身边陪着你。"他握紧了我的手，"我知道失去双亲是件多么痛苦的事情。"

什么？

我发了狂似的摇头，只想从这个梦里醒来。

我坐在沙发上放声大哭，身子摇摇晃晃的。拉尔斯握住我的肩膀，递给我一张手帕，凑过来贴在我的脸上。

"我得离开这儿。"我紧紧地闭上眼睛，"我要回家。"

"凯瑟琳，你在家啊，这儿就是你的家。"

"不。"我摇头，"你不明白。我不属于这儿，这儿的一切全是虚构的，我要回我本来的地方。"我起身，在客厅里走来走去，左鞋跟卡在了浅绿色地毯里。我一边用力把鞋跟拔出来，一边想，鞋跟要磨坏了，得拿去修了。不注意的话，被毯子钩住了，我就会摔倒。真是奇怪，我现在想这些干吗呢？

拉尔斯站起来，准备搂住我的腰，但我把他推开了。"你是个好人。"我对他说，"不只是好人，是我一直梦想会出现的那个人。"我笑了，喉咙里一阵苦涩，"梦中情人，是吧？但这都不是真的，这只是个梦而已。在现实中，我父母没有死。你听明白了吗？他们在那个世界里没有死，我要回那儿去，回我爸妈活着的那个世界！"

"妈妈？"楼梯上传来小声的呼唤，"妈妈，你没事吧？"

拉尔斯跑到楼梯底下："没事，你回床上睡觉吧。"

"妈妈听上去很伤心。"米奇说。尽管我这时很痛苦，但心中还是充满了对他的爱，这个梦里的儿子，多么讨人喜欢。"妈妈，你没事吧？"

我摇晃着走到楼梯边，擦干了泪水。我抬头看着他，他一头干净蓬松的头发，穿着舒适的绿色睡衣。"妈妈没事，宝贝。"我强忍泪水对他说，"只是今晚有点伤心。"

"因为外公外婆吗？"

我没忍住，喉咙口爆发出一阵呜咽。米奇连忙从楼梯下来，抱住我的腰。我弯下腰紧紧抱住他。拉尔斯一言不发地站在我们身边。

"我只是……我没想到我会这么快……失去他们……"我低声对米

奇说。

他抱我抱得更紧了，"我知道，妈妈。我也很伤心。我知道你一定很难过。"他抽噎着说，"即使你已经长大了。"

我点了点头："是啊，即使我已经长大了。"

我闭上眼睛，静静等着。这时候我应该可以回家了。我已经接受了这个事实，不是吗？我接受了这个梦里如此离奇的消息，像个成年人一样好好应付了。这样我应该可以回到我自己家里，回我自己床上了吧？难道不是吗？

但我还在那儿，紧紧抱着我的儿子。过了一会儿，我放开了他。

拉尔斯走上前来，牵着米奇的手，对他说："爸爸带你回去睡觉。"他又对我说，"回沙发上坐着吧，凯瑟琳。歇会儿，我马上回来。"

但我没有听他的。我走到过道里，站在我和父母那张照片前面。等拉尔斯下来的时候，我还在那儿站着。

"她那时候才 20 岁。"我喉咙嘶哑了，"她 20 岁生的我。他那时候 22 岁。"我没回头看他，只是接着说，"妈妈现在才 58 岁啊，爸爸才刚满 60 岁。我知道他们有一天会离开我，我知道每个人终有一天会失去自己的父母。但现在还不是时候，不应该这么快的。"

"凯瑟琳……"

"别叫我凯瑟琳！"我朝他吼道，"我不叫凯瑟琳。我叫凯蒂，凯蒂·米勒。我是个老姑娘，没结婚，和最好的朋友一起开了家书店。我的生活很简单，没什么意外，和这儿的一切都不一样。"

"好吧……"他试探着把手搭在我肩膀上，领着我到客厅，"我们还是坐下吧。"

我们回到沙发边上，他轻轻压着我的肩膀，让我坐下。等他在我身边坐下，我对他说："告诉我他们发生了什么事。"

"凯瑟琳……"他一脸忧伤。

"别……"我坐起身,决定要搞清楚这件事,"告诉我。我不在乎你是不是以为我早就知道了。我不知道。你必须告诉我。"

他长叹了口气,又喝了口酒,"他们在飞机上,40 周年结婚纪念日的时候去了夏威夷度假,那时他们在回来的路上。那天天气不好,下了场暴风雨,然后……"他又叹了口气,"飞机失事了,掉到太平洋里。所有乘客无一生还。"

我摇头:"不可能。他们确实去了夏威夷度假,但他们平安回来了,好好地回来了。他们的飞机没有坠落,没发生那样的事。"

他没有回答,静静等我说完。

"那是什么时候的事?"我问他,"告诉我是哪一天。"

他皱了皱眉头,想了会儿:"那天是星期三,是万圣节的时候。他们周二晚上上的飞机,也就是 30 日晚上。檀香山的那趟航班预计周三早上到洛杉矶,他们本来要在洛杉矶转机回丹佛。本来应该是万圣节上午回来。"

"那就不对了,"我起身,"他们不是万圣节回来的,而是万圣节之后第二天回来的,我记得很清楚。"

"不是。"他肯定地摇了摇头,"一定是万圣节,因为他们想回来一起过万圣节,他们想看孩子们的万圣节装扮。"

我没忍住,笑了。我摇摇头,笑个不停。我笑得歇斯底里,说不出话来了。

"你没事吧?"拉尔斯问。

"当然没事。"我调匀呼吸,"我没事,但你说的话太荒唐。我父母是不会在万圣节回来看孩子们的装扮的,因为在现实世界里,根本没有这几个孩子!你还不明白吗?我指了指周围,"所有的这些全都不存在,拉尔斯。什么都没有。没有这栋房子,没有米奇、米茜、迈克尔,也没有你。"

　　想起这对他来说意味着什么，我的脸顿时阴沉下来。他那么帅气，那么好，那么完美。我一点都不希望这样，但事实如此，1954年秋天的那个晚上，我们通电话的那个晚上，他就失去了年轻的生命。

　　我转过去看着他，小声说："对不起，真的对不起。我也不希望你是这样的结局。"我淡淡地笑了，语气有些讽刺，"我宁愿你是我当时以为的那样，只是个放我鸽子的胆小鬼。而不是一个人在家里孤独地死去。"

　　他眉头紧锁："你到底在说什么呢？"

　　"确实是这样，"我低声说，"我也很难过，真的。但是拉尔斯，在现实世界里，那天晚上我们没有继续打电话。我们约好时间见面，说了再见，然后就挂了电话。两天之后我去约好的地方等你，但你没有现身。因为那天晚上你心脏病发，已经过世了。就在我们挂了电话之后。"

　　他咽下最后一口酒："这是我这辈子听过最离奇的事情了。"

　　"并不是！"我把手放在他的膝盖上，透过裤子感受他的真实，"真正疯狂的是什么，你知道吗？是这儿，这儿的一切。你只是我想象出来的。这栋房子、这个家、阿尔玛、邻居，还有和弗里达闹掰的事情、我父母去世的事情，这些才叫离奇。这儿不是真实的世界，不是我真正存在的世界！那儿可能不完美，但至少一切都符合常理。"

　　我往前倾，搂住他的脖子，深深地吻了他。我想把他的唇、他的抚摸都牢牢印在我的脑海里，印在我的心上。我不想忘记他。但我再也不想回到这儿来了。

　　最后，我们终于停了下来。我最后悲伤地看了他一眼。"我要去睡觉了。"我起身，"我要在这个虚构的房子里，虚构的床上躺下，进入虚构的梦乡。等我醒来的时候，我就会回到现实世界了。"我温柔地摸了摸他耳后的一缕头发，像是摸孩子一样。"再见了，亲爱的。"我小声说。

第二十六章

等我醒来的时候，我不知道自己在哪儿。房间很黑，床又窄又高。两扇窗的窗帘都拉着。盖在我身上的被子毛绒绒的，柔软舒适。

忽然我闻到了那个味道——烤南瓜夹杂着薰衣草的味道，无论在哪儿都会感到无比熟悉的气味，那是家的味道。不是我自己租的那个家，而是我父母的家。这是我童年时期的家，在约克路上，我现在就躺在我小时候的床上。

我掀开被子，走到一扇窗前，拉开窗帘。外面天色很暗，有雾。看不出来是太早了，太阳还没升起，还是因为阴天的缘故才这么暗。我不知道几点了，房间里没有时钟。我暗暗打算，要告诉妈妈买个闹钟。

多年前，我刚从家里搬出来之后，妈妈就对我的房间做了一番改造。她取下南方中学的横幅，撕掉了我贴的电影海报——《乱世佳人》里的男女主克拉克·盖博和费雯·丽，爱情喜剧《美凤夺鸾》里的狄安娜·窦萍，还有《我们的小镇》里的威廉·霍尔登和玛莎·斯科特。房间的墙原本是海绿色，我走了之后，妈妈刷成了中规中矩的米白色。她撤掉了我原来的粉黄相间的被子和同色系的窗帘，换成了现在这床朴素的灰蓝色绒被，窗帘也换成了一样的颜色。墙上挂了几幅法国印象派画作的复制品，其中有德加画的芭蕾舞演员，还有雷诺阿画的酒吧的场景。

"完美的客房布置。"妈妈改造完房间之后对我说。说实话，我不记得家里什么时候有过夜的客人，但妈妈说得对，如果有客人在这里过夜的话，这间客房确实温馨又漂亮。

我低头看了眼自己，我穿着一条宽松的白色睡裙，裙子领是蕾丝的高领。毫无疑问，这条裙子是我妈妈的。这是怎么回事？我喝得烂醉，没法回家了吗？天啊，真丢人。

妈妈考虑得很周到，在床头柜上放了一杯水，我一口气喝光了。脑子还有点晕乎乎的，我开了卧室的门，慢慢走到过道里。

我瞟了一眼父母房间，门关着。我极力抑制自己的冲动，不让自己推开门爬到他们床上去，做这种 6 岁小孩才会做的事。我暗暗嘲讽自己，在那个世界里，那个 6 岁小孩都知道不能那么做呢。

忽然我想起了梦里拉尔斯告诉我的那件可怕的事情，无声地哭了起来。我没再继续往前走，站在昏暗的过道里一动不动，紧紧抱住自己。

妈妈确实提到了星期二从檀香山起飞的一班航班发生了"很可怕"的事情，所以拉尔斯说的确有其事。虽然我在现实世界里没听到这个消息，但确实有一架夏威夷起飞的飞机在风暴中坠毁了。我心里泛起一阵悲伤，为那些在意外中丧生的人，也为那些失去挚爱的人。然后我终于长舒了一口气，庆幸我父母不在那架飞机上。

我试着想象，在这个真实的生活中失去他们会是什么样的情形。我知道这些事情不是不可能的，飞机有时候会坠毁，人也会死去。我也知道，有时候我们可能无法预见死亡，无论是疾病还是意外，都可能带走我的父母或是弗里达，可能发生在每一个我爱的人身上。但现在这些事情还没发生。没有发生在我父母身上，没有发生在现实生活中。

我摸黑走过过道，走到厨房的咖啡机旁边。没关系的，我不会再回到那个世界了。我不知道该怎么做就不会回去，但我确定我不想再回去了。我用咖啡壶接了点水，一边告诉自己，别再想那里的事情就好了。

因为我害怕，害怕再去那儿的话，我就再也回不来了。

但我不能告诉我父母，这种事情怎么能告诉他们呢？我做了早餐，等着他们起床。前天我去市场买了些食材，储存在他们的冰箱里，想着他们回来之后，早上能吃上早餐。我买了瓶橙汁、一条面包、奶油和鸡蛋。大概是闻到了咖啡的香味，他们醒了，从卧室里出来，穿着睡衣，伸长鼻子闻着。

"凯蒂，"妈妈打量着我，"你晚上睡了吗，宝贝？看看你那眼袋啊！"她伸手拿了个咖啡杯，从壶里倒了杯咖啡。"对不起，我们没送你回家，"她接着说，语气很平静，"我们觉得你——"

"没事的，"我觉得有些尴尬，于是打断了她，"实在不好意思。"

"不用不好意思。"爸爸在桌子旁坐下，妈妈在那个熟悉的玫瑰花图案的瓷杯里盛满奶油，和一杯咖啡一起放在他面前。在我的记忆里，奶油一直是家里的主食之一。"我们也都有过这种时候，宝贝。"他把奶油倒进咖啡里，加了一块方糖，搅拌了几下。然后他打了个喷嚏，和往常一样，声音很大，听上去不像是人在打喷嚏，而像一只大狗，像拉布拉多或是大丹狗打喷嚏的声音，"啊……嚏……"尽管这声音很熟悉，但还是让我有些猝不及防。我忽然意识到，在这个生活里——尽管我一点都不想再回到这里，但如果我去了梦里的生活的话，我永远都听不到这个熟悉的声音了。

他从睡衣口袋里掏出一条手绢，擤了擤鼻涕。"我们只是想确认你没事，想着在这儿可能好一些。"说着他把手绢塞回口袋里。

我在他身边坐下，摸了摸自己的头发："好吧，我还是觉得有些不好意思。"

"宝贝。"他把手搭在我的肩膀上，"是我们啊，在我和你妈妈面前不用不好意思。"他喝了口咖啡，"你知道的，凯蒂。"

吃完早餐之后，他们开车送我回我租的小公寓。天上还是有很多云，但对 11 月初来说还算暖和。我进门洗漱的时候，他们就在门廊里等我。我照了镜子才发现，自己像是在鬼门关走了一遭的样子，无论化多厚的妆，也没什么办法补救了。

我换好衣服，拾掇拾掇我憔悴的脸，就出了门。爸妈陪我走路去书店，打算跟弗里达打声招呼。天还是阴沉沉的，偶尔下几滴雨。但书店的门还是开着，温暖的和风吹进去。进门的时候，弗里达说："天凉了，这可能是我们这一季最后一次开着门了。"我们俩交换了个眼色，我知道我们俩想到一起去了——这可能是我们最后一次在这儿开门了。如果我们把书店搬到购物中心去，确实还会开着门，但会变成一扇滑动玻璃门，门外是干净的水泥步行街，而不是现在这个破烂的城市人行道。

柜台后的弗里达起身，过来亲吻了我的父母。"你看上去很美，亲爱的。"妈妈搂着她说。我朝她扮了个鬼脸，知道我现在看上去一点都不美。

"你和汤姆也是。"弗里达撩了撩耳后的头发，转身对我爸爸说，"汤姆，你一定要跟我说说，夏威夷是不是给你们带来了青春活力？"

我没忍住，听到她这句话觉得很难过。我难过的原因很多，其一，可能夏威夷确实给他们带来了青春活力。科罗拉多的冬天常常很冷，老年人尤其受不了。尽管我父母还不算老年人，但他们也算不上年轻了。我清楚地知道，全年住在温暖的地方对他们更好，就像我阿姨和叔叔那样，全年住在夏威夷。

其二，在那个世界里，所有关于夏威夷的一切，承载一生美好回忆的这趟旅程，还有他们拥有的家里的一切，都离他们远去了。

也离我远去了。

　　和弗里达叙叙旧之后，他们就离开了。天色不好，看上去马上要下大雨的样子，他们想在下大雨之前回家。而且，妈妈说他们还要整理行李，有一堆衣服要洗。

　　他们走后，我转身面对着弗里达说："我要跟你说件事情，听起来可能不太正常。"

　　她笑笑："那就先煮一壶咖啡吧。"

　　我们端着咖啡坐在柜台后面，我面对着她。弗里达点了一根烟，大口大口吸着。她转过身去吐烟圈，吐完回头看着我。她的眼神闪烁跳跃，看上去心情不错。我意识到，以往自己的心情总是跟着她的心情而改变。她心情不好的时候，我也跟着不开心。她精神好的时候，我也跟着高兴。但今天不一样，尽管我很欣慰看到她这么开心，可我就是开心不起来。

　　"过去几个星期以来，发生了一件很奇怪的事情。"我对她说，"我睡觉的时候，会梦到自己的另一种生活。"我深吸了一口气，"完全不一样的生活。但在那个世界里，我还是我，时间也没变。准确地说，时间有些差别，那里比这里早了几个月，现在那边是 3 月初了。而且……"我停了下来，不知道该怎么对她解释清楚这件事。

　　弗里达喝了口咖啡，往柜台上的烟灰缸里弹了弹烟灰。"每个人偶尔都会做这样的梦。"她对我说，"昨天晚上我还梦到我是一名演员，在百老汇的舞台上唱着歌。你如果听到就好了……我唱了音乐剧《异想天开》里的那首《快下雨了》，唱得催人泪下。"

　　我朝她笑笑："那不一样。弗里达，我做的那些梦……感觉很真实。我也解释不清楚。但那里的一切本来是可能发生的。我在梦里的生活全部从八年前的一件小事而起。"

　　她摇头："对不起，亲爱的，我没听懂你在说什么。"

　　于是我告诉她。跟她说了拉尔斯的事情，当年的那个电话，告诉她在梦里，我们在电话上聊了很久，所以我救了他的命。这听上去可能有点狗血，我也提醒自己，我们的故事可能就是很狗血吧。

我说话的时候，弗里达点燃了第二根烟抽起来。听我说完这些，她掐灭了手里的烟，调皮地看着我："一定是你没找到的那个英年早逝的老公吧。"

我的眉头皱起来："你的意思是……"

"你不记得了吗？"她在柜台上转空咖啡杯玩，"很多年前，我们有一次聊天说起来，猜测为什么我们没有遇到自己的梦中情人。你想到了一个很好的解释。你当时说，这是你的原话，你说：'唯一的解释是他在遇见我之前就死了。'"

我沉默了一会儿没说话，想着她说的这件事。我记得当时的情形，我们在市中心喝酒，好像是庆祝我们卖了 500 本书，反正是那类的事情。"我不敢相信我真的说了这句话。"

"哦，你确实说了。"她若有所思地敲着手里的杯子，"所以，最后这个童话般的故事怎么结局的？"

我耸了耸肩："就和想象的一样。我们爱上了对方，结了婚。很快，不到一年之后我就怀孕了。我们本来以为怀了双胞胎，孩子出生之后才知道是三胞胎。"

弗里达爆发出一阵大笑："天啊，这故事越来越好玩了！告诉我，你怀他们的时候是不是胖成肥猪了。"

"我本来就很胖。"我微笑着说。

她摇头，"你不胖，凯蒂。"她又给自己倒了一杯咖啡，把壶递给我，"你长得很好看，好姐妹。"

我翻了个白眼，自己倒满了咖啡，等着她坐下来："可是……可是，刚开始一切看上去都很完美。他很完美，房子很完美，孩子们也很完美……还算完美吧，那是另一回事了。但到了现在，我在那个世界里待得越久，就越不……"

我没接着说下去，因为我不知道该如何解释。我不知道该怎么解释迈克尔的情况和我对他的愧疚，即使我现在身在另外一个世界里，我还是能感受到在那个世界里这件事情对我莫大的打击。我也不知道怎么解释我和她的事情，我怎么解释我们在那个世界里连话都不说了呢？

我也不知道怎么解释我父母的事情，我不能告诉她他们在那个世界里的遭遇。

"事情就越不完美。"最后我只得这么说，没多做解释。

弗里达握住我的手，"哦，亲爱的，我不知道为什么你那么介意一个梦。"她看了一眼窗外，又回头看着我，"最近时局很紧张，每个人都受到了影响。古巴导弹危机，还有充满不确定性的未来——世界的未来，我们自己的未来都是。但你做的这些梦，梦里的另一种生活……只是你逃避现实生活的一种方式。凯蒂，那个世界不是真的。"

"但我感觉很真实啊！"我大声说，"特别真实。我在那里会有感觉，忍不住担忧……"我摇了摇头，看向窗外，"我害怕哪天晚上睡着了，又到了那儿，永远都回不来了。"

啊，我终于说出来了。

弗里达站起来，走到窗前，招呼我过去。她把手放在玻璃上，对我说，"把手放在这儿。"我按她说的做了。"感觉到温暖了吗？"她问我，"感觉到阳光的温暖了吗？"

确实很温暖。什么时候外面天晴了？早上的天色看上去会阴沉一天，但现在太阳穿透了云层，窗玻璃晒得甚至有些发烫了。我看着弗里达点了点头。

她牵着我的手走到书架旁，把我的指尖放在一本新书上，金色的封面十分光滑，纸张干净锋利："这，你也感觉得到吧？"

我又点了点头。

她把我带到门口，我们走在人行道上。一辆卡车经过，我们闻到一阵柴油的味道。"这你一定闻到了吧。"她说，"还有咖啡，我尝到了咖啡的味道吧？感受到了你妈妈的吻别，你爸爸的拥抱吧？能感觉到丝袜包在腿上、耳环贴在耳朵前后吧？"

我叹了口气："弗里达，这些我都感受得到。但问题是，在那个世界里我也能感受到。"

她摇了摇头，"不对，你想象力太丰富了，凯蒂。这是件好事，证明你头脑活跃，即使是在梦里也活跃，这说明你很聪明。"我看着她，她的眼神充满了友好的关切。"但是那个梦里的世界不是真实存在的。而这儿……"她挥了挥手臂，指着周遭的一切，然后搂着我的腰，抱住我，在我耳边小声说，"这儿才是你属于的地方。"

第二十七章

和我跟弗里达说的一样，那天晚上我不敢睡觉。

我尽可能地推迟睡觉的时间。我履行了承诺，给我爸爸妈妈做了一顿晚餐，做了意大利宽面、蒜蓉面包和沙拉。我准备了红酒庆祝，但是我自己很小心，只喝了一杯。我们三个一起熬夜聊天，回忆以前的日子，一起看我放在桌上的那个相册，看着照片里笨拙的我和年轻的他们咯咯地笑。

最后，到了 11 点，他们打了个哈欠，说该走了。我送他们到门口的时候，他们都紧紧地抱住了我。"欢迎回家。"我小声说，"很高兴你们回来了。"

他们开车走了之后，我端坐在沙发上，擦掉我画的草稿，那是我准备给格雷格写的下一本书。我已经想好了，这次写棒球运动员们在非赛季的活动。他们会去看望最忠实的粉丝，比如格雷格·汉森。我已经写到一半了，正写到威利·梅斯来到了华盛顿路，出现在我们的门口。我重点标记了想让格雷格记住的词语："赛季""道路""出租车"等。我还没想好结尾该怎么写，若有所思地咬着笔头想着，但我没法集中精力。

最后我把书稿放到一边，开始读《核战爆发令》，这是店里新到的小说，内容是核战争。上周日《丹佛邮报》上刊登了一篇书评，对这本书的评价很高，我估计很快会有客人来询问。我个人倒是对这些内容不太感兴趣，但我必须读这本书才能回答顾客的问题。

我盯着这本书，一遍一遍地读着同一行，时不时地朝茶几投出渴望的眼神，那上面放着一本英国女作家缪丽尔·斯帕克写的《春风不化雨》。去年这本书刚出版的时候我就读过了，但它写得太好了，我想再读一遍。我自言自语道，虽然我确实应该看看受欢迎的新书，但现在保持清醒更重要。于是我放下了《核战爆发令》，拿起《春风不化雨》读起来。

又过了半小时，尽管换了一本我更感兴趣的书，我还是没办法保持清醒。我去厨房煮了壶浓红茶，端着茶杯重新在沙发上坐下，继续看这本书。我喝着茶，又读了几页，尽量不让自己睡过去。

当我醒来的时候，我其实不太惊讶于自己又到了梦里那个家。尽管如此，睁开眼睛看到那个绿色房间的时候，我还是没忍住叹了口气。我闭上眼睛，希望自己能离开这儿，但其实我心里清楚那不可能。我叹了口气，又睁开了眼睛。

从露台门透过的光来看，现在应该是上午了，而且时间不早了。我瞟了一眼拉尔斯床头柜上的闹钟，发现已经 11 点了。我一个人躺在床上，卧室门关着。我从床上起来，轻轻地走到厨房里。阿尔玛在那儿，一个人坐在餐桌旁。现在应该是休息时间，她在看报纸，面前的桌子上放了一杯咖啡。

看到我进去，阿尔玛抬头看了看我。"感觉怎么样啊，安德森太太？"她问。她的语气中带着真诚的关切，令我有些感动。

"我……感觉还好。"说着我从咖啡壶里倒了杯咖啡，"安德森先生和孩子们呢？"

"安德森先生，他请了天假，让你好好休息。他送米奇和米茜去上学了。说他带迈克尔在外面玩，尽量晚点回家。这样的话，家里就很安静。"她起身，"我今天上午尽量做安静的事情，没打扰你吧？"

"没有。"我摇摇头，"一点都没打扰到我，谢谢你。"

"安德森先生说你昨晚睡得不好。"

我点点头，在桌子旁坐下。

"要不要我给你做点吃的？煎鸡蛋加吐司？"

"好的。"我喝了口咖啡，"太好了，谢谢你。"

她去忙了。我瞟了一眼报纸头版，日期是 1963 年 3 月 4 日。头条新闻是"乌雷县附近发生雪崩，三人被埋"。一张照片占据了大部分版面，照片上是工作人员极力抢救雪崩伤员的画面，事情发生在科罗拉多州西南部的一个山口。

阿尔玛把盘子放在我面前。"阿尔玛。"我说，"你能坐下跟我聊聊吗？"

她耸了耸肩："好啊。既然你问了。"

"再给你自己倒点咖啡吧。"

她皱了皱眉头，但还是按我说的做了。

"我想知道一些事情。"她在我对面坐下的时候我说，"接下来我要问你的事情听上去可能有些奇怪，因为这些事情我都应该知道。但我现在不记得了，我需要你帮我记起来。"

她疑惑地点了点头，等着我继续说下去。

"首先，你能告诉我你从什么时候开始来我们家帮忙的吗？"

"嗯，应该是 5 月，1958 年 5 月。那时候这房子还是新的。你和安德森先生带着孩子搬进来不久。你找我来是因为这个房子太大了，你一个人打扫不过来。而且那个时候你还在工作。"

　　"是吗？关于我的工作，你知道些什么？"

　　"你开了家书店，和另外那个小姐一起——格林小姐。你每天去书店工作，把孩子们扔在家里。那时候他们还是小宝宝，还不到两岁。"

　　"那是你照顾他们吗？"

　　她笑了："不是我。他们三个可不好带。我要打扫屋子，还要做饭，没法儿带他们。你请了个保姆，难道你不记得珍妮了吗？"

　　我摇了摇头："就算我记得……你就当我不记得了吧，说说。"

　　"她觉得自己很厉害，又有能力，那个姑娘。但要我说，她就是装腔作势。没有真本事。"她瘪了瘪嘴唇，"珍妮是个大学生，学的是儿童精神病学。大概是看小孩子脑子里的病。但她没找到对口的工作。你要问我，我也不知道为什么。但后来，我来这儿认识了她之后，大概能猜出来为什么了。她毕业没找到工作，就来这儿当保姆，给你们看孩子。"

　　阿尔玛迟疑了一下，接着说："其实这话我不该说。但那时候我就说了，现在再说一次也没什么。我有很多朋友，她们带过很多小孩，自己的也好，别人的也好，她们很积极地争取你们这个工作。但珍妮不一样，她是'专业的'。你那时候是这么说的，太太。"她哼了一下，"这几个小孩真可怜。自己的妈妈不在身边，他们需要一个像妈妈一样的人，而不需要一个把他们当小白鼠的人。"

　　我的脸瞬间阴沉了下来，阿尔玛试探着握住我的手，接着说："对不起，我不该说这些的。这么说太残忍了。"

　　我耸耸肩："没事，接着说吧。"

　　"珍妮在这儿干得比我久，她自以为了解这个家的一切，但我觉得她对孩子们太严格了，"她抽回手，"尤其是对迈克尔。"她喝了口咖啡，迟疑了一会儿，"她觉得迈克尔脑子有点问题，觉得他精神有问题。好吧，这个她说对了。我也不想这么说，太太，但迈克尔确实病了。可珍妮觉得她能治好迈克尔的病。迈克尔和另外两个孩子不一样，他们喜欢做的事情他不喜欢。其他小孩做的事情他不喜欢。扔球玩啊，听歌啊，看书啊，这种事情他不感兴趣。他总是坐在角落里哼着歌。珍妮总是拉他起来，逼他做另外两个孩子做的事情。她总是紧紧地抓住他的手。"说到这里，阿尔玛用自己的一只手紧紧抓住另一只，手都抓红了才放开。她叹了口气，我也跟着她叹着气。

她接着说："珍妮逼迈克尔和他们一起玩游戏，逼他唱歌。每次她把他拉起来的时候，迈克尔就崩溃大哭。他一哭，她就……"阿尔玛咬了咬嘴唇，"真的，这些你都不记得了吗，太太？一点都不记得了？"

我艰难地咽了口口水："接着说吧。"

"她就打他。"阿尔玛轻轻地说，"安德森太太，我心都碎了，看到那一幕。珍妮扇他耳光，于是他哭得更大声了，她就把他提起来，放在角落里，捂住他的嘴巴，不让他叫。他还是个小孩子啊，还那么小。另外两个和现在一样贴心，他们站在那儿，两个人手牵着手，不知道该怎么办，于是跑来拉我的裙子。他们还不太会说话，但我知道他们想说什么——'阿尔玛，想想办法。'但我什么也没做。我能做什么呢？能做什么？那个女人是个怪物，但那都不关我的事。我的工作只是打扫屋子、做饭，不是带孩子。"

"我们……"我柔声说，"安德森先生和我……我们一点都不知道吗？"

"我也不想这么说，但那孩子有精神病，脑子不对劲。而且大家都知道。安德森先生发现得比你早，他求你带迈克尔去看医生，但你说他没事，只是有点害羞，反应慢一点，学东西没有另外两个那么快。你说过一段时间就会好的。"

"但我们不知道……他被……那个女人……"

阿尔玛摇了摇头，"不，那个你们不知道。我应该告诉你们的。应该早点告诉你们的。"她垂下眼睛，"但我也说了，珍妮来得比我早。

我是新来的。那时候我不敢出声。怕丢了工作。"

"但你还是说了……最后还是说了。"

"嗯，过了一年多，我终于说了出来。"她的表情凝重，"我说出来之后，你们闪电般地辞了她，像……"她挥了挥手，在空中画了个"之"字形闪电的样子。"而我，我就开心了。再见！"她放下手中的杯子，"后来你就带迈克尔去看了医生，看医生怎么说。"

"医生怎么说？"

"他们说是你的错，太太。"她站了起来，"他们告诉你他生病了，有自闭症，他们治不好。他们还说，是因为他小时候需要妈妈，但他需要的时候你不在他身边。"

我能感觉到自己的表情很难看："你也这么认为吗，阿尔玛？你也相信是我的错吗？"

阿尔玛擦了擦我的盘子："太太，我说得太多了，我还得工作。既然你起来了，我就开吸尘器了，可以吗？"

"那好吧。"我自言自语道。我想闭上眼睛睡一觉，睁开眼睛就回家了。但我知道那不可能，现在还不是时候。好吧，这只是一家之言而已。虽然阿尔玛是个值得信赖的目击证人，但她说的这些不可能是全部，事情不可能完全是她说的这样。

如果真是这样的话，我一边洗咖啡杯一边想，为什么米奇和米茜就没事呢？如果因为我这个妈妈没当好，害迈克尔得了自闭症，那为什么我另外两个孩子没事呢？

但我很快就否定了自己这种轻易的想法。我内心有个声音暗暗告诉自己，事情不是那么简单的。如果是这样的话，那世界上该有多少自闭症患者呢？毕竟世界上有那么多不成功的妈妈。

我一边回房间换衣服，一边在想，事实是，这里面是有随机性的。

不知道怎的，迈克尔遇到的问题对米奇和米茜没有造成影响。而迈克尔遇到的问题，承认吧，凯蒂，就是你这个妈妈当得不好引起的。米奇和米茜比较幸运，躲过了这颗子弹，所以他们没事。

但他们真的会没事吗？阿尔玛只讲到我们辞退珍妮，后来带迈克尔去看医生的事情。但后面的事情我能猜出八九分了。那之后我一定是放弃了"好姐妹书店"，抛弃了弗里达，而且这些可能发生得很突然。后来我就在这儿，天天待在家带孩子，想要赎罪。我每天希望、祈祷，现在还不算太晚，祈祷我能补救对迈克尔造成的伤害，也希望另外两个孩子不会受到伤害。

我回了房间，瞟了一眼床上，被子还没叠，床单乱糟糟的，看上去昨晚躺在上面的人焦躁不安。或许我和拉尔斯昨晚确实焦躁难安吧。我穿过房间，整理好被子和床单，拍了拍枕头。我感觉整理床铺应该不是我要做的事，至少阿尔玛在的时候我不用做。尽管如此，我还是感觉自己应该做。

我打开柜门，看着柜子里的衣服，想找件合适的穿。可我看不清眼前的衣服了，眼前浮现的是几年前的生活片段。

我记得那些日子。不记得所有细节，但还记得一些。

我们辞退珍妮的时候，三个孩子才两岁半。我决定自己全身心地投入到家庭中去，相信我能补救之前的不足，能让迈克尔爱我，让他恢复正常，变成和另外两个一样。

我觉得在外面院子里干活会对我们有好处，于是那年春天我们开辟了个菜园，在干燥的土壤里种下一排排小生菜和胡萝卜的种子，还从我原来公寓旁边的一家店里买了几株西红柿藤，移栽到我们屋后，沿着篱笆种下。米奇和米茜老是拿种西红柿用的木桩打架，我总是得停下来制止他们，但最后我们还是做好了，番茄树也长得很好。"新鲜蔬菜。"

拉尔斯下班回家的时候我一脸得意地对他说，"新鲜蔬菜、新鲜空气，一切都会好起来的。"

我记得他赞赏地笑了笑，显然对老婆展现出来的新一面很满意。"种地的凯瑟琳，"他顿了顿，温和地看向孩子们，"和她的长工。"

我带着三个孩子在前面的院子里布置了花坛。我让孩子们选的种子，我们每天都期待着看到小花从地里钻出来，给我们的院子带来几抹亮色。米奇和米茜很喜欢玩得全身是泥，到处脏兮兮的，手里捏着暖和的泥土。但迈克尔很不喜欢这些，指甲里进了泥土的话他就会尖叫。

秋天的时候，我们大部分时间只能待在室内，我觉得富有想象力的游戏能帮迈克尔走出他一个人的小世界，而且米茜也想当公主。所以我们会玩装扮游戏。周六拉尔斯带孩子的时候，我就去二手店翻翻找找，买一堆丝质和蕾丝的衣服回家。然后我就在缝纫机上开始了我的魔法，把这些旧衣服变成了一件又一件戏服。这是我学会的另一项技能，我也希望它能把我变成一个巧妈妈，我相信自己可以的。

米茜特别喜欢我做的那些衣服，一天能换20套衣服，一会儿是灰姑娘，一会儿是睡美人，一会儿又变成了"克莱尔公主"。克莱尔本来就是她的名字，也是我妈妈的名字。"克莱尔公主"想和"乔恩王子"结婚——那是她给米奇取的名字。她会逼米奇穿上一件天鹅绒外套，头上戴个锡纸做的王冠。两个人老是咯咯地笑。她也试图对迈克尔这么做。"公主想跟几个王子结婚，就和几个王子结婚。"她像个公主一样发令。但迈克尔总是狠狠地撕下她给他穿的衣服，跑出去躲在自己房间床后面的角落里。

我想带迈克尔去公开场合能让他学着跟不同的人交流，于是我老带他们出去玩，去动物园、公园、图书馆之类的地方。尽管有辆车，有时候我们却不开车，而是坐公交车出门，因为米奇从3岁开始就爱上各种交通工具了。但是这样出门很累人，因为我永远不知道迈克尔会不会听话，永远不知道什么事情会让他发狂，甚至无缘无故地发狂——就像上次好姐妹书店来的那个女人，她的自闭症女儿一样。我现在完全能感受到她的感受，因为我带迈克尔出门的时候和她是一样的心情。有时候他们一天都很听话，但突然他又会毫无征兆地发狂，可能是他饿了，但我带的点心不是我答应他的那一种，也有可能是他想玩的那个秋千被另一个小朋友占了，或者仅仅是天气的缘故，前一天电视上天气预报说了是晴天，但天气忽然转凉了，云也多起来，于是他就会发作，尖叫、怒吼。看他这样，米奇和米茜会哭，我也忍不住跟着哭。我能做的只有把他们都安全地带回家。

等晚上拉尔斯下班回家的时候，我已经筋疲力尽了。唯一能做的只有安安静静地坐在沙发上，米奇和米茜依偎在我身边，我给他们讲着故事。

至于迈克尔，我记得每天晚上把他交给拉尔斯我都无比开心。我跟拉尔斯说好了，从他下班回家那一刻开始，带迈克尔就是他的任务。

尽管我很想补偿迈克尔，想要改变他，治好他的病，但到了晚上，不知为何，我一秒都不想和他多待。

他们快 4 岁的那个秋天，米奇和米茜开始去日托中心学习，每个星期去三个上午。按理来说，这应该会让我轻松一点。只用带一个孩子，虽然是迈克尔那样的孩子，但还是应该比带三个轻松，对吧？意外的是，我发现米奇和米茜去上学的时候日子更难熬。

我和迈克尔都很想他们，我们两个都不喜欢这样单独相处的时间。迈克尔很少说话，而且他说的话我总是要费劲猜测才能听懂。但尽管迈克尔不会说出来，我知道他不懂为什么他不能和弟弟妹妹一起去上学。除此之外，他也不明白为什么米奇和米茜必须去上学。每天早上我送他们去上学的时候，迈克尔老说"迈克尔也去"。我抱他站在门口的时候，他不停地摇着头，死死攥着我的手臂。我只想亲亲另外两个孩子，跟他们道别，但往往都没有那个机会。"迈克尔也去！要不别去。别，别，别去！"我只好把他拖进车里，于是他会发狂，用小拳头狠狠地打我，我急急忙忙地开车离开，日托所门口的其他妈妈总会盯着我们小声议论。

回家的路上，无论他怎么哭闹，我都静静地开车不说话。我知道我应该帮他、安慰他，但是无论我说什么、做什么，温柔地抚摸也好，柔声细语也好，怎么示好都没用，他总是不为所动。后来我就学会了，专心开车，让悔恨的泪水流回肚子里。我对自己说，我什么也做不了，对他我一点办法都没有。我早已经对他造成了伤害，现在补救已经来不及了。

一切都是我的错。

后来我开始让拉尔斯送他们两个去托儿所。这样情况有所好转了，但我还是很害怕每天去接人的时间，因为我永远不知道在放学的混乱中，在那一群妈妈和小孩中间，迈克尔会有什么表现。但我没法避免这件事，因为那个时候拉尔斯还在办公室上班。

从早上拉尔斯送他们去托儿所到晚上我开车去接他们回家的那段时间，我总觉得度日如年。我尽最大的努力让迈克尔高兴，想尽办法引起他的兴趣，坐在沙发上给他讲故事，按他喜欢的方式带他在小区里散散步，天气好的时候我会带他去操场，他常常在那里玩秋千，一坐就是几个小时。他很喜欢荡秋千，他玩秋千也能让我喘口气，厘清思路。秋千挂在链子上，稳稳地匀速摆动，对我和迈克尔来说都是种放松。

米奇和米茜对托儿所学到的东西充满了热情。他们很喜欢音乐课，回家路上总要我打开广播，跟着那些朗朗上口的儿歌一起唱。他们学会了字母表里的每个字母和它们的读音，没过多久就能熟练地从 1 数到 20。他们的进步让我很欣慰，看到他们这么像我，这么小就已经表现出在学习上非凡的乐趣和天赋。

但我的欣慰往往是苦涩的。虽然他们两个刚接触学校就表现得很好，但我和迈克尔却过得越来越差。

第二年他们上了幼儿园之后，情况更加糟糕。我很庆幸米奇和米茜上过托儿所，进幼儿园的时候他们还不满 5 岁，因此比班里的同学都小一点。但是他们两个彼此照应，而且已经上过一点学了，于是两个人都表现得很好。他们学会了写自己的名字，图画书上的字也认识了一些。画画也进步了不少，从潦草地乱写乱画到简笔画，再到能明显看出来的房屋、太阳、星星等图案。他们慢慢学会了，到家之后把外套挂在衣柜里，把鞋子摆得整整齐齐的，就像他们在幼儿园做的一样。见到他们这些进步，看到米奇和米茜这么聪明，又学到了这么多东西，我和拉尔斯开心得不得了。

可开心过后，一想到迈克尔，我们俩又陷入了沉默。

我们从来没有想过要送他去上学。不管怎么样，普通公立学校是肯定不行的。法律没有规定公立学校有责任教育他们，我们也觉得送他去对大家都不公平——逼他坐在一个普通教室里上课对老师、其他学生和迈克尔自己都不公平。我们知道，他会严重影响课堂秩序，而且他也学不到多少东西。他需要一对一的教育，但是学校的老师还要照顾整个教室的孩子，没有工夫单独教他。

当然，我们也想了其他的办法。我们去看了几个私立的特殊学校，他们专门招收不能正常上普通学校的孩子。但是那些学校的孩子要么已经学会很多东西了，迈克尔完全跟不上他们，要不就有严重的残疾，学校能做的只有照顾好他们，让他们的妈妈白天能歇会儿。

"我自己就能教他。"我对拉尔斯说，"我有教师资格证的，我也有经验。"

他用怀疑的眼光看着我。

"我可以的。"我坚持，"以前我班上偶尔也有几个不好教的孩子。"

"但没有像迈克尔这样的，对吧？而且他们都不是你自己的孩子啊。"

"确实……"我承认，"但是拉尔斯，说真的，我们还有别的选择吗？"

到了上幼儿园的年纪，我还没有给迈克尔上正式课程，但开始了一些基本的技能训练。我知道学会写字要先学会画圆、正方形、三角形等简单的形状，于是常常鼓励他画画。他有时候挺喜欢的，但他画的画基本上什么也不像。我还常常给他讲故事，希望哪一天他会喜欢上听故事，因为大多数经常听故事的小孩都会喜欢这个。迈克尔不像其他小朋友，他并不是很喜欢听故事，但他也会愿意安静地听一会儿。

等到米奇和米茜上了一年级，我才觉得迈克尔也是时候认真学习了。我安慰自己，虽然推迟了开始学习的年龄，但我有足够的时间教他。

无论要付出多大的代价。

我在餐桌上给他架了一张小桌子，把他放在桌子前，在他面前放几张草稿纸，然后教他写字母。我们从 A 开始学。我对他要求不高，只让他写字母 A，看书的时候再让他把 A 找出来。刚开始他还愿意配合，但时间一长，他的兴趣也一点点消磨殆尽。

我很绝望，觉得他什么也学不会了。他会背字母表，但背了也不会用。我问他能不能认出字母 A 的时候，他只会摇摇头。他不是个爱学习的学生，但很听话。我说该上课了的时候他不会反抗，坐在他的小桌子前开始写 A，过了一会儿他开始盯着面前的白墙，什么也不说，等着我说今天的课程结束了，他可以站起来了。一般经过两三个小时的辛苦教学之后，我太累了，准备放弃了，就会这么说，告诉他今天的课程结束了。

可是我不懂。"他知道怎么做。"我对拉尔斯说，"但他就是不想做。"

"他会明白的，总有一天会明白的。"

这是去年 10 月中旬发生的事情，之后就是万圣节，就是……那个星期。

我回过神来，还站在衣柜前，选了一条深色休闲裤、一件灰色毛衣，这样的打扮比较符合我现在的心情。我换上衣服，找了双长筒袜和一双黑色平底皮鞋，梳了梳头发，用发带绑到脑后。

我回到客厅，阿尔玛已经用吸尘器打扫过了，从落地窗到餐桌的地毯上呈现出吸尘器扫过的一条条线，我走过的时候在上面留下了脚印。我走到窗边，看到了拉尔斯的车。

拉尔斯停车之后给迈克尔开了车门，但我看到迈克尔一脸阴沉，抽抽搭搭的。这让我感到意外，因为他和拉尔斯在一起的时候似乎比和我在一起的时候开心。我走到门口迎接他们。

拉尔斯帮迈克尔脱了外套，"上楼去吧。"他对迈克尔说。迈克尔没说话，听话地上楼了。

拉尔斯朝我摇了摇头："我不知道你怎么做到每天一整天都做这件事的。"

我摇摇头："我也不知道自己是怎么做到的。"

他去厨房倒了杯咖啡，咖啡壶还热着："来点儿吗？"

"不用了，谢谢。"我给自己倒了杯水，拉尔斯朝办公室走去。我喝了口水，站在楼梯下听上面的动静。什么声音也没有，我想迈克尔可能在床上休息吧，于是跟着拉尔斯去了办公室。

我站在门口，看着他在打电话。"好，但今天不行。"他说，"嗯……不，我明白。"说着他瞟了我一眼，"等我一下，格拉迪斯。"他用手捂住电话的话筒，以恳求的语气对我说，"他们一定要我今天下午过去，我去的话你没事吗？"

我耸耸肩："我没事的，我只要……我想先跟你谈谈。"

他重新拿起电话，"格拉迪斯，告诉他们我 1 点半之前到。"他挂断电话，走到我身边，"我得换衣服，边换衣服边谈可以吗？"

我点头，跟着他走进卧室。

我们房间里有一张深绿色的粗呢单人沙发，和灰绿色的墙壁相得益彰。我在沙发上坐下，看着拉尔斯找了条裤子，笔挺的白衬衫和一条领带。虽然离得很远，但他换衣服的时候，我仍然能闻到他衣服上淡淡的清香。我看着他扣上扣子，看着他衬衫下宽阔的肩膀、坚实的胸膛。他真的是个很有魅力的男人，那么帅气又完美，能和他在一起实属幸运，我应该心生感激。

无论这是不是真的，我都应该为我拥有的一切感到高兴。

他看着镜子里的我："你感觉好点儿了吗？"

"嗯，死不了。"

"你昨晚看上去很难过。"

"拉尔斯。"我起身朝他走过去，站在他身边看着他，他准备系领带了，"我需要你帮我个忙。可能会很难。"

他转过身抱住我："要我做什么都可以。"

我闭了会儿眼睛，享受他抱着我的感觉、他身上的香味。如果我能沉浸在他的拥抱之中，忘记其他一切烦忧就好了。但我做不到。于是我睁开了眼睛。

"只要……"我叹了口气，小声说，"告诉我发生了什么事情，他们发生了什么，我父母。"

他歪着头："亲爱的，这些你知道的啊。"

我摇摇头，"不是，我是说后来发生了什么。"我挣脱他的怀抱，后退了两步，"我们怎么得到消息的？我们有什么反应？我们又是怎么告诉孩子们的？怎么……"我咬了咬嘴唇，"葬礼是什么样子？"

他看了我一眼，然后慢慢地、小心地系着领带。

他整理好着装之后，牵着我回到沙发旁边，轻轻按着我坐下。他在床角坐下，面对着我。"过程很艰难。"他摇了摇头。

我点头，当然会艰难。

"那天我请了一上午假，也帮米奇和米茜请了假，开着你的车去机场，高高兴兴地准备给外公外婆接风。孩子们都换上了万圣节的装扮，他们都高兴得不得了。"说着他看着我，眼神有些悲伤，"你也是，亲爱的。"他把手放在我的膝盖上，"凯瑟琳，也许我不该说这话，但是那天早上在车里……我觉得那是我最后一次看到你真正高兴的样子。"

我看着露台门外积雪的院子。我不记得当时的场景了，但我能想象出来。我知道孩子们会装扮成什么样子。米茜会扮成公主，因为她一直就是一个小公主。米奇会扮成流浪汉，或者魔术师、列车工程师，又或者是牛仔。米奇的想象力很丰富，所以他的装扮有无限可能。连迈克尔也会心情大好，或许我会劝他也打扮打扮，一点点就好。我会帮他做一件舒服又不太束缚的衣服。对了，我知道是什么了——小狗装，我会用毛毡做一对耷拉着的狗耳朵，粘在柔软宽松的头套上，下面就给他穿一件棕色的卫衣和一条普通的棕色裤子，屁股上装着一条毛毡做的斑点尾巴。

我也能想象出我自己的样子，我容光焕发，期待无比。去机场的路上，我会凑到反光镜前照照镜子，不断地整理我的头发，尽管那之前我已经让琳内娅给我做了个完美的发型。

拉尔斯开着车，吹着口哨和孩子们讲笑话。天气阴沉沉的，和现实世界里那天一样，但并不会影响到我们的好心情。

我能想象到我们到了机场，停车，进机场的画面。路人们盯着装扮好的三个可爱的孩子，笑着推推身边的人。我们往 18 号出口走去。

就是几天前，在现实世界里我去接他们的那个出口。

"他们本来要在洛杉矶转机的。"拉尔斯接着说，"他们本来要坐的洛杉矶那趟航班按预计时间到了。我们等着，在窗口看着，朝每个下飞机走上停机坪的人挥手，等着他们从出口出来。直到出口区域已经空无一人了。"

"'他们一定是误机了。'当时你说，'没想到他们居然没有先打电话过来。'"

"是啊，"我小声说，"如果误机的话他们一定会提前打电话的。"

拉尔斯点点头："出口旁有个空姐，于是我们去问了问她。她把我们领到服务台。服务台的人……他们好像在那儿等我们。一共有三个人，一个男的和两个女的。'是姓安德森吗？'我们走过去的时候一个女人问，'我们给你家打了电话，但那时候你们可能已经在来机场的路上了。我们很遗憾地通知你们，米勒先生和米勒太太在檀香山乘坐的航班……'"

拉尔斯没接着往下说。"好了，"过了一会儿他才说，"后面的事情你就知道了。"

"哦，"我轻舒了一口气，"他们没当着孩子的面说吧？"

他摇了摇头："这一点让我很生气。我以为……他们应该把我们两个叫到一边说的……"

"那怎么……后来呢？"

"情况很不好。"他说，"我们都哭了。你、孩子们，连我也哭了。我……凯瑟琳，他们人很好。我爱他们，把他们当作自己的亲生父母一样。"

他顿了顿，这时我想到了我们第一次通电话的场景。那时他告诉我他身体状况不好，不能去前线打仗。当时我在想我爸爸会怎么看待这件事。但现在我知道了，我意识到了，我了解我爸爸，他一点都不会在意这些。我知道我的爸爸，还有妈妈，都会很喜欢拉尔斯。他们会看到他有多么爱我、对我们的家庭奉献了多少。他们知道这些才是最重要的。而拉尔斯对我父母的印象也会很好。

"我自己的父母很早就走了……我一直觉得……我感觉……和汤姆和克莱尔在一起的时候，我感觉我再一次有了父母。"

就在那一刻，我对悲痛有了新的感受。从我小时候到刚成年的那些年，失去爷爷奶奶、宠物的时候，朋友在战争中丧生的时候，更不要提爸爸告诉我小弟弟死了的时候，每次得到这些消息的时候我都无比悲痛，觉得自己忍受着无尽的悲伤。但那都是我一个人的悲伤。我去参加葬礼，慰问逝者的家人，寄卡片对他们表示同情。但我不用担心别人是否一样悲痛。回家之后，我会崩溃大哭，想哭多久就哭多久，不用为了别人强忍泪水。

在那个世界里，我是自己世界的中心。当然，对其他人我也会关爱、照顾，而且对很多人都是如此。但到了晚上，我想的、做的，主要还是处理好自己的生活和自己的情感。

而在这个世界里，情况就不一样了。我的生活比那里的更复杂，我的爱也更广博了。即使我自己无比悲痛，我还要照顾其他人的情绪。

我伸手握住了拉尔斯的手："跟我说说……可以的话……跟我说说葬礼的情况。"

他耸了耸肩，"没有……嗯，追悼会上没有遗体，也没有棺材。什么都没有，只有……我们放了一些照片和花。"他微微一笑，"实际上我们准备了很多照片，摆了很多花，好像怎么也不够多似的。"

"因为我们只有那些。"我脱口而出，自己都不知道这话是什么意思，也不想去想是什么意思。

他又耸了耸肩，"不管怎么样，葬礼办得很好，教堂里人满为患。"他看了看别处，过了一会儿目光又移回我身上，"来了很多人，我不敢相信会来那么多人。你爸爸以前的同事，你妈妈在医院、社区做志愿者认识的所有人，你们以前在桃木山的所有邻居，我们这边的邻居，你的中学同学、大学同学，你那些年开书店认识的人……"他朝我微笑，"凯瑟琳，所有人，所有人都来了。"

对此我很感激，但其实我真正想知道的只有一个人。"拉尔斯。"

我柔声叫他。

"嗯?"

"她……弗里达来了吗?"

他突然站了起来,握住我的手。"凯瑟琳。"他说,"不要这么折磨你自己。"

我摇了摇头,一脸不相信的样子:"所以说她没来,她连我父母的葬礼都不愿意来。"

"亲爱的,"他蹲下对我说,"亲爱的,过去的有些事情……我们是没法改变的。"说着他站了起来,"和弗里达之间的事情你是没法改变的,一点都改变不了。"

我往后靠在沙发背上,眨了眨眼睛,没忍住流下了眼泪。

拉尔斯把手搭在我肩膀上,我看到他瞟了一眼床头柜上的闹钟。

"我没事。"我低声说,"我知道你要走了。"

"我不想这样抛下你走。"他看着我的眼睛,恳求道,"凯瑟琳,我觉得你要去看看医生,去看看精神科医生,好吗?我打电话问问……"

精神科医生,看医生……我想想这些年来医生对我说过的话,他们所谓的"真话"。医生告诉我妈妈不要再生孩子了。医生告诉我和拉尔斯我们的孩子得了不治之症,而且还是因为我。医生还告诉我——我想到了多年前凯文冷漠地拒绝了我,他说得不多,但他用行动表明了,我配不上一个医生。

想到这些,我摇摇头,抬头坚决地说:"我不看医生,我没事。"我起身抱住他,"谢谢你告诉我这些。我知道这很不可思议……我不记得这些事情。"

他点头,温柔地说:"有需要随时告诉我。无论你需要什么,凯瑟琳,无论什么事情,我都会为你做的。"

我笑了。他那么好,那么完美。

但他给不了我迫切想要的东西。

他没法帮我找回那些我在现实生活中最爱的人。

拉尔斯出门之后，我去厨房让阿尔玛给迈克尔做午饭。"那你吃什么？"她皱着眉头问我。

"我不吃。"我对她说，"我还不饿。"我在楼梯下叫迈克尔，听到声音他从房间里出来了。"下来吃午饭吧，宝贝，阿尔玛陪你一起吃。"说完我转头看她，"他吃完之后可以看电视，就不会碍你的事了，对吧？"

她耸耸肩，点了点头。我告诉她我要回房躺下。

我回了房间，在床上躺下，盖着一条毛毯，毯子的颜色和墙纸一样。我没见过这条毛毯，但认出了上面的花纹，是我妈妈最喜欢织的图案。一定是我们搬到这里来之后她给我们织的。大概是特地为这间新主卧做的吧。

我闭上眼睛，静静地等，知道自己会在哪里醒来。

第二十八章

我睁开眼睛的时候，外面是个大晴天，我在自己家客厅里，躺在沙发上。我身上盖着一条熟悉、舒适的毛毯，也是我妈妈织的。但这条是蓝色、紫色相间的，是我自己挑的颜色。阿斯兰蜷在我肚子旁边。

我没想到的是，妈妈坐在我右手边的扶手椅上，手上的毛衣针上下翻飞，看样子在织一件婴儿毛衣。蓝色的，给男孩子织的。"嗨。"我说，"你在这儿干什么呢？"

她抬头看着我，笑了笑，"早上好啊，我的宝贝。"她抬手看了眼手表，"不，是下午好。已经快两点了。"

"哦，天哪！"我掀开毛毯坐起来，阿斯兰被我突然的动作吓到了，也站了起来。它弓着背，然后在沙发那头躺下，看着妈妈手里翻飞的毛衣针。"我怎么会睡了这么久？"

妈妈耸了耸肩，"你11点还没去店里，弗里达就给我们打了电话，叫我们过来看看。"说着她皱了皱眉头，"你门都没锁，凯蒂。这样不安全的，你一个单身女人独居。看到你躺在沙发上，我心脏病都要犯了。我和你爸还以为有人入室抢劫，把你勒死在这儿了。"

我朝她做了个鬼脸，"呀！对不起啦，我睡得太沉了。"我揉了揉眼睛，"昨天你和爸爸走了之后我看了会儿书，应该是看着看着睡着了。"

"那应该是了。你一定是累坏了。我和你爸看你睡得那么沉，就没叫醒你。我们打电话给弗里达，跟她说明了情况。她说没关系，你应该休息一天。你爸爸就走了，他要去检查车子的刹车，说我们离家太久了，车子放车库里一直不用对刹车不好。他开车的时候觉得刹车有点不对劲……"她又耸了耸肩，"反正你一直都没醒。我就在这儿坐着，打着毛衣等你醒来。"

这确实是我妈妈的行事风格，在查看女儿安危的时候颇有远见，不忘带着织毛衣的袋子。

"你睡得很沉，好像不在这个世界一样。"说着她用毛衣针轻轻敲了我的额头。

我连忙躲开，笑着看她："你这是给谁打毛衣呢？"

她低头看看自己手里的成果，对我说："我邻居露丝的女儿。露丝和哈里你认识吧，你从家里搬出来那会儿，他们搬到了弗里曼以前住的地方。他们的女儿，叫萨利吧，1 月份要生了。"她耸了耸肩，接着说，"露丝坚持认为是个男孩。萨利已经有个女儿了，所以她说这下一定要生个男孩。"说着她朝我眨了眨眼睛，"但我也要打一件粉红色的，以防万一。"

我也朝她眨眨眼睛，"想得真周到啊，妈妈。"我看着窗外，"不是每个人都可以儿女双全的。"

她摇了摇头，没有看我："确实。"我知道她一定在想我那三个弟弟，三个没有出生就离开了的宝宝。

"妈。"我转过头看她，用毛毯盖着腿。她抬头看着我。"你有没有……你会不会不高兴……"我有些犹豫，但还是继续说了下去，"我没结婚不生孩子啊？"

她的目光重新回到手里的毛衣针上，"你这个问题问得不好。我不高兴？这么说太奇怪了吧。"她打完一行，抬头看着我，"以前我希望你结婚生孩子吗？当然了。哪个妈妈会不希望自己的女儿有个好归宿、好家庭呢？但你没结婚我会'不高兴'吗？这么说太蠢了。我只希望你高兴就好，你看起来……"她开始打下一行了，"你和弗里达，你们俩看起来都挺高兴的。"

我大笑，"你还说我的说法奇怪呢！"我抬了抬手臂，放松了一下肩膀，"我和弗里达不是恋人，妈妈。"

她脸红了起来："当然不是了。我的意思不是……我说的不是那个意思，凯蒂。"

"有些女人确实是那样的。"我调皮地说。

"我知道的，宝贝。我又不是个啥也不知道的父母。"

"但我和弗里达不是。我们对对方没有那种情感。"话题朝我意想不到的方向转移了，现在我开始觉得脸红害羞了。我和妈妈聊天一直都很坦诚，但我很确定，在我学会说话的 30 多年以来，我们俩从来没有讨论过女同性恋这个话题，无论是从个人的角度还是单纯的社会学角度。

"嗯。"她放下手里的棒针，若有所思地说，"你和弗里达是真正的知己，这样的人不是天天有的。有些人一辈子都在寻找。有些人，可以说是很多人，结了婚之后也没和自己的丈夫或妻子成为真正的知己。"

这让我想到了我和拉尔斯。在那个世界里，我们算吗？我们是妈妈口中那种"真正的知己"吗？我觉得我们应该是吧。他似乎很懂我的样子，好像认识了我很久很久，就像这个世界里的弗里达一样。

在那个世界里，如果没有拉尔斯的话，我能依赖谁呢？我依赖得最多的只有他了。没有他的话，我怎么处理好迈克尔的事情呢？从我在梦中生活仅有的记忆来看，很明显，对迈克尔而言我不是个好妈妈，过去不是，以后也不会是。而且如果没有拉尔斯的话，我会做得更糟糕。

但我忽然意识到，我在那个世界里还可以依赖其他人。

那就是我的父母。在那儿，他们也坚定地守护着我。

而且不仅是我，更重要的是，他们还守护着迈克尔。

另一段记忆涌上心头，或许也可能是我自己编造的画面吧，谁知道呢？不管怎么样，我脑海里浮现出一个画面，画面里有我的孩子、我自己，还有我妈妈。

我们在图书馆里。那是德克尔图书馆分馆，离我以前住的地方和好姐妹书店都很近。难道南山区附近没有图书馆吗？那边在进行那么多新建设，我以为一定也有图书馆呢。可能还没建成吧，也可能已经建成了，但在那个世界里，我更喜欢去老家附近的老图书馆。

我们在儿童图书区域，而且当时是讲故事时间。我们所有人——妈妈、米奇、米茜、迈克尔，还有我，都盘着腿坐在地毯上。还有很多其他妈妈和小孩，也在听故事。小孩的年纪看上去都和我家孩子差不多，三四岁的样子。

图书管理员拿起一本书读了起来，书名叫《会飞的安妮》，讲的是一个小女孩的爸爸有一架单引擎飞机，带着女儿到处飞。爸爸开飞机带女儿去参加夏令营。真是个幸运的小女孩。

孩子们都认认真真地听着，偶尔有人稍微动一下，但故事很有吸引力，那个图书管理员也很会讲故事，吸引了在场所有人的注意力。

所有人，除了迈克尔。

他坐在我旁边，抱着腿坐着，上半身左右摇晃。我之前看见他这样过，知道这个动作能帮他集中注意力，不受身边事情的干扰。他以稳定的节奏晃动着，没发出什么声音，但我注意到他的动作越来越大了。可能他自己也没注意到，随着故事的发展，他也晃得越来越快了。

我不是唯一一个注意到他的人。几个坐在我身边的妈妈转过头盯着他。其中两个凑在一起小声嘀咕，然后又看着我，我知道她们在想什么：那小孩有什么毛病？

我妈妈的目光盯着前面的图书管理员，米奇和米茜分别坐在她的两边，她搂着他们俩，他们则依偎在她身上。

迈克尔的动作越来越大，左右摇晃身体的时候肩膀几乎要碰到地板了。我得承认，他的动作很容易分散别人的注意力。我低下了头，觉得很不好意思，但不是为迈克尔觉得不好意思。令我羞愧的是，作为一个妈妈，当时的我居然那么希望我的儿子是个正常人。

其中有个妈妈凑过来对我说："你儿子的动作太令人分心了，其他小朋友都不能集中注意力了。"她声音很大，说着饶有深意地看着我，"我觉得他不应该待在这儿，你说呢？"

我盯着那个女人，不知道该如何回答，只能强忍泪水。

在我回答之前，我妈妈坐了过来，拦在那些妈妈、孩子和我们之间，把我和迈克尔护在左边。尽管她已经50多岁了，但精神还是很好。她搂着我，伸手轻轻揉了揉迈克尔的头发，严厉地对那个女人说："这个孩子有权利坐在这儿听故事，和你家孩子一样。他和他的妈妈完全可以待在这儿，和其他的妈妈和孩子一样。"她环顾周围的女人，"和你们所有人和你们的孩子有同样的权利。"她举起手，用食指指着她们，对其他妈妈说，"别忘了，所有孩子都是上帝的孩子。"

说完，她把手伸进口袋里，掏出一张手帕给我："把眼泪擦了，我漂亮的女儿，这些人不值得你掉眼泪。"

想到这个画面，我赞赏地看着妈妈，对这段回忆充满了感激，因为现在我知道了，在那个世界里，她不仅为我说话，还为我的孩子说话。

可这时我又想到，那个世界里的她已经不复存在了，再也不会出现了。

我不想想这件事情，尽量让思绪回到现在的谈话。我们刚刚聊到什么了？肯定不是孩子，因为在这个世界里我没有孩子。

哦，对了，我想起来了，知己。

"我也觉得。"我柔声说，"要结婚的话，陪伴应该是最重要的一部分了。"

她点点头，端详着腿上的毛衣。"确实。"她附和，"你知道，另外那部分……生理的部分……不会永远那么合意。"

天啊，她这是要跟我说什么？"你是说……你和爸爸……"

"天哪！凯蒂，我才不打算和自己的女儿聊这些呢。"她从袋子里拿出一团毛线，阿斯兰拍着毛线球玩。"走开。"她把阿斯兰的爪子推开，它跳了下去，往厨房走去了，肯定是去看碗里还有没有吃的了。

"但你们俩还好吧？"我看着她，坐起来穿上了拖鞋，"你和爸爸，还好吧？你们还幸福吗？"我的声音有些嘶哑，"求你说你们很幸福。"

她笑了笑，"我和你爸爸结婚已经很多年了，幸运的是到现在我们仍愿意待在一起。我们知道怎么达成共识，这一点很幸运。我想一天到晚和他待在一起吗？他愿意一天到晚和我待在一起吗？当然不了。他老去打高尔夫，喜欢看书，有他自己的朋友，有很多事情做。我也有我的事情，打毛衣、和闺密们聚会聊天、去医院做志愿者。到了晚上，我们才会回家待在一起。我们是真正的伴侣？是的。但那并不意味着我们要一直腻在一起。而且——"说着她又从袋子里扯出了毛线，"婚姻就应该这样。"她皱了皱眉，"你确实需要一个伴侣，但不能让自己的世界围着一个人转。"

"嗯，"我缓缓地说，"确实，即使结婚了……生活中还应该有别的东西。不只有老公，甚至不能只围着孩子转。"我眨了眨眼睛，接着说，"家庭很重要，家庭可以说是人生中最重要的了。但它不是全部。如果家庭成了你的全部……"我下意识地看向别处，看着前面的窗户，"如果家庭成了全部，家庭生活不如意的时候，你就会无比失落，因为你没有别的了。"

"对。"她轻轻地叠好打好的毛衣，放回袋子里，接着问我，"不然你觉得我为什么要去医院做志愿者，和那些可怜的孩子待在一起呢？我为什么要在那儿待那么久呢？如果事情有不一样的发展我还会那么做吗？如果你不是独生女呢？"

我从来没有想过这个。在她那个年代，已婚女性出去工作的很少。现在工作的已婚女性也不算太多，但比我小时候多多了。这样的生活方式对我妈妈来说是毋庸置疑的，对当时的大多数女人来说都是如此。但是她只有我一个孩子，而且她其实希望有更多孩子，等我稍微大点的时候，等我上了学，她的时间都用来干什么呢？她有大把时间花在我身上，她确实也为我做了很多。但我是个好孩子，是个很好带的孩子。她常常这么说，实际上他们俩都这么说。只有一个好带的孩子，她一定有很多空闲的时间，所以她才把时间花在其他孩子身上，把那些孩子当成了她没出生的孩子。

"好吧。"她从椅子上站起来，轻松地说，"既然你没事，我要给你爸爸打电话。他应该已经回家了，我叫他过来接我。"

妈妈回家之后，我打电话给弗里达道了个歉。"没关系的。"她说，"你没事就好。"

"我马上过来。"我说。

"不用了，凯蒂。生意不好。"

这几年什么时候生意好过呢？"没事儿。"我坚持，"我10分钟后到。"

走路去店里的路上，我还在想刚刚和妈妈的对话，我想到了我在另外那个世界的生活，想到在那儿我拥有什么，又失去了什么。我离开了弗里达，放弃了书店，改变我以前的生活方式，全身心地照顾孩子，这是我应该做的事情，也是我唯一能做的。现在我知道的，在那个世界里待了那么久、看到了那么多，还有那些回忆，现在我明白了，我别无选择。

尽管如此，毫无疑问，在那个世界里，我把自己埋进了一个洞里。洞里有我对迈克尔的歉疚，有对和弗里达分道扬镳的震惊，还有失去双亲的悲痛。这三件令人心痛的事情像三座大山，给那个世界里美好的一切都蒙上了一层阴影。

我摇了摇头。即使在这儿，在另一个世界里，我还是没法翻过那三座大山。它们挡在我面前，让我看不到生活中其他的一切。

那天晚上，书店关门之后，我和弗里达一起出去喝了点酒。虽然是星期六的晚上，但我和弗里达都不想跑太远，所以就去了丹佛大学附近的一家酒馆，叫体育馆酒吧，就在埃文斯街上。我和弗里达上大学的时候，周六晚上，丹佛大学的足球赛结束之后，这儿总是人满为患。根本找不到空座，挤得水泄不通。但去年丹佛大学解散了足球队，附近的居民都有些失落，尤其是附近的酒吧老板。

时间还早，刚过 5 点，酒吧里只有我们两个。我们在背对门口的一个座位上坐下。店里似乎没有服务员，于是我自己去吧台点酒。酒保是个微笑着的中老年男人，有点像布拉德利。我给弗里达点了一杯马天尼，自己要了杯红酒。"免费的。"酒保把两杯酒放在我面前，对我说。

我一脸惊讶："免费，为什么？"

他耸了耸肩，眼睛深邃而和蔼："就当是我今天做了件好事吧。"

我摇了摇头："那好吧，谢了。"说完在吧台上给他留了一美元的小费。

我回到桌上，把酒放在弗里达面前，告诉她吧台的事情。"奇怪，"她说，"那好吧，白送的就不要吹毛求疵了。"她喝了口马天尼，闭上了眼睛，"嗯，不错。"

我笑笑，没说话。这杯红酒我打算慢慢喝，最近酒喝得太多了，在这儿喝得多，在那个世界里也喝得不少。

弗里达放下酒杯，点了根烟，平静地说："凯蒂，我们要做决定了。我们租的店 11 月底就到期了。我们现在就可以告诉布拉德利我们不打算再租了。我知道这个月又过了几天，但他会理解我们的。"她又喝了一口酒，"昨天我打过电话。购物中心那边的管理公司。我给他们打了电话，他们说那个门面还没有租出去。"她的眼神里充满了期待，"尽快开张的话，我们还能赶上圣诞节购物季。"

我知道我不应该这么做，于是喝了几大口红酒。不管了，我得给自己点勇气说出来。

"弗里达。"我终于开了口，"如果说……你觉得……如果我不想做这个了怎么办？"

她盯着我："你说什么？"

我叹了口气，接着说："呃，是这样。我知道我们在往上走，我知道这是未来的趋势，我也知道好姐妹书店继续开在这儿是没有未来的。这些我都知道。"我又喝了几口酒，"但我最近想了很多，你说的那些都对，但是……我不知道怎么说，弗里达，我感觉我的心不在这儿。"

"你的心？"她吸了口烟，抬头朝天花板吐着烟圈，然后回头看着我，"这是我们的工作啊，好姐妹。"

"我知道。但即使是工作……"我绝望地看着周围，好像旁边会有提词器之类的告诉我该怎么说似的。"也得喜欢吧。"我终于说了出来，"你得喜欢自己的工作啊。但我觉得……我觉得……"我的声音小了很多，"我觉得我不会喜欢在那儿开店。"

弗里达喝完了杯里的酒，吧台上出现了个服务员，应该是刚来换班的。他看上去是个年轻的大学生，身材瘦长，像以前的凯文，也像我和弗里达不久前见到的现在的凯文。弗里达朝他招了招手，让他给我们倒酒。

"你是害怕改变。"她说。那个服务员朝她点了点头，从吧台后面出来。

"我没有。才不是害怕改变。坦白说，我感觉是时候改变了。"

"是吗？改变什么？"

我握着空酒杯："我在想……两件事情。一个是当辅导老师，就像我给格雷格做的那样。指导那些有阅读障碍的学生学会阅读。有很多这样的孩子，他们不会学习。但他们必须学习，现在这个年代文盲是没法生存的。而且我能……我能帮到他们。我会做得很好的，我现在就做得很好。我可以自己开个培训班，或者去学校工作，现在有的学校有这种职位。有经验的话，老师或者其他人可以专门教阅读，可能是一对一教学，也可能是小班教学。我可以做这个。"

我们的酒来了。我在想，这两杯还免费吗？弗里达喝了口酒，"你确实可以做这个，专门做这个。"我能听出来她在极力控制自己的情绪，"你可以做这个，凯蒂，而且你会做得很好。"她放下酒杯，接着说，"另外一件事是什么？"

"另外一件事……我在给格雷格写书，那些关于棒球的书。我写得很简单，让他能读而且读懂，没有太高级。你知道的，这么做很有用，他进步了很多。我写的东西是他感兴趣的内容，用词、造句又很简单，他能看懂……这对他很有用。我觉得……"我看了看别处，又回头看着她，"我觉得现在这个行业对这样的儿童书作家有需求，能写这种书的作家。"

"嗯。"弗里达紧闭着双唇，"这些想法都很好，凯蒂。"

我点了点头。我们俩沉默了半晌。

她两只手握着酒杯，若有所思地转着杯子："跟你说点事情，你会不会生气？"

我笑了："当然不会了，我生什么气。"

她低下头："我……我最近认识了一个人，凯蒂。一个男人。"

"真的吗？"我立即坐直了身子，"在哪儿认识的？什么时候的事情？"

"你先别激动，"她说，"我还不知道事情会不会往那方面发展。我自己还没想清楚。"她笑了笑，接着说，"他跟我说了他对我的感觉，但我还不确定自己的感觉。事情是这样……"她眼神里闪着光，"他是个投资商，专门投资小生意的。给小生意投钱，再想办法把生意做大做强。"

"哦。"我说，"那……这很有前途啊。"

"但我不想让你也承担风险，我不敢跟你说，因为我知道有风险。对生意来说是风险，对我个人来说也是。这很重要，要你和我一起做这些不公平。但如果你不想做了……"她移走了目光，"那样的话事情就没那么复杂了。那就是我自己的责任，我自己的风险。"

"你在哪儿认识的这个人？"

"在我弟弟罗布家里，很难相信吧，唐尼的生日聚会上认识的。他的孩子是唐尼的同学。他离异了。周六居然会带孩子去同学的生日会，挺好的吧？"

"确实。"我说，"很好。他叫什么？"

"吉姆·布鲁克斯，他……"她好像突然脸红了，一点都不像平时的她，但我觉得挺可爱的。"凯蒂，他是个好人。聪明、成功，而且人还很好。我从来没有……"她抬头看着我，害羞地笑笑，"现在遇到了，我都 38 岁了……我从来没想过爱情会降临在我身上，我以为我人生的那个篇章已经翻过去了。"

那怎么可能呢？她还和以前一样漂亮。是，她眼睛周围是有细纹了，也有几根发灰的头发了，但她还是很有气质，像个女王一样，和中学的时候一样。聪明、成功的好男人当然会注意到她！

　　我暗暗想，之前没有出现的唯一原因只是没有缘分吧。到现在为止，缘分没让她在正确的时间遇上正确的人。

　　我也没遇上那个缘分。这个世界是没有了。

　　我握住她的手："我为你高兴，无论只是生意，还是有其他的。不管怎么样，听起来都是件好事。"我喝光了杯里的酒。这样的话，事情就决定了。

　　她笑了笑，"可能是好事吧。可能是。"她从包里拿出钱包，从钱包里抽出几张钞票放在桌上，但那个服务员看着她摇了摇头，示意她把钱收起来。"奇怪了。"她皱了皱眉头，把钱收回钱包里，转头看向我，若有所思地重复道，"是件好事……"

　　"但你不会去别的地方，对吧？"我的语气中充满了恳求，"这个男人，叫吉姆·布鲁克斯的这个男人，他住在这儿，孩子也在这儿。就算……就算我们不在一起开店了，我们还会和以前一样亲近吧，对吧？"

　　她笑着摇了摇头，"你做的那些梦呢？在那个世界里，谁离开去开始新生活了？谁抛弃了谁啊？"说着她笑了，握紧了我的手，"别担心，亲爱的。你一直在我的心里。"她喝光了杯里的酒，接着说，"但我的心很大，除了你还能装下别人。"

第二十九章

我醒来的时候又回到了斯普林菲尔德街上那所房子，我在主卧里醒来，外面天色很暗。我不知道今天星期几，也不知道在这个世界里过去了多长时间。我记得上次在这儿躺下的时候我穿着灰色的休闲裤和毛衣，但现在我的衣服已经换了——我穿着一件白衬衫和一条深红色的短裙。这说明在这之间我肯定起过床了，开始了忙碌的生活。想到这儿，我忍不住笑了。因为这不是真正的生活，这些全是我想象出来的。

我走到客厅，拉尔斯坐在粗呢沙发上读着《一条鱼·两条鱼》，三个孩子挤在他身边坐着。外面天色昏暗，下着小雪。我想，我可能睡着了，错过了吃晚餐。当然了，不是上个梦里我错过的那顿晚餐，这应该是另一天的另一顿晚餐。谁知道这里的时间过得多快呢？可能刚过去一天，也可能已经过了两个星期，甚至已经过了一个月。想到这儿，我突然没忍住笑了起来。拉尔斯抬头看着我，我问他："今天星期几？"

他瞟了一眼手表："你是想问几点了吗？7点了，亲爱的。"

"不是。"我笑道，"我是问今天星期几？"我在沙发扶手上坐下，坐在米茜身边。"我睡着之后就不记得日子了。"我对他说，"醒来之后，我甚至都不知道自己在哪儿。"

"凯瑟琳。"他把书放在咖啡桌上，轻轻地把米奇往旁边推了推，给我挪了个位置。我坐到拉尔斯和米奇中间，米茜坐在米奇旁边，迈克尔坐在拉尔斯另一侧。我突然想到，我们这样坐在一起的样子一定是一幅很温馨的家庭图景。

"你一定是想得太多，太疲惫了，亲爱的。"拉尔斯温柔地对我说。

"爸爸，疲惫是什么意思啊？"米奇问。

"就是担心。"我回答他，"爸爸觉得妈妈太担心了，没别的。"

"那你在担心什么呢？"

我又笑了："没什么，宝贝。什么事也没有，因为妈妈没什么需要担心的，什么也没有。"

"妈妈觉得我们不是真实存在的。"迈克尔那边发出一个小小的声音。

"什么？"拉尔斯大声问道，"你说什么，迈克尔？"

我们都看着迈克尔。他说："她觉得我们都是她自己想象出来的，"说着他轻轻拍了拍自己的额头，"她自己脑子里想象出来的。"

我震惊得说不出话，这个家里我以为最不可能理解我的人，居然一针见血地说出了我内心的想法。

"好了，"拉尔斯起身，"该睡觉了，孩子们。"

于是我们开始为孩子们睡觉忙碌起来：给三个孩子洗澡，给米奇和迈克尔准备睡衣，给米茜准备睡裙、梳头发。尽管米茜长着一头蓬乱的鬈发，但我给她梳头发的时候她一直很耐心。我想起来，小时候妈妈梳我这一头乱蓬蓬的头发时，我总是觉得很难受，于是现在我尽量轻柔地给女儿梳头。

显然，我和拉尔斯会轮换着哄孩子们睡觉，因为今晚我在哄米茜。她躺在被子里，眼睛睁得大大的，看着窗外飘落的雪花，问我："你觉得明天我们还要上学吗？"

我耸了耸肩："那要看今晚下多少雪了。"

可是知道结果的时候我还会在这儿吗？这我没法确定，不知道到了早上我会留在这个世界，还是已经去了那个世界。想到这个事实，我不禁感到一阵悲伤。

我们读了《灰姑娘》，她说这是她最喜欢的故事。抱抱、亲亲，又唱了两首歌之后，我帮她掖好被子，道了晚安，"睡个好觉，克莱尔公主。"我温柔地说。

米茜睁大了眼睛："我很久没叫这个名字了，妈妈。"

"我知道，"我说，"但是你永远都是妈妈的公主啊。"

我想起我那天的想法，现在想想那已经是很久之前了，我带着米茜、米奇去买鞋子那天，我想只要米茜是真实存在的，而且是我的女儿，我愿意为她放弃一切。

一切吗，凯蒂？你真的愿意为她放弃一切吗？

我颤抖着用手梳了梳米茜额前的一缕头发，凑到她耳边轻声说："我爱你。"

她笑了，对我说："我也爱你，妈妈。"

我到了楼下，等拉尔斯哄完两个儿子睡觉。客厅里很安静，我从咖啡桌上拿起《丹佛邮报》，头版右边的头条上赫然写着"三位歌唱家丧生空难"。

我颤抖着拿起报纸，看了眼日期，上面写着"1963年3月6日，星期三"。

我迅速看完了这篇报道。空难是昨天晚上发生的，也就是星期二，大概晚上6点的时候，三个乡村音乐歌手——牛仔卡布斯、侦探霍金斯、佩茜·克莱恩不幸丧生。

"不……"我在安静的客厅里自言自语道，"哦，不……不要……"

他们乘坐的是一架小型飞机，驾驶飞机的是佩茜的经纪人兰迪·休斯。

天气非常不好，飞行中遇上了一场风暴，机上所有人员全部不幸丧生。

我的眼里顿时满含热泪，我觉得太不公平了。好人，对生活有那么多期盼的人，不应该就这么死了。

"佩茜，我会想你的。"我一个人在静静的客厅里大声说。我暗暗提醒自己，回到现实世界之后要留意佩茜·克莱恩的演出安排。我想，或许在她过世之前，我还能找个机会去看她的演唱会吧。

想到这儿，我摇了摇头，为自己愚蠢的想象感到有些好笑。我提醒自己，这些全是我自己想象出来的。在这个世界里，我自己设计出最喜欢的歌手坠机的桥段也是很有可能的。我冷静地告诉自己，这只是我从父母不幸的阴霾中走出来的办法而已，这并不意味着这件事情真的会发生。

拉尔斯下了楼梯，静静地在我身边坐下。我给他看了看报纸，说："佩茜死了。"抑制不住地颤抖着。

他点头："我知道，今天吃晚饭的时候我们还谈论了这件事，你不记得了吗？"

我摇头："我一点都不记得了。我只知道，这个报纸上说我一直以来最喜欢的歌手死了。"

拉尔斯又点了点头："我也很遗憾，亲爱的。我知道你很喜欢她。"

"但没事，这些全是我自己想象出来的。"我的语气轻松了一些，"她不会死的。所有这一切都不会发生，所以也不会有那种结果。"

他叹了口气："凯瑟琳……"

我握紧了他的手："你知道吗，有时候，我真的希望这个世界是真的。这个世界里有些事情那么美好，我多么希望它们是真的啊。但其他的事情……"我摇了摇头，指了指报纸，想起了我父母的事情。

他双手捧住我的脸，让我转过去面对着他："我怎么帮你呢，凯瑟琳？我怎么才能让你相信这才是真实世界呢？"

我挣脱他的手，摇了摇头，"你说服不了我的。在那个世界里弗里达做不到，在这儿你也做不到。"我思考了一会儿，对他说，"告诉我，我大部分时候是什么样子的？你说我们今晚聊了佩茜的事情，可我不记得了。但我不可能一直都是这样吧？一直不记得事情？觉得我有另外一种人生？"

"你不是一直这样的。"拉尔斯回答，"大部分时候，你就和平时一样，做你平时做的事情。照顾孩子，照顾这个家。你不会……"说到这儿他咬了咬嘴唇，"你很少提到你的父母。就算有时不经意提到他们的名字，你通常也会转换话题。孩子们问过我这件事情，我就对他们说……"他耸了耸肩，接着说，"我说妈妈还需要一些时间。"

我点头，这些事情我一点都不记得了。我试图想象自己，或者说是想象凯瑟琳，在这个生活里的样子：她一天忙忙碌碌，照顾孩子；在购物中心遇到邻居，说得出他们的名字；去超市买菜也不用别人提醒怎么走。这样的我太难想象了。

但我对这样的生活有一丝渴望，很想知道那是什么感觉，在这个世界里成为真正的自己，成为一直待在这个世界里的凯瑟琳的感觉。

"那我……我这样……多久了？"我问他。

他眉头微蹙："几个星期吧。那件事情……刚发生的那段时间……你似乎挺好的。我们给孩子们过了生日，又过了感恩节、圣诞节……现在回头想想，我当时觉得你没事，但可能你只是装装样子吧，故意让自己忙起来，不去想那件事情。直到元旦过后的几个星期，你才……"他没有继续说下去。

我点了点头，我可以理解自己这样的行为。失去了自己的父母，我用尽了每一丝对孩子们爱的力量，撑着自己度过了孩子们的生日和各种节日。我像个机器人一样度过了那些日子。可是等那段时间过去，我面临着崭新的一年，却看不到任何可以期待的东西，于是我终于在绝望面前投降了。

我意识到，在那个时候，想象的世界就占据了我的头脑。

于是我接着问拉尔斯："你能看出来我什么时候……我什么时候进入了那个世界吗？"

"大多数时候能看出来，"他回答，"常常是你晚上睡着的时候，或者是早上刚醒来的时候，我能感觉到你醒了，但是并没有恢复意识，心不在焉的。有时候也可能是白天，你的眼神变得很迷离……一般只会持续一会儿，很快你就会走出来，变回正常的自己。"

我笑了："在这儿的那一会儿在那边可能是几天？"

拉尔斯没回答，却问了一句让我吃惊的话："那边是什么样子？另外那个世界里？"

于是我告诉了他。告诉他我租的房子，我和阿斯兰一起住的温馨小屋。跟他讲格雷格·汉森的事情，刚开始他连很简单的句子也看不懂，但我教他之后他取得了很大的进步，我也很喜欢这样一对一的教学。我还说了给格雷格写书让我很高兴，书里写的是棒球，还写到了威利·梅斯和旧金山巨人队。

拉尔斯点点头："嗯，这方面你懂很多。"

我爆发了一阵笑容，但他看上去是认真的。于是我问他："你在开玩笑，对吧？我对棒球一窍不通，我知道的棒球知识都是给格雷格写书之后才知道的。"

"凯瑟琳。"他温和地笑笑，"你知道关于棒球的一切。因为我喜欢棒球，孩子们也喜欢，于是你也对棒球产生了兴趣。去年秋天我们一直在关注世界大赛，好像这个比赛事关我们的未来似的。"他吃惊地看着我，"你真的不记得了吗？"

我耸耸肩："我真的不记得了。"

他摇了摇头："好吧，再说说另外那个世界的事情。"

我说了爸爸妈妈回来的场景，我们很高兴，一起吃了晚饭，一家人都很放松，一顿饭吃了很久。我还告诉了他，那天下午妈妈在我家打毛衣的时候我和她的对话，说到这儿我开心地笑了。

一边讲述着这些事情的时候，我意识到从这个世界的角度来看，那些事情无异于一份礼物——我给自己的一份独特的礼物。我丰富的想象力给了我机会，让我能和我父母、弗里达多一点相处的时间。也给了我和格雷格相处的机会，在教他的过程中，我渐渐知道了我自己希望成为什么样的人、希望做什么事情。

我还和拉尔斯说起了好姐妹书店的事情。这个书店他是知道的，但我跟他说的和他本来知道的完全不一样。我和他说了我和弗里达每天在店里喝了很多杯咖啡，中午我们会去街上那个三明治店吃点午饭，打烊之后我们去外面喝点酒，还说了我和弗里达最近的谈话。我说到我们现在有一个很好的机会，可以关掉珍珠街上这家店，去购物中心重新开一家，但是我不太愿意这么做，而弗里达对这个想法充满了热情。

"那里的一切也在变化。"我说，"DNA 尽管如此，那里还是很完美。"我耸了耸肩，"我和弗里达确实走到了事业的交叉路口，但这个选择是愉快的，我打算……"我觉得跟他说这个有些蠢，因为这像是凯蒂的作风，可不像是凯瑟琳会做的事情。但我还是说了出来，"我打算找个工作，做家教或是专门的阅读老师。我发现自己很喜欢这种一对一的教学，我很想念这样教书的感觉。"我的声音里充满了欢快的喜悦和热情。"我还想写儿童书籍。"我接着说，"写书给格雷格那样的孩子看，还有其他的孩子……"我想到了迈克尔，"其他阅读有困难的孩子。"

"是吗？"他笑了，而且不是嘲笑，他似乎真的露出了欣赏的笑容，

"教书、写书，这些就是你真正想做的事情吗？"

我耸了耸肩："我不知道啊。在这儿，在这个世界里，这些事情似乎是不可能的，对吧？"

"怎么会呢？"他坐直身体，握住了我的手，"你很聪明，凯瑟琳。你做事情很有决断。至少过去是这样，在那之前……"说着他闭紧了双唇，"对不起，我不该说这个的。"

"没关系，你说得对。"我想起了那令人悲伤的三座大山，"在这个世界里，我对这些都失去了热情。迈克尔、弗里达，还有我父母过世的事情，已经让我疲惫不堪了。"

"你可以好起来的。"他说，"你想做什么都可以去做，亲爱的。我不希望你觉得被家里的事情牵绊了。"

"嗯，"我又瞟了一眼报纸，然后看着他，"看情况吧。"

那天晚上在床上，我们充满了激情。我们动作很慢，慢慢抚摸着对方的每一寸肌肤。手在对方身上缓慢移动，好像是第一次结合。我记住他的身体、他身体靠近我的温暖。我靠在他的胸膛上，呼吸着他干净而令人陶醉的清香。我伸手感受他的心跳，感受他那美妙而健康的心脏。我在心里暗暗祈祷，希望它一直这么跳下去，让我们一直慢慢变老。

事后我在他身边躺着，紧紧靠近他的身体。我不想失去他。"我不知道醒来的时候我会在哪里。"我低声说，"每次在这里入睡，我感觉我都应该和你告别，因为这一别可能就是永远。"

窗外还下着雪，白雪映照着房间，比平时亮一些。雪折射的光线下，我能看到他闪烁的蓝眼睛。"每个人不都是如此吗？"他问，"我们每一个人都可能突然离去。"他抬头看着天花板，"不要以为我没有想过这个……我一直都在想……"他喉咙有些嘶哑，重复道，"一直都在想。"

我们紧紧地抱在一起睡着了。

第三十章

我站在书店门前。早上外面起了雾，还挺大的。我几乎看不清面前的街道和街边停着的几辆小车。我看了一眼左边，沿珍珠街向北边望去，透过大雾能看到三明治店、时尚电影院和药店，一切还是原来的样子。我转过头，看向身后。透过平板玻璃窗，我看到了我陈设得一丝不苟的秋日橱窗，还有那些温暖人心的书籍。橱窗后面，弗里达坐在收银台后。她感觉到我在看她，于是抬头看了看，朝我笑了笑，轻轻招了招手。我也朝她笑了笑，感觉自己的心脏停跳了一两下。

"我爱你。"我小声说，虽然隔着玻璃她听不到我说话，我还是要说，"我真的很爱你，好姐妹。你永远不会知道我有多爱你。"

可是，下一秒我看着她的时候，突然感到一阵愤怒油然而生。她做了什么事情让我很生气。我感到自己被背叛了，感觉再也不能相信她了。但我不知道自己为什么会有这样的感觉，于是尽量让自己摆脱这种情绪。

我不知道自己为什么在门外。我要出门吗？应该不是吧。外面很冷，我没穿外套、没戴帽子，也没拿包包。我抱着自己，把手缩进毛衣袖子里。

没有一辆车通过，整条街一片寂静。珍珠街会永远这么寂静吗？想到我和弗里达就要离开这儿，一切都在变化，我觉得有些伤感。我知道我们必须那么做，我知道那才是正确的做法。未来不在这里，至少近几年是如此。未来在那些宽阔的购物中心里，在那一排排房屋旁，在那些永远不会消失的公路旁。

那只是未来的一段时间，还是永远会那样呢？那是丹佛的未来吗？是美国的未来吗？我多么希望我能透过水晶球看到50年后世界的样子。但我不是个预言家。

我又想到了另外那个世界，有我、拉尔斯和孩子们的世界。如果我有一个水晶球的话，50年后的那个世界会变成什么样子呢？我的孩子们会怎么样？我相信米奇和米茜会找到他们热爱的事情，无论那是什么。我希望他们会结婚生孩子。我和拉尔斯会教他们，婚后生活要充满忠诚、奉献和爱。

而迈克尔呢？站在外面已经很冷了，但想到迈克尔的未来，我觉得更冷了，不禁打了个寒战。如果那个世界是真的，迈克尔的未来会是什么样子呢？

我想到了那个带着自闭症女儿来书店的女人，我希望我能再次见到她。如果再见到她的话，我一定会礼貌待人，我会和善地朝她笑笑，欢迎她来我们店里。我会做我自己的事情，不会盯着她的孩子看。

或许我还会换种方法布置那些摆放奇怪的书。但就算我没有，就算那个孩子还是把书撞倒了，那也没关系。妈妈带着孩子着急离开的时候，我不会问她无礼的问题。我会免费送给她一本《愚人船》。把书递给她的时候，我不会说话，但我会看着她的眼睛，让她知道我明白她的苦楚。

我转身进了屋，进门的时候门上的铃铛响了。弗里达抬头看了看我，嘴角上扬笑了笑，没说话。留声机转得很慢，上面的唱片都播放完了。弗里达坐在转椅上，转过身又选了一摞唱片，放在留声机上。第一张唱片掉到转台上，转针就位，佩茜·克莱恩的声音在书店里响起。

"如果你打算要离开……现在就告诉我，早点了结……"

我摇了摇头，这首歌还不存在啊。在那个世界里，我和拉尔斯和他的客户一起吃饭的时候，在那家意大利餐厅里听到了这首歌，拉尔斯告诉我这是佩茜·克莱恩的新歌。

那是 2 月份的事情，距现在还有三个月啊。

"你知道吗，佩茜·克莱恩要死了。"我对弗里达说，语气出奇地平静。我感觉我在另一个时空听自己讲话。

"几个月之后就会死。"我接着说，"因为飞机失事。"

弗里达点了点头，好像她早就知道了似的。

"但是她会先单独发行这首歌。"我说，一边穿过房间。

我平静地走向店里的畅销小说，但是我为什么会这么平静呢？我注意到了《塞林格选集》，旁边放着琼安·葛林柏的那本《国王的人》，在那个世界的时候，我在弗里达的大书店里看到了这本书，当时我还提醒自己回来之后要了解了解这个本土作家。

但这些书现在应该还没有出版啊，不可能在书店里找得到，但现在我却在我们这个小书店里看到了。

我摸了摸塞林格那本书，那天弗里达想要说服我这个世界是真实世界的时候，让我摸的就是这本书吗？我摇了摇头，想要厘清思绪。可能是吧，看来是有可能的。

我记不清了。

我想了想过去几周发生的事情，这里的事情似乎都是那么顺利、方便。我在家里和书店里度过了每一个安静、平和的上午，读着妈妈寄来的温馨而充满感情的明信片，偶然却轻易地看到了拉尔斯的讣告。还碰到了凯文，他悲惨的近况证明了我当年的选择是正确的。那天晚上我和弗里达在体育馆酒吧还莫名其妙地喝到了免费的酒。

还有我的父母，顺利、方便地上了正确的那架飞机，他们的飞机没有在风暴中坠入太平洋。

"不要把我一个人丢在这个世界……这个世界充满了本可能实现的梦想……现在就伤害我吧，早点了结……我可能会重新学着去爱……"

我看着弗里达，她盯着我，一副知晓一切的样子，似乎在等着我说话。

"好姐妹。"我叫了她，其他什么也没说。

第三十一章

我醒来的时候喘着粗气。我和拉尔斯还抱在一起，一切和我上次在这个绿色的房间里睡着的场景一模一样。

拉尔斯睁开了眼睛："你没事吧？"

我还在颤抖着，深吸了一口气，试图让自己平静下来。我慢慢地说："这个……才是……"我揉了揉眼睛，四处看了看，"这里才是真实的世界，是吗，拉尔斯？"

"凯瑟琳。"他抱紧了我，在我耳边说，"这是真实的世界。"

我转过头看着他的眼睛："怎么会这样？那个世界感觉那么真实，为什么会是不存在的呢？"

他松开了我，若有所思地仰了仰头："我不知道，亲爱的。"

我在脑子里过了一遍过去几周发生的一切，在那个我叫凯蒂的世界里发生的事情。我一直以为这个世界是梦，以为我要睡着了才能回家，回到属于我的地方。

但是，昨晚不一样，我感到昨晚发生的事情是梦，而且确实是做梦。而其他的时候，我并不是在做梦。现在我终于知道了，我一直都在这儿，想象了那些事情，想让自己好过一些。我人在这儿，但心却不在这儿。

身边的人一定会发现我心不在焉的。

我咽了口口水，对拉尔斯说："对不起，真的对不起。"

他又抱紧了我："没事的，我懂，没事的。"

泪水浸湿了我的眼眶："我不知道自己能不能忍受，不知道我能不能成为你认识的那个我。如果这才是真实世界的话，我不知道自己能不能一直待在这儿，真正地待在这儿，好好陪在你们身边。"

我闭上眼睛，脑海中浮现出了凯蒂的身影，可是她只是我自己想象出来的一个人。

"你可以的。"拉尔斯对我说，"你可以一直待在这儿的，你会一直待在这儿的。"他摸了摸我的头发，我睁开眼睛看着他。他对我说："我想要你在这儿，我们都想要你在这儿。"他抑制住自己的感情，对我说，"我们需要你，凯瑟琳。"

我看着他那双漂亮的眼睛，对自己说，他们需要我。他们需要我在这儿。

"好吧。"我缓缓说，"那我试试。"

他笑了，深深地吻了我。

停下来之后，我转过头。"看外面。"我指着玻璃门外对他说。天很蓝，晴空万里，阳光很明媚，甚至有些刺眼，草坪的积雪上反射着阳光。"银装素裹的世界。"

他起身，走到了门口："确实很漂亮，但米茜和米奇肯定会失望的。雪不够大，还得去上学。"

其实我也有一丝失望，如果三个孩子都在家就好了。

我从床上坐起来，脚踩在地板上，忽然发现我的床头柜上放着一本精装书。

"拉尔斯。"我拿起那本书，把书翻过来，看了看封底，"我最近在看这个吗？"

他从门口转身走过来，凑过来看了一眼，给了我肯定的回答："嗯，你说这本书让你做梦都忘不掉。"

我笑了，抚摸着书的封面，上面的图片很暗，书名印成了火红色的扭曲字体——《魔法当家》，写成了鬼的形状，作者是雷·布莱伯利。

"的确。"我对拉尔斯说，"确实忘不掉。"

上学之前米奇和米茜闹了一阵脾气。米奇因为没有下雪而不高兴，他跟我们说，他本来计划今天要在地下室待一整天，拼好那套火车玩具模型的。"可是现在全被打乱了！"他叫道，他的小脸气得发红，声音非同寻常地大，"我一整天的计划，全被打乱了！"

令我意外的是，安慰他的是迈克尔。"没关系的，米奇。"他温柔地说，"再过两天就是周末了，你可以周末拼模型啊。"他没有看米奇，但悄悄靠近了他一点。他接着说："我会帮你的。"语气很温和。

而让米茜生气的是她必须穿雨靴去上学。"太丑了！"她叫道，很嫌弃那双樱桃红色的皮毛衬雨靴，"这双靴子太讨厌了，妈妈。我要买新的。"

我摇头，坚定地说："这双才买了几个月而已，还很好。穿着温暖，大小合适，还能防止你的脚沾水。快穿上。"

她不情愿地穿上了一只鞋，又慢慢穿上另一只，一直凶巴巴地盯着我。我耸了耸肩，还是没有答应她的要求。

8点的时候，拉尔斯带着米奇和米茜出门了。上完幼儿园之后，米茜和米奇就在家附近上小学，大部分时候，早晨我和迈克尔会走路送他们去上学，下午再走过去接他们回家。他们俩上日托中心已经是好几年前的事情了，那时候因为要和弟弟妹妹分开，迈克尔状态不太好，但现在他长大了很多，很期待每天能出去走走，也能很好地应对了。尽管如此，下雪的时候，总是拉尔斯开车送米奇和米茜去上学。这些家庭的琐事也是我突然知道的，没有从任何人那儿得知。

他们走了之后，我站在餐厅和厨房之间的门口，肩膀靠在推拉门上，到处看了看。我看到迈克尔瘫坐着，坐在客厅的沙发上一言不发，眼睛盯着地板。

"迈克尔。"

他没抬头。

"迈克尔。"我又叫了一声，走到他面前，"是时候该上课了。"

这句话引起了他的注意。他没抬头看我，但开口说话了："我们已经三个多月没有上课了，妈妈。"

"嗯。"我后退到餐桌旁边，走到墙边的小桌子旁。尽管很久没用了，桌子上还是一尘不染的，一定是阿尔玛在打扫屋子的时候也定期擦了这张桌子。我把手伸进抽屉里，拿出一个笔记本。笔记本是打开的，打开的那一页上潦草地写了一行字母 a，一行字都往右边倾斜，最后一个 a 还没有写完，才写了 a 的第一画。

我盯着笔记本看了一会儿，想到了格雷格·汉森，想到了在那个世界里我给他写的订在一起的书、我画的蹩脚的图，还有用绳子穿起来的单词卡。

"迈克尔。"我把笔记本放在桌上，走到沙发旁，在他身边坐下，"妈妈一直在教你写字母 a，你能说出几个以 a 开头的单词吗？"

"apple，苹果。"他说，说完马上闭上了嘴。

"没错，"我点头，"但我们再来想想更多有趣的 a 开头的单词吧。嗯……等一下。"我跑到楼上，知道自己在找什么，也知道要去哪里找。我径自走向米茜的房间，从书架上拿出《儿童图画字典》。我迅速跑回楼下，翻开字典，翻到了 a 的部分。

"看，这里有个词。"我把书放在沙发上，我和他之间。"above，上面。意思就是一件东西在另一件东西上面，像这样……"我冲到他的小桌子旁，拿起一支铅笔和他的笔记本，回到沙发上。我凑在他身边，在笔记本上画了一架飞机，在几幢高楼上空翱翔，然后在图画旁边大写了 ABOVE，"你看，飞机在城市上面。above，上面。"

我屏住呼吸等着他说话，他看了看我画的画、写的字。"above，上面。"他轻轻地跟着我念。

"对，"我接着说，"每个单词都有它的意思，如果你能记住它的意思，在脑海里形成这个单词的图画，而且能记住这个单词怎么写的话，那你每次看到这个单词就会记住！我们再来学一个。"我慢慢地翻了一页，"这个单词你应该知道。add，加，加法的加。"我在笔记本上写了"1+1=2"，然后在下面写了大写的 ADD。

"add，加。"迈克尔跟着我念，"add，加。这个词是 add，加。"

"对，念得对。"

"这是什么书啊，妈妈？"他问我，"我能看看吗？"

"当然了。"我往后靠了靠，让他看字典。

"这个我知道。"他说，指着单词 anchor，锚，旁边就画了一个锚。"这个是 anchor，锚，对吧？比如船的锚。"

"对！"我叫道，"对，是的，迈克尔！你说对了！"我抑制不住内心的喜悦，抱起他和他手里的笔记本、字典等等，把他放在我的大腿上，紧紧地抱住了他。

他尖叫起来，挣脱了我的怀抱。"太紧了！太紧了！"他叫道，跑回了房间。

呃——我破坏了今天的好气氛，我心想。这下好了，凯瑟琳。

忽然我又笑了起来。我不在乎。他学会了东西，他学会了一些东西，而且还是我教会的。我舒了口气，靠在沙发背上，把字典抱在怀里，沉浸在喜悦之中。

过了一会儿，我上楼去了他们房间，哄迈克尔下楼。"我不想看书了，妈妈。"我把他带到餐厅里的小桌子旁时，他轻轻地对我说，"看书太累了。"

"好。"我觉得没有必要强迫他，我要慢慢来。如果我希望这件事成功的话，希望迈克尔学会阅读的话，我就一定要慢慢来。

"那我们就来学数学吧。"我提议道，"你会数数吗？"

"你这个问题真好笑，妈妈。"他在桌子旁坐下，开始大声数数，不到 3 分钟就数到了 100。我打断了他，告诉他可以停下来了。

"那加法呢？"我问，"你知道 2 加 2 等于几吗？"

"妈妈。"他翻了个白眼，"我连 202 乘以 2 等于多少都知道！"

"真的呀？"我笑笑，"那等于多少呢？"

他叹了口气，觉得有些无聊："404 啊。"

"不错。"我转身，"那我们来算钱吧。"

"真的钱吗？"他的语气中充满了期待。

听到他这么兴奋，我又笑了，因为他很少对什么事情这么感兴趣。"当然了。"我回答他，"真的钱，跟我来。"

我们"突袭"了厨房窗台上放的那个存钱罐，坐在厨房桌子上数了每一枚硬币。他数得特别专注，能迅速判断出硬币的面额，很快心算加起来的数额，这让我有些吃惊。"33 美元 16 美分！"数完之后他得意地说。

"好多'米米'呀。"

"'米米'是什么呀，妈妈？"

"就是钱。"

他开心地笑了，笑声让我想起了我妈妈。听到这个笑声真好。"'米米'这个词真有趣。"

"对啊，确实有趣。"我站起来，"我去看看阿尔玛可不可以准备给你做午餐了。"

沿着走廊去找阿尔玛的时候，我经过了那幅兔耳关的山景图。突然，我终于明白了这幅图的重要性——拉尔斯在那儿跟我求的婚。

那时候我们已经在一起 6 个月了。和他在一起的时光和我以前恋爱的经历都不一样，我们好像永远看不够对方似的，似乎要补上我们寻寻觅觅浪费的所有时间。他每天给店里打好几次电话，我接电话的时候紧张得喘不过气，像个青春期少女似的。弗里达总是朝我翻白眼，但还是要走开，让我有些隐私。

我们几乎每天晚上都待在一起，在他家或者我家吃晚餐，去看电影，有时候还出去跳舞。

"打烊之后我再没见过你了。"弗里达对我抱怨，有些生气，好像拉尔斯和我在一起全是为了气她似的。"我很想你，好姐妹，"她恳求我，"抽出点时间来陪我，好吗？"我总是点点头，跟她说抱歉，告诉她哪天晚上打烊之后我们可以一起去做点什么。但是拉尔斯会打电话过来，或者直接来店里，这时我就会忘记对弗里达的承诺。

拉尔斯求婚的那天是春末的一个星期天，天气很好。我们漫无目的地开着车，从 40 号公路开上了山，我们沿路经过了温特帕克、格兰德比、克雷姆灵，透过车窗看到外面连绵不绝的群山，山下的小镇和融雪。开了几个小时之后，我提议该掉头了。拉尔斯只是耸了耸肩，"为什么一定要掉头呢？"我也没有答案，于是我们就继续往前开了。

到了兔耳关山顶，他停了车，我们走到顶上去欣赏风景。傍晚的阳光照在我光光的肩膀上，很温暖，但山顶的风很凉。拉尔斯脱下毛衣披在我身上。"等一下，"他说着把手伸进口袋里，"把毛衣给你之前得先给你这个。"他单膝跪地，打开了一个小珠宝盒，举在我面前。"你愿意嫁给我吗，凯瑟琳？"他问，"一定要答应我啊。"

我看了眼他手里的戒指，又看着他湛蓝湛蓝的眼睛。"我怎么可能不答应呢？"我回答他，"我当然愿意！"我抱住他，小声说，"我愿意，永远都愿意。"

思绪回到现在，我从照片旁走开，笑着摇了摇头，转身进了房间。

我发现阿尔玛在打扫我们的卫生间，突然觉得一阵内疚。我不介意看到阿尔玛熨衣服或者洗碗，在另一个世界里，我幻想的那个世界里，我总是愿意做这些，我不觉得这些家务有多累人。但是打扫卫生间就不一样了。除了我妈妈，在我小时候给我打扫过卫生间之外，没有其他人帮我打扫过卫生间了。但是阿尔玛看上去并不觉得狼狈，她笑着打扫，而且还哼着歌儿。我甚至能听出这是什么歌，这让我有些意外。《色彩之歌》，我在那个世界里没有听过这首歌，但我知道阿尔玛一定教了孩子们这首歌。歌里唱的是各种颜色，还有世界上所有色彩缤纷的东西。

"色彩呀，色彩……它们是春天的衣领。色彩呀，色彩……它们是远方来的燕子。"

就在那一瞬间，我想起了关于阿尔玛的一切，之前我不记得的现在全记起来了。我知道她已经47岁了，她和里科一起在墨西哥西北部的索诺拉州长大，两人很早就结婚了。我记得很多年前阿尔玛和我说过，他们最开始生了一个儿子和一个女儿，孩子两三岁的时候寄放在亲戚家里，夏天的一个晚上亲戚家的房子着火了，两个孩子都困在里面没出来，就那么夭折了。阿尔玛说起这件事的时候，双眼满含泪水。但尽管他们伤心了很久，但后来又生了两个孩子。没过多久，里科在兄弟们的鼓动下来了丹佛，跟着他们一起在餐馆打工，他存了四年的钱，才寄给阿尔玛和两个女儿，当时两个孩子还很小，阿尔玛带着她们移民到了美国，于是她们在这边上了学。我知道阿尔玛特别为两个女儿骄傲，老大在科罗拉多丹佛大学上学，以后想当个记者，老二高中毕业就结了婚，最近生了个孩子，阿尔玛当上了外婆。

我想起了第一次见到阿尔玛的场景，也就是我开始幻想那个世界，在那里过上凯蒂的生活之后，回到这个世界，第一次见到了阿尔玛。作为凯蒂的我对这个体系充满了不解，不明白为什么这个世界里深色人种总是为白种人服务。当时的我不明白，因为凯蒂不像凯瑟琳，她没有经过多年的生活逐渐习惯这样的世界。作为凯蒂的我硬生生地被抛入了这个世界，于是这个世界给我带来了冲击。这些也可以理解。

事实上，几十年以来，我一直是凯瑟琳，而不是凯蒂。当时的我从凯蒂的角度看到了这个世界，这让我意识到，即使作为凯瑟琳，也不能以高高在上的态度对待为我们家辛勤工作的人。这是这些幻想给我带来的另一个礼物吗？就像在想象中和妈妈坐在一起静静地聊天一样，也是上天赐予我的礼物吗？我相信是的。

实际上，我欠阿尔玛的太多了。如果不是她告诉我，我什么时候才会知道珍妮对待迈克尔的残忍呢？还要再过多久我才会自己发现？如果不是这个现在帮我打扫卫生间的女人，迈克尔还要忍受多少残忍对待呢？

"阿尔玛。"我叫她。

她站起来看着我。

"谢谢你。"我环顾四周，突然觉得这么打断她的工作是件很愚蠢的事情，于是我急忙继续说道，"谢谢你为我们做的一切。谢谢你在照顾自己的家人之余，还能帮忙照顾我的家人。"

她点了点头："嗯，太太。"

"你家里人都怎么样啊？"这话我一问出口，脸就红了。现在这种情况下，阿尔玛还要干活，她一定觉得我现在的闲聊无聊又烦人吧。

但她笑了笑，看起来很开心，因为我们问了这个问题。"宝宝长得很大了。"她说，"他现在可以坐起来了，不用人扶着。"

听阿尔玛讲她外孙的进步，我心里特别高兴。"哦，我最喜欢那个阶段了。"我说，"宝宝学着自己坐起来的时候，把他们放在地板上，垫个毯子，给他们几个玩具，他们就会待在那儿玩得很开心。"

阿尔玛点头："嗯，我也很喜欢，他妈妈也是。"

"阿尔玛。"我问她，"上次我们给你涨工资是什么时候？"

她想了一会儿，回忆道："大概一年前吧。当时安德森先生把我的工资从每小时 1.5 美元涨到了 1.75 美元。"

我觉得很震惊："我们只给你这么点儿钱吗？你应该多赚一点的。那从今天开始，你的工资翻倍。"

她歪了歪头："你和安德森先生商量过了吗？没有吧？"

"没有。"我摇了摇头，"但相信我，他不会介意的。"

我和迈克尔吃过午餐之后，我问阿尔玛下午打算做什么。"没什么事。"她回答，"我打算看看厨房里的抽屉，该整理整理、打扫一下了。"

"那你可以帮忙照看迈克尔几个小时吗？"

她有些难以置信："你确定吗，太太？"

"阿尔玛。"我握住她的手臂，"如果我之前表现出了不相信你的样子……请你相信，那不是你的原因。"我的眼神里充满了恳求，接着说，"而是我的原因。是因为我太内疚了，还因为……这是我的人生。"我把手从她手臂上拿开，但眼睛还是凝视着她，"而且我觉得迈克尔和你待在一起会很开心的。"我回头瞟了一眼迈克尔，他还坐在桌子上，"是吧，宝贝？"

他没抬头："我可以再数一次钱吗？"

我本来还希望他想再翻翻那本字典的，但我想，数钱总比他什么都不愿意做好吧。

慢慢来，凯瑟琳。我提醒自己。慢慢来。

"当然可以了。"我对他说，"没什么不可以的。"

他点了点头："那就好，那我和阿尔玛待在一起也会很开心的。"

于是，1963 年 3 月初的一个周四，天上下着雪，下午 1 点半的时候，我打开了斯普林菲尔德街上那栋大房子的车库，坐上了我绿色的雪佛兰汽车。

我发动了引擎，等着车子热起来，看了一眼旁边的自行车，随便堆在车库东面的墙边。其中有迈克尔那辆蓝色的自行车，旁边就是我那辆旧自行车。我看着放在一起的两辆自行车，想起了教迈克尔骑车的那天，当时我似乎下定决心要让迈克尔学会。为什么我觉得这件事那么重要呢？我已经不记得了。谁会在乎 6 岁的他会不会骑自行车呢？谁在乎他以后会不会骑自行车呢？我耸了耸肩，他可能永远也不会学。或者某天他自己会决定，他准备好要学了。就像今天早上他主动要看字典，自己找到了 anchor，"锚"这个单词一样。

不管怎样，这都不是我可以决定的事情。我是迈克尔的妈妈，但是我不能控制他成为什么样的人。而且我意识到，试图控制他只会让我们两个的日子都不好过。

我记得那天我感觉自己被排除在外了，就是那个周日，我看着拉尔斯安慰迈克尔的时候。我知道，我和拉尔斯很少吵架。但一旦我们吵架，多半是因为迈克尔。拉尔斯觉得迈克尔变成这样是我的错吗？没有，我觉得他不是这么想的。情况应该是，他不觉得迈克尔的病是我的责任，但我对他不耐烦，或是做错事的时候他会有些生气，而我也会生他的气，因为他因为这个和我生气实在是太不理智、不公平了。毕竟每天照顾迈克尔的是我，而不是他。

我咬了咬嘴唇，过去的错误已经无法挽回了，我现在能做的只有继续往前走，看未来如何发展。

我挂了倒挡，从车库里倒车出来，离开了我们小区，沿着学院大道往北走，经过山谷公路，往市中心开去。

从家里出来之前，我在电话本上查到了她的地址。上面写着：格林书籍报刊，公司办公室。地址显示在市中心的第十八大街上。

但是她会不会在办公室、我能不能见到她、她愿不愿意见我，又是另一回事了。

我在附近找了个地方停车，走到弗里达公司附近。和大学城格林书店的那个导购小姐说的一样，公司对面就有一家格林书店，店面只有一层，看上去简简单单的。而书店对面的公司办公楼就不一样了。我仰头看了看那幢高耸入云的写字楼，想着会不会是拉尔斯设计的。但我刚开始猜测这个问题，马上就想到这个项目不是拉尔斯做的，而是来自别的州的一个建筑公司做的，那是几年前的事情了。我隐约记得拉尔斯和我说起过这件事，他参与了竞标，但没有拿到这个项目，我还记得他当时失望的样子。我也记得，动工之后不久，拉尔斯告诉我，他听说格林书籍报刊打算在这儿租地方用作办公室。这栋楼结构干净新潮，是个水泥建筑，有很多大型的平板玻璃窗。楼前有一个小广场，广场上有个喷泉，旁边装饰着几个水泥几何雕塑，其中有一个尖角着地的立方体、一个顶端放着球的金字塔，就像大型的抗重力积木玩具。

写字楼一共十五层，格林公司在第十一层。我坐着平稳的电梯上了楼，紧张地理了理头发，重新涂上口红，拉紧了丝袜。

我到前台找弗里达·格林，但前台小姐冷漠地告诉我她一整天都要开会。"真的吗？不休息吗？"我问，"我是……她的老朋友。我想见见她，哪怕几分钟也好。"

前台小姐用怀疑的目光看着我："你是作家吗？"

我在心里默默笑了。事实上我不是个作家，但我很想成为作家。

"不是。"我摇摇头，对她说，"我说了，我只是个……朋友。"

"大街上有很多人想在我们这儿卖书，想把书放在我们店里卖。"她一副轻蔑的样子，"但我们的书都是从出版社和分销商那儿进的。这一点希望你理解，女士。"

　　我不耐烦地跺了跺脚。"我知道书店是怎么进书籍的。"说着我把手轻轻放在前台桌子上，"我只想见见我的老朋友。"

　　她无奈地露出了顺从的神色："您是……"

　　我顿了顿，轻轻说："安德森，告诉她安德森夫人在这儿等她就行了，麻烦你。"我回头看了眼外面那扇玻璃门，不远处就是电梯门。那些电梯那么干净漂亮，看上去那么安全，就像一个个大大的金属子宫，好像在叫我过去。我可以走过去，按下按钮，等电梯上来接我，在事情继续发展之前放弃这个荒谬的计划。

　　但我没有那么做。我回头看着前台小姐，挺直了肩膀，勇敢地对她说："她会知道的。她会知道的。"

　　我在前台等了半个小时，开始想要去学校接米奇和米茜放学了。这个世界里我之前不清楚的事情，现在突然知道。我知道去学校接孩子是我的责任，也知道学校 3 点放学，时间很快就到了。只因为要回去尽我的职责，我今天就要白跑一趟了吗？

　　但终于另一个秘书出现了，朝我点了点头，我们经过了一个打字小组，来到角落里的一间办公室。门上写着"弗里达·格林，总经理"。

　　"格林小姐。"秘书按了按她桌上的一个按钮说，"安德森夫人到了。"

　　于是我终于通过嘈杂的内线电话听到了弗里达的声音，"让她进来。"好像很久很久没有听过她的声音了。

　　弗里达站在办公桌后面，面朝窗户看着外面，听到我进去的声音她转过身来。

　　她还是那个样子，和我上次见到她的时候一样——不过那也只是昨天而已。她浓密的黑发稍加修饰，弄得蓬松点儿，绾在脑后，很得体。还是那样弓形的浓眉，即使是放松的时候看上去也还是很紧张的样子，和平时一样。嘴上涂着她最喜欢的亮红色口红。

她比平时在书店里穿得正式一些。穿着一套精致整洁的毛呢西装，上面是一件短外套，下面是一条直身裙，里面穿着一件紫色的丝质衬衫。耳朵上戴着几个大银圈耳环，西装领上别着一支抽象银胸针，让她全身的打扮更有特色，虽然是商务风格，但还是很特别。我看着她的打扮，轻轻点了点头。她的装扮很合理，弗里达在公司上班的话确实会打扮成这样。

她上下打量了我几眼。和弗里达的时尚套装相比，我发现我的打扮——简单的海军蓝连衣裙、低跟鞋，除了婚戒之外没戴任何首饰，这身打扮让我看上去一点都不时髦。而且不是凯蒂那种像艺术家般的，不在乎别人怎么看的有趣的不时髦，而是凯瑟琳那种传统的家庭主妇的不时髦。

好吧，我想，我无法控制这个世界里的一切，但至少自己的衣橱我是可以改造的。家里大衣橱里那些保守的衣服早就该好好整理一番了。我决定这个周末得好好改变一下。

"你怎么来了？"弗里达终于开口了。她指着桌子前面的椅子，示意我坐下。

我紧张地坐下，把包放在大腿上。"弗里达，我……"我摇了摇头，轻轻地说，"我不知道该怎么跟你解释。你一定不会相信的，而且现在眼前的一切在我看来还很不真实。至少现在是如此。所以其实我也不知道自己为什么来了这儿。"

她坐在我对面，双手捧着下巴——她对面前的事情感兴趣的时候就会做这个动作。"眼前的一切都不真实。"她若有所思地重复着我的话，"那是什么意思？"

我叹了口气："你看我说得对不对——在这个世界里，我和拉尔斯·安德森结婚了，生了三胞胎，孩子已经6岁了，我住在南山区的一栋大房子里。而你现在管理着六家书店，手下不知道有多少职员，而且还在扩张。而且你已经关掉了我们在珍珠街上的那家小书店。我说得对吗？"

她不屑地看着我："差不多吧，凯蒂。"

"而且现在没有人叫我凯蒂了。"我接着说，"拉尔斯叫我凯瑟琳，结婚之后所有人都这么叫我。在另外那个生活里，在我以前的生活中，真正了解我、爱我的人只有你……还有我父母……"我眼眶有些湿润，眨了几下眼睛把眼泪忍了回去。

弗里达的眼神柔和了很多："你父母的事情我也很难过。我听说了。"

"但你没来！"我朝她吼道，"他们的葬礼！你连葬礼都没来！"

她转过头看着窗外，小声说："我送了花过去。"

"花？"我一副难以置信的语气，"我父母因为飞机失事过世了，你做的就是送花吗？"

她轻轻仰了仰头："我以为你不想要我去。"

"我为什么不想要你去？"我从包里拿出一张手帕，擦了擦鼻子。我为自己这么激动而生气，但我就是忍不住。"你是我最好的朋友，弗里达。我怎么会不想让你参加我父母的葬礼呢？"

"凯蒂。"她站了起来，身体前倾，好像要握住我的手。我屏住呼吸等着。但很快她的表情又变了，变得很强硬，就好像那个时机还没到，就已经消失了。

她挺直了肩膀，匆忙坐下。"你抛弃了我。"她说，"是你先离开的，凯蒂。"她看着窗外，"不是我。"

我摇了摇头："我为什么会那么做？"

她怀疑地看着我，"你心里知道为什么。"她修剪整齐的长指甲敲在桌面上，强调道，"至少你知道自己给的理由是什么。"

这话把我难住了。"我不记得了。"我轻轻地说，"我不知道我的理由是什么，弗里达……但是无论是什么，我相信一定只是个误会。"

"误会……是啊。"她咬紧了双唇，"这可真是个合适的说法呢，凯蒂。"

桌上的电话响了，秘书的声音响起，我没听清她说了什么。"好吧。"弗里达凑到电话旁回答，"接过来吧。"她抬头看了看我，"不好意思，我接个电话。"我起身准备走，她朝我摆了摆手，"你待着就行，生意而已。"她直直地盯着我，我只好看着自己的大腿。

她接电话的时候，我强迫自己努力记住现在的事情。我在这儿干什么？发生了什么事？我忘了什么？

我集中精力记忆，闭上了眼睛。

第三十二章

"凯蒂。"

我睁开眼睛,但什么也看不到。我不知道自己在哪儿,四周很亮,光线太强了。太明亮、太耀眼了,什么都看不清楚。

"凯蒂,能听到我说话吗?你还好吧?"

"我不好,我不好。"我喃喃道,但是弗里达没有听到我说的话。我看不清她,看不清楚她的样子。我感觉到她握住了我的肩膀,但我没办法控制自己的身体,没法伸手握住她的手。

"凯蒂,听我说。你得听我说。"

我隐约听到自己说:"我在听,弗里达。"

"这次我们得好好谈一谈。"她说,"我们需要好好谈谈。"她的手按在我的肩膀上,熟悉而舒适的感觉。"在那儿,在现实世界里,我们得谈谈。"

我想起了那天,在我们的小书店里,弗里达还试图说服我有拉尔斯和孩子的那个世界是假的,我是凯蒂的这个世界才是真的。那天的她语气那么坚定,为什么今天又说着完全相反的话呢?

所以那天店里那个弗里达是我自己想象出来的,对吧?在那个世界里，我可以完全按自己意愿创造出一个可信的弗里达。

　　既然如此，我自己想象中的弗里达，我想要她是什么样子，她就是什么样子。她可以按我设计的，充满爱心、和善、温暖。

　　在那个虚构的世界里，我想让弗里达是什么样子，她就是什么样子。

　　"你听到我说的话了吗，凯蒂？"她的声音很着急，"你明白了吗？"

　　"嗯。"我低声说，"我明白。"

第三十三章

然后我又回到了她的办公室。弗里达还在打电话，她微微转过身，电话线缠在她的腰上。一切都很清楚。我能看到缠绕的塑料电话线上闪着光，我能听到她对电话小声说着话，偶尔提高音量，对电话那边的人有些严厉。我能闻到她身上浓重的香水和烟的味道。

坐在那儿，看着她背朝着我，我忽然想起来了。一切都想起来了。

大约四年前，1959 年春天，好姐妹书店走到了转折点。生意不好，我们交不上房租，也还不上贷款。我们必须做决定，选择不干了，或者转而做点别的。在这个世界里，在我作为凯蒂的人生中，那之后不久我就继承了外公的遗产，书店也继续经营了下去。但在这个世界里，我想起来，那个时候我和弗里达还不知道我们很快会拿到那笔钱。

于是我们开始商量，就像在那个世界里，做决定之前商量了很多年一样，在这儿我们也商量了很久，商量着要把珍珠街上这家店关了，去购物中心重新开店。但是我们没有那么多资金。

有一天她让我坐下，直接对我说了："你得跟拉尔斯要那笔钱。只有这样，我们才能去购物中心开店。"她点了一根烟，朝我吐了口烟圈，

"他总得做点什么，对吧？"

我笑笑，"他做了很多，但我不知道他愿不愿意投资我们的生意。"我耸了耸肩，"他总说这是我自己的事情，不是安德森家的事情。"

弗里达翻了翻白眼："嗯，可我一直相信结婚了的两个人应该是伙伴。"她乌黑的眼睛充满了挑衅的意味。

我记得我又耸了耸肩。伙伴？是啊，我和拉尔斯是伙伴，在养孩子、去教堂、邀请客人来家里吃饭的时候，我们会像伙伴一样商量。但我们不是生意伙伴。他的生意是他的事情，我的生意是我的事情。很早以前，我们刚订婚的时候就说好了这些。当时我们两个都是这么想的。"我不知道……"我支支吾吾地说。

"别啰唆了，跟他说吧，凯蒂。"

于是我就跟他说了。令我意外的是，他欣然接受了。"我挺感兴趣的，"睡前他喝了口苏格兰威士忌，对我说，"而且如果这是你想要的……如果这会让你高兴的话……"

如果这是我想要的？我不知道自己想要什么，我也不知道怎么才会高兴。我隐约觉得，如果身边的每一个人——弗里达、拉尔斯、孩子们，如果他们都高兴的话，那我也会高兴的吧。

显然弗里达对当时的情况不太满意。但如果我们改变一下，如果我们按她的想法做，那她就会高兴的吧，不是吗？我想，只要我让拉尔斯为我们的这次变化出资，那她就会高兴起来的。

拉尔斯好像还好，他好像挺开心的。但他就是那样，现在也还是那样。他总是那么积极乐观，一直坚定地相信遇见我像挖到金矿一样幸运，这些事情总是能支撑着他，无论发生了什么。我很喜欢他的这个特质，但我从来没学到。

那孩子们呢？嗯，小孩子总是很高兴，不是吗？那时候我的孩子两岁半，已经不是小宝宝了，但也还不是发育完全的孩子。他们看上去挺好的，大多数时候是如此。米奇和米茜很爱说话，总是到处跑、到处爬。有时候会看看书，想象力也开始培养了。

而迈克尔……我承认，当时我不知道迈克尔怎么样，也不知道他那时候有没有生病。我只知道他和另外两个不一样。他很少说话，总是坐在角落里，一个人一遍又一遍地玩着简单的游戏。他总是把积木或是书整齐摆好，玩具小汽车摆成一排。他谁也不看，总是低着头。

但这也没什么，对吧？有些孩子就是这样的。我们已经雇了珍妮一年了，她是这方面的专家，对吧？如果有什么不对，那她一定会告诉我的。

多年之后想起这些事情，知道了我现在知道的事情，我心中充满了对自己的怒火。我怎么会看不到呢？我怎么能视而不见呢？

我怎么是个这样的妈妈呢？

不管怎样，那时候我的目标是让所有人都高兴。于是我对拉尔斯点了点头："新店，新未来，是我想要的。"

"那就好。"他从沙发上站起来，"我们要坐在一起好好聊聊，你、弗里达，还有我。尽快请她来家里吃饭吧。等孩子们睡了觉，我们就可以谈生意。"

我充满感激地看着他，伸开双臂抱住了他，在他耳边小声说："谢谢你。"

第二天早上我很早就起床了，很快换好衣服，急切地想要赶到店里，把拉尔斯的话告诉弗里达。我记得我准备出门的时候，脸上挂着愉快的笑容，着急地找着钥匙，夹着一摞书和一些店里要用的东西准备出门。

忽然我感到有人轻轻地、试探性地拍了拍我的肩膀，回头一看是阿尔玛。

"不好意思……"她小声说，偷偷看了一眼楼梯口孩子们的房间，珍妮就在楼上带着孩子。"不好意思，安德森夫人，有件事情我一定要告诉你。"她握紧了拳头，紧紧贴在身体旁边，贴在她干净笔挺的工作服上，"我不能再沉默下去了。夫人，我一定要告诉你珍妮的事情。"

我盯着弗里达，坐在她十一层的大办公室里，手里拿着电话。"嗯，我同意。"她对着话筒说，"嗯，但我觉得这个我们需要再讨论。"她顿了顿，瞟了我一眼，"这样吧，我 10 点给你回电话行吗？我办公室有客人。"

她挂了电话之后，我轻轻地说："现在我想起来了。"

她笑了："还真是方便啊。"语气中带着一丝讽刺。

我咬紧了嘴唇，大声说道："对不起！对不起我说的话这么令你难以置信。"我觉得嘴里有一丝苦涩，"但我也想起来了为什么我没理由和你道歉。"

"哦，是吗？"她身体前倾，两只手压在办公桌上，"是你抛下我的。是你把我一个人留在水深火热之中的。"

"我别无选择。"我对她说，"我的孩子需要我，我的家人需要我。"

她摇了摇头，伸手拿了桌上的烟。"你总是把事情说得这么严重。但事实是你很高兴有这么一个借口。当时你并不开心，总是想着自己没有一直待在家人身边。你说——"她抽出一根香烟，叼在嘴里点燃了，"你说开书店对你来说就是浪费时间。"她朝我吐了口烟，"这你记得吗，凯蒂？"

嗯，这个我也记得。而且我记得我为什么那么说。因为是弗里达给我找的珍妮。是她说服我，珍妮有那么多证书，她是照顾孩子们合适的人选。

我也记得，当时我对弗里达说迈克尔变成那样都是她的错。"如果我待在家里的话，迈克尔是不会有事的！"我朝她吼道，"如果我没有请珍妮——你找的那个恶毒女人，如果我没那么做的话，现在一切都不会是这个样子。但是你，你劝我留在店里，你找珍妮帮我照顾孩子，于是我就相信了你。我真的相信了你，弗里达。我相信你会帮我做正确的选择，但现在全都不对。看看他现在变成什么样儿了。"我在柜台后面的小凳子上坐下，脸气得发红，身体气得发抖。然后我深吸了一口气，抬头看了看弗里达。

"我不干了！"我的语气很坚定，"我不管你怎么办，反正我不干了。这书店我干不下去了。承认吧，你也干不下去了。你自己想办法吧，弗里达。这是你的错，不是我的问题。所以你自己想办法脱困吧，如果你可以的话。继续做你要做的大事吧，做你的大生意。我不在乎。"

"我怎么做得到？"她反问我，"我没钱，凯蒂。"

我叉着手，对她说："那不是我的问题。"

那确实没成为我的问题，这一点我想办法做到了。我不干了，再也没回去。现在我想起来了。我和弗里达吵架后不久，我继承那一笔遗产。在这个世界里，那笔钱没有用在好姐妹书店上。我拿来干什么了呢？我耸了耸肩，于是想起来了。我用那笔钱请了个律师，躲开了好姐妹书店那堆麻烦事，大部分的钱都用在这儿了。其他的呢？我露出了一丝苦笑，我拿来买家里客厅那个漂亮沙发，还有其他好家具了。在这个世界里，剩下的外公遗产就用在这儿了。

弗里达大步走到书店前面的窗边，看着窗外空荡荡的街道。过了一会儿，她转头看着我，问："你自己打算干什么？"但她不是好心问的，她的语气和平时她真正关心我的时候不一样。她的语气中带着嘲讽："当个家庭主妇是吧？行啊，反正这就是你一直以来想做的。"

"这不是我一直想做的，只是事情刚好这样发展了，刚好走到了这一步。"我站起身，握紧了双手，"我的人生好不容易遇到了这个转机，弗里达。天啊，我差点没遇到他。他差点死了！"

她暗笑道："是啊，多么美妙的故事。你应该给报社打电话啊，让他们写成一个充满人情味的美妙故事。"

"写什么结局呢？"我小声问，"结局会是什么呢？"

"这个。"她又转过身，不愿意看着我，"我想我们会知道的，对吧？"

现在，在她的办公室里，弗里达坐在我对面，盯着我。"你什么也没留下，"她说，"几乎是什么也没留下。只有一堆账单，店里还有几百本书，还有一些乱七八糟的旧东西。一分钱都没有。"

我低头看着自己的大腿。"你可以找你父母帮忙的。"我试探着抬头看她。

"我怎么可能那么做？"她咬紧了嘴唇，"我怎么可能找他们要钱？我怎么可能夹着尾巴跑去找他们，承认自己失败了？我没有……"她看了眼窗外，又回头看着我，"我开书店没成功。在他们看来，我什么事情都没做好。我没有……"她犹豫了一下，接着说，"我没有结婚。没有找到……另一半……共同生活。"

我等着她继续说下去，但她没有。她目光低垂，在桌上的烟灰缸里弹了下烟灰，几片烟灰在空气中飘浮了一会儿，然后落在陶瓷烟灰缸里。

我想起了吉姆·布鲁克斯——在那个世界里，想象的世界里弗里达说的那个人。听起来他那么适合她，适合那个世界的她。当然了，我想。自然地，在那个美好的世界里，我为弗里达创造了一个美好的结局。

但在这个世界里，在这个现实世界里，她的人生就不一样了。无论是生活上，还是工作上，都不一样。我不知道她从哪儿、想的什么办法拿到了这笔资金，继续把生意做下去。我觉得她不会找她父母要钱，但是弗里达很聪明，而且足智多谋，她一定想出了什么办法。或许她确实找到了一个投资商吧，就像在那个幻想世界里一样。尽管如此，我觉得在这儿，在弗里达的人生中大概没有那个友善又为她着迷的吉姆·布鲁克斯吧，也没有一个像他那样的人。

忽然，我意识到了为什么会这样。

因为弗里达不想要吉姆·布鲁克斯，也不想要一个像他那样的人。她期盼的另一半从来不是那样的。

她想要的是"真正的伴侣"。和我妈妈说的一样。不，不仅如此。在那个幻想世界里，我妈妈觉得我和弗里达是"真正的伴侣"，但弗里达需要的不只是这样而已。

而我做了不一样的选择。我的选择对她造成了什么影响呢？不只是生意上的影响而已。事实上，生意上的影响只是一部分，甚至是一小部分。

而真正的问题是，我的选择对她的心灵造成了什么影响呢？

我摇了摇头，不敢相信自己到现在才意识到这一点。

"弗里达。"我柔声说，"真的……对不起。"

她抬头看了看我。"嗯。"她把烟放在嘴边，转到旁边吐了口烟圈，"生活总是会有起起伏伏，不是吗？"

我身体前倾，两只手紧紧抓住我的包，有节奏地开开合合金色的包盖，"我希望你……或许有一天你可以……"我没接着说，因为我不知道该说什么。

弗里达静静地看着我，过了良久终于开口说，"或许你说得对，或许我可以的，"她凝视着我的眼睛，"或许我需要见到你吧。和你见面能让我……继续走下去。"

我害羞地笑了笑："我也希望如此，弗里达。真的。"

她起身，吸了最后一口香烟，然后把烟头掐灭。"我得回那个电话了。"她的语气很平静。然后她从桌子那边走过来，手轻轻放在我的肩膀上，马上又拿开了。"请你相信，凯蒂，你父母的事情我真的很难过。"

我们四目相对，我看到她往常那活泼轻松的眼睛，现在变得阴郁而无神。

我转过身，眨了几下眼睛。

弗里达深吸了一口气。我强迫自己转过头，重新看着她。"对不起，我没去参加你爸妈的葬礼。"她接着说，"你说得对，我应该去的。"

我站起来，可是觉得膝盖有些站不稳。"谢谢。"我对她说，"你这句话对我很重要。"

她点了点头："嗯，照顾好自己，还有老公和孩子。"

"嗯，我会的。你也照顾好自己。或许……"我犹豫了一会儿，"或许我们可以再见面……下次。"

"或许吧。"她又转头看着窗外，然后回头看着我。她抱着双臂，手缩在袖子里，"我秘书会送你出去的。再见，凯蒂。"

她努力抑制着自己的感情。我能看出来，她希望我离开了，我也该离开了。

我最后朝她点了点头，穿过地毯，走出了办公室的门。

第三十四章

外面人行道上的雪在逐渐消融。第十八大街上汽车呼啸而过，一辆公交车在路边轰隆隆地停下，没有乘客下来，很快又开走了。太阳在西方闪耀着，走出那栋写字楼的旋转门的时候，我捂住了眼睛。

出了门，我面前的人行道上，站着我的父母。

"妈妈。"我轻声叫道，"爸爸。"

他们对我微笑着，我想走过去抱住他们，但我知道这不是真的，我的父母不在这儿，眼前的他们只是我的幻觉而已。

"你们是我的幻觉，"我说，"这是我自己的幻觉，对吧？"

"凯蒂。"妈妈走上前来，手搭在我的肩膀上。她碰我的这个幻觉真实得令我自己惊叹，就好像她真的站在我面前，手压在我的大衣上似的。

原来想象力是这么聪明又勤奋的存在啊！

"我们是来跟你道别的，宝贝。"爸爸说，"就是道个别而已。没什么别的事。"他也走上前，站在我妈妈旁边，离我很近。"还要跟你说我们爱你。"

"我也爱你们。"我小声说。我隐约感觉到有个穿着深色大衣、戴着帽子的男人从我右边经过，然后转头用奇怪的眼神看着我。在他看来，我一定像是个走在人行道上的疯女人，对着空气说话的疯子吧。

"那我不会再见到你们了吗？"我问他们，"我不会……我不会再回那儿了吗？"我转过身，咬紧嘴唇，"另外那个世界，我是说。我不会再回那儿了，对吧？"

问出这些问题的时候，其实我内心已经有了答案，因为就算他们真的回答了我，那些话也是我自己幻想的。

"凯蒂。"妈妈摸了摸我的额头说，"别把事情放在这儿了。"说着她轻轻拍了拍我的心脏，"放到这儿来吧。"

"嗯……我知道。"我点点头，"我会想你们的。"

爸爸摇了摇头："不用想我们。我们一直在你身边，只是以另一种形式存在而已，不是你以为的那种形式。"

"你们会帮我……照看孩子们的……对吧？"我强忍泪水，"没有你们的话……我一个人照顾不好孩子们……照顾不好迈克尔。"

妈妈笑了，笑得很迷人，"你可以的，凯蒂。不要怀疑你自己，也不要怀疑拉尔斯。最重要的是——"她一脸慈祥地笑着，"不要怀疑迈克尔。"

我眨了眨眼睛，忍住泪水，然后闭上了眼睛。

等我再睁开眼睛的时候，他们已经消失了。

第三十五章

我坐在车里，车子停在米奇、米茜的学校外面。我戴着手套，手握着方向盘。我想着另外那个世界，想着凯蒂的人生。我记得妈妈的手，记得她的手搭在我肩上的感觉，记得她的声音。我想我会永远记住爸爸妈妈的声音。

我瞟了一眼手表，2点45分了。要不了多久，米奇和米茜就会从我右手边的门口出来，两扇门的玻璃上贴着画的雪人。他们会跑出来，书包在身后晃荡，外套扣子解开，手套松松地挂在绳子上。他们穿过人行道朝我跑来，金色的头发会在下午的阳光下闪着金光。

3点10分之前，我就带着米奇和米茜到了家，那时候迈克尔还在数硬币。他可能整个下午都在数硬币，一遍又一遍地数。只要我们允许，迈克尔可以连着很多天只吃饭、睡觉、数硬币，其他什么也不做。

阿尔玛会给孩子们分吃的：每人一杯牛奶、一个苹果、一块饼干。他们吃的时候，我就煮一壶咖啡，坐在他们旁边看着，米奇和米茜会说今天在学校的新鲜事，迈克尔则在一边有节奏地数着，1美元、10美分、1美分。

吃完之后，我们留迈克尔一个人继续数着硬币，米茜和米奇就开始写作业了。他们还要阅读，今年他们的阅读进步了很多，而且我知道，如果我多花点时间听他们朗读，他们还会有更大的进步。两个人分别朗读 15 分钟之后，我会让他们开始练习书法。这时阿尔玛把切碎的鸡肉放进炉子里，开始洗豆角。

到了 4 点半，我会允许孩子们看一个小时电视，他们会看《米老鼠俱乐部》。迈克尔带着他的存钱罐坐在客厅地板上，另外两个孩子看着电视笑出声的时候，他就抬头瞟一眼电视。这样持续到 5 点半，那时拉尔斯到了家，晚餐也已经上桌了。

迈克尔会把牛奶洒在桌上，因为他总是把牛奶洒在桌上。我会起身擦干净，因为我觉得让阿尔玛来擦不太公平。

晚上，全家人会坐在一起玩飞行棋，拉尔斯和我至少要有一个人和迈克尔一组，因为他没法一直安静地坐着，好好下他的棋。他会默默走开，继续数他的硬币。到了这个时间，他也很累了，经验告诉我，他可能会有一些宝宝时期的坏习惯，早就该改掉的可现在还没有改掉。我不得不看着他，防止他把硬币放进嘴里。

到了 7 点 15 分，米茜会去洗澡。等她洗完了，就给米奇和迈克尔洗。今天晚上拉尔斯会哄米茜睡觉，但我得先给她梳好头发。然后他会帮她掖好被子，给她讲个故事。

我会监督两个儿子穿好睡衣，爬到床上。两个人的睡衣一样，床也一样。迈克尔会问我能不能抱着硬币睡觉，我说不行。于是他会尖叫，拉尔斯就过来安慰他。最后我们会妥协，让他抱着空存钱罐睡觉，硬币则倒进一个碗里，我会把碗拿到我们卧室，放在衣橱的高处。我知道这样的话，迈克尔要想拿到硬币，就一定会把我和拉尔斯吵醒。

孩子们都睡了之后，我和拉尔斯会回到楼下，他会倒两杯酒。我们会告诉对方今天一天发生的事情，我会告诉他我今天去见弗里达了，他会一脸惊讶，但弗里达说的话并不让他意外。我抽抽搭搭地哭着，拉尔斯则会抱住我,安慰我。

我不会告诉他和弗里达全部的对话,我不会跟他说弗里达的情绪,即使是他也不行。

喝完酒之后,我们会各自做自己的事情。他去办公室看文件,我回房间洗漱,然后可能回客厅看看书。我总会找借口走到过道上,盯着墙上爸爸妈妈和我的照片。我会任凭自己整夜一次又一次地经过那张照片,瞟一眼又一眼。拉尔斯看到我这样,会从后面抱紧我,从我肩膀上方看着墙上的照片。

到了 10 点,我们就回房休息了。我们静静地爬上床,深情、坦诚地结合在一起。但和往常一样,为了保护他的心脏,我们动作会很慢。之后我在他身边睡下,他温柔地抚摸着我的背。

然后我就睡着了。

我知道这一切都会发生,过去确信过什么事情,现在就有多确信这一切。

我确信这一切,就像我确信那个世界里的一切一样。

我知道,那个世界已经离我远去了。我现在在这里,在真正属于我的地方。

我打开车门下了车,往手上呼了口热气,摸了摸自己的脸。然后我沿着人行道往学校走去,在门口不远处停下脚步,等着拥抱我的孩子们。

致谢

　　首先我要感谢我的编辑——哈珀出版社的魏可丹（Claire Wachtel），感谢她敏锐的洞察力、非凡的热情以及吸引人的故事。汉娜·伍德（Hannah Wood）熟练、优雅地跟进了整个过程。米兰达·奥特韦尔（Miranda Ottewell）目光敏锐，总是能注意到小细节，对手稿进行了润色。出版经纪人苏珊娜·爱因斯坦（Susanna Einstein）非常出色，第一次读这本书的时候就对其青眼有加。在此我要感谢爱因斯坦汤普森公司（Einstein Thompson Agency）的所有职员，感谢你们的热情与奉献。

　　感谢莎娜·凯利（Shana Kelly）为我指明了方向，并且在我创作的过程中充当了一位良师益友。感谢灯塔作家研讨会的每一名成员，感谢你们为我提供灵感，组织引人深思的研讨会及其他会议，并成立了一个出色的作家团队。感谢加里·山巴彻（Gary Schanbacher）和露丝·弗雷德里克（Rose Fredrick）为我建议了文学用语、提供咖啡、制作了宣传资料。感谢苏珊·赖特（Susan Wright）、玛丽·艾略特（Mary Elliott）、乔斯林·谢勒（Jocelyn Scheirer），感谢你们阅读了早期书稿，并对我提出了建议和鼓励，有你们这群姐妹我感到很幸运。感谢玛丽·豪泽（Mary Hauser）和桑德拉·得尤尼克（Sandra

Theunick），感谢你们出现在我的生命中。另外，"住在电脑里的朋友们"，谢谢你们，也谢谢 M4L 软件。"改变世界读书会"不仅改变了世界，读书会的成员也改变了我的生活，你们让我的生活更美好，在此对你们表示感激。

丹佛公共图书馆西方史部的工作人员提供了地图、旧报纸、电话本，以及倾情帮助。菲尔·古德斯坦（Phil Goodstein）研究南丹佛历史的书籍提供了大量背景和历史资料。"破封面书店"店主乔伊斯·米斯基士（Joyce Meskis）和"书城"前店主桑娅·艾林波（Sonya Ellingboe）提供了大量在 20 世纪 60 年代经营书店的细节。许多关于自闭症的临床记录增进了我的了解，迈克尔·布拉斯兰德（Michael Blastland）那本真诚的回忆录《唯一的男孩：一个父亲探索自闭症的奥秘》让我真正了解到了自闭症孩子的家长面临的巨大挑战。丹佛女性读书会普救派第一教会分享了他们的回忆，帮我勾勒出 20 世纪 60 年代早期年轻女性的生活图景。感谢他们。

关于历史准确性的备注：尽管 20 世纪 50 年代很多报纸上都有征友广告栏目，但《丹佛邮报》上没有。我为情节需要虚构了 1954 年《丹佛邮报》上的这一栏目，希望读者能原谅。

本书最终写成并出版，离不开大家的鼓励和奉献。查理、丹尼斯、简，谢谢你们，你们是我灵感的源泉，也是我一生的挚爱。还有塞米，感谢你做的一切，遇见你，我真的，真的很高兴。